Chère lectrice,

Si le mois de septembre marque la fin de l'été, c'est aussi le moment propice pour les nouveaux départs et les bonnes résolutions ! C'est ce que pensent aussi nos héroïnes, qui vont décider de faire table rase du passé et de se lancer avec passion dans de nouvelles aventures. Ainsi, dans *Un amant italien* (Janette Kenny, Azur n° 3392), la fougueuse Delanie doit-elle prendre des décisions qui bouleverseront à jamais son existence, lorsqu'elle voit ressurgir dans sa vie l'homme qui lui a jadis brisé le cœur et qui tient à présent son destin entre ses mains. Un roman intense qui ne manquera pas de vous émouvoir.

Tout comme le bouleversant roman de Maisey Yates, *Le play-boy de Santa Christobel* (Azur n° 3395). Pour ce sixième tome de votre saga « La Couronne des Santina », c'est dans l'intimité de la princesse Carlotta Santina que vous aurez le plaisir infini — et le privilège exclusif ! — d'entrer. Une jeune femme hors du commun, prête à tout pour protéger son enfant, déchirée entre ses devoirs royaux et son irrésistible envie de vivre pleinement.

Je vous souhaite une très belle rentrée, et un excellent mois de lecture.

La responsable de collection

Une scandaleuse attirance

*

Romance en Bohême

LUCY KING

Une scandaleuse attirance

Collection : Azur

Cet ouvrage a été publié en langue anglaise
sous le titre :
THE COUPLE BEHIND THE HEADLINES

Traduction française de
ANNE DAUTUN

HARLEQUIN®
est une marque déposée par le Groupe Harlequin
Azur® est une marque déposée par Harlequin S.A.

83-85, boulevard Vincent-Auriol, 75646 PARIS CEDEX 13.

Service Lectrices — Tél. : 01 45 82 47 47
www.harlequin.fr

ISBN 978-2-2802-7983-3 — ISSN 0993-4448

1.

« Deux cent cinquante mille livres ? ! » pensa Imogen, estomaquée, en fixant le catalogue. C'était invraisemblable, il devait s'agir d'une erreur ! Comment pouvait-on demander une telle somme pour une croûte pareille ?

Elle releva la tête vers le tableau accroché au mur et grimaça. *Un Coup de canif dans la société moderne* était laid à faire peur, et semblait avoir été peint par son neveu de cinq ans au cours d'une crise de rage. L'artiste avait répandu au hasard de grandes giclées de couleurs criardes, et se flattait sans doute d'une inventivité hors pair. Le public, en revanche, n'y gagnait rien… Même le champagne qui coulait à flots ne compensait pas ce déplaisant spectacle !

Si encore *Un coup de canif dans la société moderne* avait été seul de son espèce ! Mais, sous la lumière des spots, les parois de la galerie étaient couvertes de toiles de la même veine, en vente pour des sommes ahurissantes. Imogen n'était certes pas experte en art. Mais, à son avis, ces horreurs étaient bonnes à flanquer dans la Tamise !

Même si personne ici ne semblait partager son opinion, se dit-elle en survolant du regard la foule de curieux en tenues branchées qui, le nez levé vers les peintures, émettaient des commentaires pédants.

Se tournant de nouveau vers la toile, elle envisagea ce qu'on pouvait obtenir avec un quart de million de livres. Pas plus tard que la veille, son département avait alloué un budget équivalent au service d'acquisitions du Christie

Trust. Ils n'envisageraient certes pas d'acheter un de ces tableaux tape-à-l'œil !

« Mais pour ce que tu y connais… », songea Imogen, le moral en berne. Les récents événements avaient prouvé que le discernement n'était pas son fort. A en juger par le nombre de pastilles rouges qui signalaient les toiles déjà vendues, elle avait toujours aussi peu de flair ! Ce n'était pas fait pour la surprendre…

Deux mois s'étaient écoulés depuis que Connie, son ex-meilleure amie, était partie avec Max, son petit ami. Même si la douleur s'était émoussée, ça faisait encore mal. Ce soir plus que d'habitude…

La dernière fois qu'Imogen avait assisté à un vernissage, Connie l'accompagnait. Elles avaient ri, parlé haut et fort de lumière, de profondeur, de perspective, tout en faisant la razzia sur le buffet. Puis elles étaient parties finir leur soirée dans le dernier club à la mode. Mais, à présent, Connie-la-traîtresse était sans doute à la maison, pelotonnée sur le canapé avec Max, en train de former des projets de mariage. Et Imogen se retrouvait seule.

Le cœur serré, elle se dit qu'elle devait surmonter ça une bonne fois pour toutes. Elle était en bonne voie. Mais de temps à autre, sans crier gare, une déception profonde revenait la tourmenter. Son amitié avec Connie, commencée au bac à sable, avait été détruite après vingt-cinq ans de complicité, le jour où Imogen avait pris connaissance du mot de Max…

Son ex-petit ami et son ex-meilleure amie allaient se marier. Et alors ? Elle s'en fichait, pas vrai ? Elle avait eu le temps de réfléchir à cette trahison, et estimait qu'en réalité ils lui avaient rendu service. Qu'avait-elle à faire d'une amie déloyale ? Et pour ce qui était de Max, malgré son physique avantageux, ses yeux pétillants et son charme, ce n'était qu'un type creux ! Elle en était débarrassée et c'était tant mieux !

Quant aux accusations que la presse avait portées contre elle — pas tout à fait sans raison —, elle s'en moquait. Elle prouverait à ses détracteurs, et à elle-même, qu'elle n'était pas aussi inconsistante qu'on le prétendait.

Alors que Max, lui, semblait se satisfaire de cultiver son personnage de don Juan dilettante. Grand bien lui fasse ! Loin d'avoir formé un couple parfait, comme elle l'avait naïvement cru, ils n'avaient rien en commun, tous les deux. L'étonnant, ce n'était pas la manière dont leur couple avait pris fin, mais le fait qu'il ait tenu si longtemps.

Imogen jeta un ultime regard sur *Un coup de canif dans la société moderne*. Elle avait trouvé ce qu'elle était venue chercher : deux coupes de champagne avaient atténué le choc que lui avait causé l'annonce des fiançailles. Chassant son coup de blues, elle décida de quitter les lieux. Elle en avait fini avec les riches play-boys, les amies hypocrites et l'art de pacotille !

Elle pivota brusquement sur elle-même et…

Pendant un instant, elle resta ébahie, le souffle coupé, écrasée contre la silhouette qu'elle avait heurtée avec tant de violence. Puis, surmontant son vertige, elle prit peu à peu conscience de diverses choses. Elle avait affaire à un homme. Grand, costaud. Chaud et solide. Il la tenait dans ses bras, elle percevait sa force et son odeur délicieuse…

Il y avait longtemps qu'elle ne s'était pas trouvée en contact aussi étroit avec un membre de la gent masculine. Elle réalisa avec effarement que son corps n'y restait pas insensible… Dans un instant d'égarement, elle eut envie de se blottir contre cet inconnu, se sentir l'étreinte de ses bras fermes, rassurants et protecteurs. C'était tout de même insensé !

Elle tenta de brider son imagination galopante. Elle en avait vu de toutes les couleurs, récemment, au plan émotionnel. Alors, elle n'allait pas se jeter, sans réfléchir, dans les bras d'un homme. Au sens figuré de l'expression, bien entendu.

Et puis, où allait-elle chercher l'idée qu'elle avait besoin de protection ? Elle était capable de veiller sur elle-même ! Ne l'avait-elle pas toujours fait ?

Recouvrant son sang-froid, elle inspira à plusieurs reprises en s'efforçant de ne pas se laisser troubler par les effluves de bois de santal qui lui taquinaient les narines.

— Désolée, murmura-t-elle.

Elle s'écarta en relevant la tête pour voir celui qui produisait tant d'effet sur elle. Elle eut presque un nouvel accès de vertige, et oublia tout à fait Connie et Max ! Car elle contemplait les plus beaux yeux qu'elle eût jamais vus. L'inconnu avait des cils bruns et épais. De fines lignes aux coins de ses paupières suggéraient qu'il riait souvent. Quant à ses iris d'un bleu peu courant, ils évoquaient le ciel d'été, les eaux de la Méditerranée… Elle imaginait sans peine à quoi pourraient ressembler des après-midi de farniente sensuels auprès d'un tel homme. Ou plutôt, elle les aurait imaginés si elle n'était pas devenue imperméable à de tels fantasmes. D'autant qu'il avait dans l'œil cette petite lueur particulière qui suggérait un côté « voyou », évocateur de danger, d'excitation… d'amusement et de plaisirs infinis. Pour une femme sensible à ce genre de choses, bien sûr. Ce qu'elle n'était pas, vu les blessures affectives qu'elle avait subies. Mais, si elle avait été du genre à nourrir de telles envies, c'était à elles qu'elle aurait attribué les curieuses bouffées de chaleur qui la perturbaient — sans doute dues au dysfonctionnement de l'air conditionné !

Elle se ressaisit tout en laissant errer son regard sur son visage viril. Il avait des cheveux bruns où l'on avait envie de passer les doigts, une bouche qui semblait promettre des baisers dévastateurs… Avec un visage et un corps pareils, cet homme possédait une séduction létale. A condition d'y être sensible, or ça n'était pas du tout son cas !

— C'est ma faute, lui dit-il avec un sourire ravageur.

Il la lâcha, et elle s'empressa de reculer.

— Pas une goutte de perdue ! Impressionnant, commenta-t-elle en considérant les coupes de champagne qu'il tenait encore — une dans chaque main.

— Je suis très rompu à cet exercice.

— Ça tombe bien !

Il élargit son sourire, et Imogen se sentit toute chose. Décidément, la chair était faible !

— C'est pour vous, dit-il en lui tendant un verre.

— Pour moi ?

— Vous sembliez en avoir besoin.

L'avait-il observée ? A cette idée, son cœur s'emballa.

— J'allais partir, dit-elle d'une voix soudain embrumée.

— Pas à cause du scorpion, j'espère ? lança-t-il en portant son regard sur la toile.

— C'est ce que ça représente ?

— Oui.

— Je ne m'en serais jamais doutée !

— Cela symbolise l'homme en lutte contre l'injustice du capitalisme.

Reprenant enfin ses esprits, elle observa :

— C'est plutôt hypocrite, non, de vendre « l'injustice du capitalisme » un quart de million de livres ? Juste pour un bout de toile et quelques coups de pinceau !

Pince-sans-rire, il lâcha :

— A vrai dire, je n'y avais pas réfléchi.

Tout en se demandant où était passée son envie de fuir, Imogen prit la coupe de champagne qu'il lui tendait puis la porta à ses lèvres.

— Merci.

— Tout le plaisir est pour moi.

Il ajouta d'une voix rauque qui la troubla :

— Alors, qu'en pensez-vous ?

— Du tableau ?

Il fit signe que oui, puis s'éclaircit la gorge.

— En toute honnêteté ?

— Bien sûr. Je suis partisan de la plus grande franchise.

Ça, elle en doutait ! C'était un homme, après tout. Ce qui était déjà plus qu'elle n'en pouvait dire de ce salaud de Max. D'un ton plus acide qu'elle ne l'avait voulu, elle répondit :

— Eh bien, en toute franchise, il me fait mal aux yeux.

Il renversa la tête en arrière en éclatant d'un grand rire.

— Et moi qui jugeais qu'il y avait là une belle lumière, de la profondeur et un sens aigu de la perspective !

Elle croisa son regard chaleureux, le cœur battant. Son amusement viril, suggérant qu'il pensait tout le contraire, lui rappela Connie. Elle avait laissé dans sa vie un grand manque, songea-t-elle, les yeux soudain embués.

Tout à coup, une idée affreuse la traversa :

— Seigneur ! Vous n'êtes quand même pas… l'auteur du tableau ?

— En ai-je l'air ? fit-il en haussant les sourcils.

Imogen le regarda de haut en bas, et, en sentant son corps réagir, se convainquit à toute force que c'était une réaction naturelle devant un spécimen masculin particulièrement beau. Il ne ressemblait à aucun des artistes qu'elle avait rencontrés, en tout cas. Il dégageait une séduction dangereuse. Il faisait partie de ces hommes capables de faire perdre la tête à une femme, si elle n'y prenait garde…

Elle répondit d'un ton qui se voulait désinvolte :

— L'air ? Non, pas du tout.

— Dieu merci !

Puisqu'il s'était donné la peine d'apporter du champagne, elle devait lui accorder un brin de conversation, non ? C'était la moindre des courtoisies, décida-t-elle.

— Comment se fait-il que vous soyez si informé sur cette croû… euh, ce tableau ?

— Il m'appartient.

— Juste ciel ! Mais pourquoi ?

Il était beau comme un dieu, mais son sens artistique laissait à désirer !

— Je l'ai remporté aux enchères dans une vente de charité, lui apprit-il, le regard pétillant.

— Non ? ! Un autre que vous désirait l'avoir ?

Il acquiesça, souriant jusqu'aux oreilles.

— Oui, un ami à moi.

— Drôle d'ami.

— L'un des meilleurs. La lutte a été plutôt vive.

— Mais il a fini par s'incliner ?

— En effet.
— Il a fait preuve de bon sens.
— Il n'avait pas vraiment le choix. Je déteste perdre.
Imogen lui décocha un regard sceptique, et remarqua le dessin résolu de sa mâchoire ainsi que l'expression de son regard, tout à fait implacable en cet instant. Oh ! oui, il aimait l'emporter ! A n'importe quel prix, sans doute. Etre celle qu'un tel homme désirait conquérir, ce devait être…
Refoulant un traître sentiment d'excitation, Imogen lâcha :
— En l'occurrence, vous n'y avez rien gagné du tout, il me semble.
Un instant, il la contempla.
— C'est bien possible, murmura-t-il enfin.
— Donc, ce tableau vous appartient par accident ?
— Sans doute. Mais il n'y a pas lieu de le regretter, au vu de la valeur qu'il a acquise.
— C'est important, la valeur ?
— Faire du profit, oui. Toujours.
Imogen se rembrunit.
— Il est vrai que le sens esthétique n'a pas grand-chose à voir avec tout ça.
— Ma foi, je me le demande…
Il promena son regard sur elle avec une lenteur délibérée. Elle rougit comme une pivoine, assaillie par de curieuses sensations qu'elle croyait ne plus pouvoir ressentir… Des sensations dont elle ne voulait pas, se rappela-t-elle à toute force, en lâchant ironiquement :
— Je vous présente quand même mes condoléances.
— Et aucune proposition de rachat ?
De nouveau, il eut ce sourire particulier qui la troublait tant, et elle s'empourpra de plus belle. Pour un peu, elle lui aurait fait une offre ! Elle lui aurait donné ce qu'il en demandait ! Elle se força à imaginer ce que ce serait de vivre en compagnie de cette toile hideuse, accrochée au mur de son salon, et frissonna presque.
— Vous voulez rire, répliqua-t-elle en prenant à dessein une mine horrifiée. Ce n'est pas du tout mon style.

— Quel dommage… J'ai la déprimante impression que je n'arriverai jamais à le revendre.

— Cela vous étonne ?

— Pas spécialement. Mais, si personne ne l'acquiert, Luke — l'ami dont je parlais — en fera des gorges chaudes. Il m'asticote déjà à ce sujet, d'ailleurs.

— Voilà ce qui arrive quand on se laisse piéger par l'esprit de compétition et la fierté mal placée, plaisanta-t-elle. Pouvez-vous lui en vouloir ?

— Pas vraiment. Si les rôles étaient inversés, je réagirais de même.

— Je n'en doute pas.

— En tout cas, ma présence ici s'explique, dit-il en abandonnant sa coupe sur le plateau d'un serveur. Mais pourquoi êtes-vous venue, puisque ce n'est pas votre tasse de thé ?

Le sourire d'Imogen s'effaça. Bon sang ! Elle avait appris, moins d'une demi-heure plus tôt, les fiançailles de Max et de Connie — sur Facebook ! — et elle avait été si abasourdie, si bouleversée, si blessée qu'ils n'aient pas pris la peine de les lui annoncer directement qu'elle avait quitté son bureau en quête d'un petit remontant, vite trouvé dans la galerie voisine. Mais elle n'allait certes pas révéler la vérité !

Consciente qu'il attendait sa réaction, et plutôt froissée par son regard quelque peu inquisiteur, elle répondit avec un haussement d'épaules et un sourire étudiés :

— J'ai décidé d'élargir mon horizon.

— Je vois, fit-il avec un demi-sourire sexy en diable. Auriez-vous besoin d'aide ?

Elle le dévisagea, parcourue de petits frissons. Elle ne devinait que trop à quel genre d'aide il faisait allusion !

— Non, merci, déclara-t-elle, plus ferme en apparence qu'elle ne l'était en réalité.

— Vous êtes sûre ? Je suis très doué pour élargir l'horizon des gens, affirma-t-il avec un sourire. Dînez donc avec moi, et vous verrez.

2.

Imogen cilla, interdite, tout en s'étonnant d'être surprise par cette invitation. Ce n'était certes pas la première fois qu'on la conviait à dîner ! Pourtant, elle était tourneboulée…

— Dîner ? murmura-t-elle.

— Oui. Vous savez, cet événement qui se produit à peu près à cette heure-ci, après le repas de midi et avant le petit déjeuner.

— Oh…

— Parfaitement. Alors ?

Imogen aurait juré que la bonne réponse était « non ». Les hommes, elle en avait assez, pas vrai ? Et elle n'était pas très en forme en ce moment, n'est-ce pas ? Ne ferait-elle pas mieux d'essayer de réparer son cœur blessé, au lieu de se laisser prendre au magnétisme dangereux de cet homme trop attirant ?

Mais la tentation était grande, s'avoua-t-elle sous son regard intense. Après deux mois de dérive, cette proposition restaurait son estime d'elle-même. Et puis, elle éprouvait le besoin de lester son estomac après trois coupes de champagne…

D'ailleurs, elle n'avait pas juré de fuir tous les hommes ! Elle imposa silence à la petite voix intérieure qui lui demandait où elle avait la tête. D'accord, elle s'était brûlé les ailes récemment. Mais elle n'était tout de même pas désabusée ! Et puis, un dîner pouvait rester… juste un dîner. Deux heures en compagnie d'un homme superbe et aux petits soins, ça ne pouvait pas faire de mal !

Tout à coup plutôt rassérénée, elle se mit à rire — ce qui ne lui était pas arrivé depuis des lustres, et elle eut la sensation de flotter sur un nuage.

— Je ne connais même pas votre nom.

— Jack Taylor.

Là-dessus, il tendit la main. Elle fut si bouleversée de sentir ses doigts virils sur les siens qu'elle enregistra à peine son identité. Elle était toute à l'éveil de ses sens, de son corps… toute à la pensée du dîner, qui s'annonçait si amusant !

Mais au bout de quelques secondes elle enregistra ce qu'il venait de dire, et son sourire se figea. Sa petite flamme intérieure fut soufflée telle une bougie sous un éteignoir. Jack Taylor ? Pas le Jack Taylor dont on lui avait rebattu les oreilles, tout de même ? Le Jack Taylor contre lequel on l'avait mise en garde ?

Incroyable ! pensa-t-elle, retirant sa main à regret, envahie par la déception. Des bribes d'informations glanées au fil des ans se mirent à tournoyer dans sa tête pour finir par former une longue liste peu engageante. Selon les journaux financiers, Jack Taylor était une superstar de l'investissement. Il gagnait chaque jour des millions de dollars en offrant un appui financier à des entreprises à haut risque, ce que, selon les points de vue, on jugeait « dément » ou « génial ». Sa fortune était gigantesque, et son succès, planétaire.

Tout comme ses activités extraprofessionnelles, semblait-il ! C'était, selon les témoignages, un légendaire bourreau des cœurs. A en croire les amis d'Imogen, et la presse à scandale, Jack Taylor était aussi beau, charmeur, décontracté, fascinant… que glacial et insaisissable.

Ainsi que l'avait découvert Amanda Hobbs à ses dépens. Imogen ne connaissait pas Amanda, qui n'était pour elle que l'amie d'une amie. Mais, dans leur milieu, son histoire s'était répandue comme une traînée de poudre, suscitant des commentaires scandalisés et des mines apitoyées. La pauvre était sortie avec lui jusqu'à ce qu'il la laisse tomber sans ménagement, et avait dû s'exiler en Italie pour tenter d'oublier sa mésaventure.

Tandis que les détails défilaient dans son esprit, Imogen se cabra, et sa déception fit place à un sentiment plus dur. Car, carrière mise à part, Jack Taylor était le même genre d'homme que Max. Le genre d'homme qu'elle s'était juré de tenir à distance !

Selon la rumeur, il était allé jusqu'à s'impliquer, quelques années plus tôt, dans une lutte aux enchères sur internet à propos d'une femme ! Le pseudonyme qu'il avait adopté, si elle avait bonne mémoire, était *satisfactionsexuellegarantie*. Révélateur, non ?

Tandis qu'elle levait les yeux et enregistrait son air de tombeur sûr de son charme, son regard animé d'une petite lueur canaille, elle se demanda comment elle avait pu ne pas percevoir plus tôt la désinvolture, l'évidente richesse, l'arrogance innée du personnage… et son sourire de playboy éblouissant. Des éléments éloquents !

« Eh bien, je ne ferai pas partie de son tableau de chasse ! » pensa Imogen, dégrisée. En misant sur elle, il faisait un très mauvais pari. Un pari perdant.

Si une petite part d'elle-même était flattée d'avoir fait de l'effet au tristement célèbre Jack Taylor et se demandait s'il tenait ses promesses au lit, cette petite part n'avait plus qu'à tout oublier ! Car elle n'irait ni dans son lit, ni même au restaurant avec lui.

— Je connais un endroit génial au coin de la rue, dit-il alors.

— En fait, je ne crois pas que ce dîner soit une bonne idée.

Il y eut un silence, puis il lâcha d'un air surpris :

— Ah bon ?

Il n'avait sans doute jamais subi la moindre rebuffade ! Ma foi, cette expérience lui serait très profitable, décida Imogen, qui lui assena :

— Non.

— Pourquoi ? s'enquit-il en posant sur elle un regard perspicace et déconcertant.

— Je ne suis pas libre.
— Un autre soir, alors ?
— Non, merci.
— C'est sûr ?
Bon sang, il était inouï ! Et plus têtu qu'une mule !
— Dites-moi, Jack, personne ne vous a jamais opposé un refus ?
Il sourit jusqu'aux oreilles, indifférent à son persiflage.
— Pas récemment.
— Eh bien, il y a un début à tout ! répliqua-t-elle d'un ton acerbe — sûre qu'avec ça il comprendrait le message.
Mais, loin de perdre son sourire, il prit un air encore plus séducteur et, sans comprendre pourquoi, elle en eut la bouche sèche. Son regard brillant, la posture qu'il avait soudain adoptée… tout la mettait en alerte.
Lorsque, à l'improviste, il s'inclina vers elle, elle resta figée, incapable de faire un mouvement. Au contact de sa main virile, elle sentit son souffle s'accélérer, son cœur battre à coups redoublés. Qu'allait-il faire ? se demanda-t-elle en levant les yeux vers lui pour voir une ébauche de sourire sur ses lèvres entrouvertes. Oh ! mon Dieu, non ! Il n'allait tout de même pas l'embrasser ? Pas ici, au milieu de tous ces gens…
Alors qu'elle commençait à paniquer, il lui murmura dans le creux de l'oreille :
— Si vous êtes pressée, pourquoi ne pas sauter le dîner pour passer directement aux petites douceurs ?
Il y eut un silence vibrant pendant qu'elle enregistrait ce message. Et durant ce moment, Imogen ne perçut que son souffle viril sur sa joue, sa proximité électrisante. Elle lutta de son mieux pour ne pas céder à l'attirance qui l'emportait, pour ne pas franchir la distance qui les séparait encore afin de se pendre à son cou… Si bien qu'elle ne comprit pas tout de suite les mots qu'il avait murmurés. Puis, quand elle en eut saisi le sens, elle se dit qu'elle avait mal interprété ses paroles…
Cependant, en s'écartant et en voyant son regard brûlant

d'intensité et de désir, elle réalisa qu'elle ne s'était pas du tout trompée ! Il suggérait bel et bien ce qu'elle avait cru deviner !

— Scandaleux ! souffla-t-elle sans trop savoir si elle commentait le culot dont il faisait preuve ou sa propre excitation.

— Vraiment ? murmura-t-il.

Il recula d'un pas puis la dévisagea comme s'il cherchait à mémoriser ses traits, avant de se concentrer sur sa bouche. Elle laissa échapper un soupir étranglé, troublé et révélateur.

Son sourire viril s'accentua, et son regard exprima soudain une satisfaction triomphante.

Alors, Imogen craqua. La souffrance et les frustrations des mois écoulés, les souvenirs, les émotions affluèrent en elle, déferlant avec force. Elle revécut le chagrin que lui avaient causé les deux personnes auxquelles elle tenait le plus en lui brisant le cœur. Elle pensa à la pauvre Amanda, noyant son désespoir en Italie. Elle pensa à l'arrogance de ce Jack Taylor qui s'adjugeait le droit de séduire les femmes avant de les laisser tomber, et avait le front de se présenter comme un modèle de charme et de courtoisie…

Oui, tout cela la submergea, eut raison de son sang-froid et étouffa le désir ressenti un instant plus tôt.

— Si vous avez faim, dit-elle d'un ton glacial, trouvez donc une autre malheureuse victime à dévorer !

Là-dessus, elle tourna les talons, le plantant là.

Pour s'occuper un mardi soir, ou tout autre soir de semaine, Jack ne manquait jamais d'options… Mardi dernier, il avait accompagné une jolie blonde à un concert de musique classique au profit de la recherche médicale. Le mardi d'avant, il avait « étrenné » avec une brune ébouriffée un nouveau restaurant déjà si couru que les réservations étaient complètes pendant les six mois à venir. Et le mardi d'avant encore, il avait mené des discussions stratégiques avec des clients, à Genève, tout en sirotant des cocktails…

Ce mardi-ci, en revanche, s'annonçait moins amusant ! Tout d'abord, il n'avait pas très bien commencé… Jack détestait l'art moderne tel qu'on le concevait de nos jours — la prétention des peintures et de leurs admirateurs, si prompts à parler pour ne rien dire. Cette exposition dans le West End était l'une des pires qu'il eût vues. Il n'était venu que dans l'espoir de voir disparaître sa propre — et hideuse — contribution à cette manifestation d'un soir, soi-disant « exceptionnelle ». De ce côté-là non plus, ça n'avait pas marché. Si beaucoup d'autres toiles avaient trouvé acheteur, la sienne n'était toujours pas vendue et il craignait fort d'avoir à la remporter. Décidé à tirer un trait sur la soirée, il allait s'en aller lorsqu'il avait aperçu Imogen…

Quelque chose en elle avait capté son attention, accéléré les battements de son cœur. Et pas seulement parce qu'elle était la seule à prêter quelque intérêt au tableau. Par pure habitude, il l'avait observée… Promenant son regard sur sa silhouette vêtue de noir, il avait remarqué ses longs cheveux ondulés, d'un blond doré, s'échappant de son béret ; ses formes voluptueuses moulées par un trois-quarts de coupe cintrée ; ses mollets fuselés et racés, gainés de soie ; ses escarpins à talons hauts, terriblement sexy…

Troublé au point d'en avoir la bouche sèche et le cœur battant, il s'était demandé pourquoi il éprouvait tant d'émoi en présence d'une femme dont il n'avait même pas vu le visage. A l'instant où, enfin, il allait se ressaisir, elle s'était tournée pour mieux exposer le catalogue à la lumière, et de nouveau il avait eu le souffle coupé.

Elle était d'une beauté saisissante. Les faisceaux des spots, nimbant son visage de lumière, illuminaient ses hautes pommettes, son nez droit, sa peau crémeuse. Elle avait une grande bouche aux lèvres pleines et roses, qui semblait appeler les baisers…

Il ne lui avait pas échappé que sa réaction était d'une intensité inhabituelle, en dépit de la beauté de celle qui la provoquait. D'autant qu'il n'avait jamais manqué de compagnie féminine… Oui, cette folle attirance était inédite. Il y avait de quoi être intrigué. Alléché, aussi. C'était si délicieusement déstabilisant…

Soudain optimiste malgré le fâcheux début de la soirée, il s'était mis en quête de deux coupes de champagne…

Eh bien, il avait perdu son temps ! songea-t-il, cloué sur place tandis que la silhouette d'Imogen se fondait dans la foule, et qu'il s'efforçait de comprendre ce qui venait de se produire.

Une « malheureuse victime » ? Mais pourquoi ? Il avait seulement proposé un dîner ! Qu'y avait-il de mal à ça ? Pourquoi cette réaction acerbe ? Pour un peu, on aurait cru qu'il avait suggéré de l'emporter dans un coin noir afin d'avoir raison d'elle. Ce n'était tout de même pas le sens de son invitation !

Jusqu'au moment où Imogen avait lancé sa réplique au vitriol, il avait eu l'impression que tout se déroulait à merveille. Même leur rencontre imprévue avait joué à son avantage. Si, pour sa part, il était resté interdit quand il avait senti contre lui son corps affriolant, il avait réalisé qu'elle était troublée. Il l'avait lu dans son regard. Il avait perçu les battements précipités de son cœur.

Sans avoir besoin d'autre encouragement, il avait flirté avec elle. Elle avait répondu à son flirt. Elle avait eu des petits sourires sexy, des soupirs suggestifs. Il avait bien senti qu'elle était aussi attirée par lui qu'il l'était par elle ! Aussi était-il logique qu'il passe à l'étape suivante et l'invite à dîner, histoire de voir comment évoluerait la soirée…

Il se frotta la mâchoire et, rembruni, se remémora l'instant où il avait perçu son changement d'humeur. Il tenait sa main, concentré sur le frisson électrique qui l'avait parcouru à son contact, se demandant s'il devait s'alarmer ou se réjouir de leur complicité sensuelle, et s'il devait s'inquiéter des mots « c'est elle ! » qui avaient jailli dans son esprit… Et soudain, elle avait ôté sa main de la sienne comme si elle s'était brûlée. Il avait alors réalisé à quel point elle était tendue. Su qu'un revirement venait de se produire.

Il s'était toujours cru doué pour comprendre et deviner les femmes. Pourtant, jamais il n'aurait anticipé le regard glacial qu'elle lui avait alors lancé ! Il serra les mâchoires au souvenir de son expression dédaigneuse, de son ton plein de mépris. Aussi loin que remontaient ses souvenirs, on ne l'avait jamais éconduit ainsi !

Il était rare que les gens — en particulier les femmes — le repoussent. D'ailleurs, depuis que sa mère l'avait pour ainsi dire abandonné à sa naissance, il avait soin d'éviter les situations de rejet. Il n'invitait que les femmes qu'il jugeait consentantes.

Jusqu'à ce soir. Nom d'un chien, qu'est-ce qui avait mal tourné ?

Bon, il aurait pu se dispenser de parler de « petites douceurs ». Mais, en fait, il était déconcerté ; et, s'il fallait être franc, plutôt déçu…

Ce qui tendait à prouver qu'elle avait eu raison de le juger « scandaleux ». Il n'aurait pourtant pas cru qu'elle s'insurgerait ainsi, car il avait perçu son désir. Il avait même pensé, pendant un bref instant, que leur attirance mutuelle serait plus forte que l'indignation qu'elle affichait. Cela ne rendait que plus abrupts et plus blessants sa réplique finale et son départ.

Il la suivit d'un regard noir, conscient d'avoir subi une cuisante rebuffade. Il n'aimait pas ça. Mais alors pas du tout !

Ignorant l'intérêt qu'il suscitait autour de lui, il se laissa envahir par la colère et la frustration. De quel droit supposait-elle qu'il faisait des victimes ? Qu'il dévorait qui que ce fût ? De quel droit lui donnait-elle le sentiment qu'il s'était abaissé à la harceler ?

Et puis que lui trouvait-elle de si repoussant ? Jusqu'ici, aucune femme ne s'était plainte. Il n'avait eu droit qu'à des soupirs d'aise et à des compliments ! Alors, quel était son problème, à cette fille ?

Et, surtout, pourquoi perdait-il son temps à s'interroger à son sujet ?

La part la plus raisonnable de lui-même lui souffla de tirer un trait sur cette petite expérience édifiante. Aucune femme ne valait la peine qu'on se mette martel en tête. Surtout pas une femme aussi superficielle qu'Imogen Christie.

Il savait qui elle était. Dès qu'il avait entendu son nom, cela avait fait tilt. Forcément, vu le nombre d'articles qu'on publiait sur elle. Imogen Christie n'était qu'une écervelée, une mondaine tout juste bonne à défrayer la chronique ! Comme la propre mère de Jack…

Soit, pendant leur bref échange, elle l'avait fait rire. Soit, elle l'avait excité comme aucune autre. Et alors ? Ne faisait-elle pas partie des femmes qu'il méprisait et évitait depuis toujours ?

Cela, c'était ce que lui criait la raison. Mais l'autre part de lui-même, plus véhémente et plus têtue, celle qui aspirait en secret à être approuvée, exigeait de savoir pourquoi Imogen avait changé d'avis et prononcé ces mots discourtois. Exigeait de connaître le motif de sa rancune.

Ce n'était pas par désir de changer la donne. Il était prêt, au contraire, à écouter la voix intérieure qui le dissuadait de séduire cette femme. Mais il n'allait pas lui permettre de s'en tirer si aisément.

Ses cheveux blonds comme les blés, ses yeux chocolat au regard intense, ses courbes appétissantes… il n'en avait cure !

En revanche, il voulait des réponses. Et il les aurait !

3.

« Mais quelle idiote ! Quelle idiote ! » se répétait Imogen alors qu'elle frissonnait sur le trottoir, dans le vent glacial de février. Pourquoi, bon sang, ne s'était-elle pas contentée de répondre qu'elle avait un fiancé et d'en rester là ? Elle avait pourtant décidé de rester calme en toutes circonstances ! De ne plus attirer l'attention des médias ! Encore une veine qu'elle n'ait pas cédé à la tentation d'envoyer son champagne à la figure de Jack. Ç'aurait été le bouquet !

Il fallait croire que les fiançailles de Max et Connie l'avaient profondément affectée. Sinon, pourquoi aurait-elle ainsi cédé à ses émotions et perdu aussi vite le contrôle d'elle-même ? Comment avait-elle pu se montrer si discourtoise ? se demanda-t-elle, honteuse, tout en scrutant la rue ténébreuse et déserte en quête d'un taxi. Soit, Jack était tout ce qu'elle détestait chez un homme — ses remarquables atouts physiques mis à part. Mais ce n'était pas une excuse ! Que lui avait-il pris, bon sang ?

En tout cas, elle ne pouvait pas revenir sur ses pas et s'excuser. Des excuses — à supposer qu'il les accepte — auraient supposé des explications. Et elle n'avait pas envie de s'appesantir sur les raisons de son égarement !

Il ne lui restait plus qu'à espérer que Jack l'avait rayée de sa liste, et à rentrer chez elle pour oublier devant un verre de bon vin cette lamentable soirée.

Si son frère et sa famille avaient été là, elle se serait invitée chez eux pour dîner. Elle aurait joui de leur affection, se serait laissée accaparer par son neveu et sa nièce, et ne se serait peut-être plus sentie aussi seule et mal en point. Hélas, ils étaient en vacances dans les Alpes !

Bien sûr, elle avait des invitations à une ou deux soirées. Mais elle n'était pas partante pour subir une foule de questions sur les nouveaux fiancés.

Pour couronner le tout, depuis la défection de Connie, elle n'avait plus d'amie auprès de qui s'épancher. Comment était-il possible d'être si esseulée dans une ville aussi vaste que Londres, où elle connaissait tant de gens et où il se passait toujours quelque chose ?

Refoulant ses idées moroses, Imogen s'efforça de se remonter le moral. Une soirée tranquille à la maison — une ancienne écurie joliment reconvertie, en plein Chelsea —, ce n'était pas ce qu'il y avait de pire ! se dit-elle en hélant un taxi. Dans ce refuge agréable, elle pouvait oublier les désagréments de la vie : un méprisable article de journal, une photo peu flatteuse, un petit ami minable… Ce soir, elle se ferait couler un bain, siroterait un verre de vin, et se délasserait à la lueur des bougies. Elle s'autoriserait même à envisager la vie laborieuse, sans paparazzis, qu'elle pourrait avoir aux Etats-Unis si sa demande était acceptée et si elle pouvait faire là-bas les études qu'elle envisageait…

Alors que le taxi, après un virage, s'arrêtait devant chez elle, elle se pencha pour donner l'adresse au chauffeur, prête à ouvrir la portière.

— Une minute !

Au son de cette voix sèche, au contact d'une main venant arrêter la sienne, Imogen sursauta, puis se figea en sentant derrière elle un grand corps musclé. Terrorisée, elle eut un geste instinctif : elle donna un brutal coup de coude en arrière. Elle entendit un grognement de surprise et de douleur, et, électrisée par une poussée d'adrénaline, fit volte-face, prête à la riposte. Dès que son regard se posa sur son « adversaire », la réalité reprit ses droits. Oh ! non ! Pas lui !

Devant elle, Jack était plié en deux, une main cramponnée

au taxi, l'autre posée sur son estomac alors qu'il tentait de reprendre son souffle.

— Mais pourquoi avez-vous fait ça ? demanda-t-il quand il fut enfin capable de parler.

— Réaction automatique. Vous m'avez fait peur. Désolée.

— La prochaine fois, prévenez ! marmonna-t-il en se redressant tant bien que mal.

Il se retrouva alors tout près d'elle. Un frisson qui ne devait plus rien à la peur parcourut Imogen, et elle laissa échapper un soupir. Jack, abandonner ? Allons donc ! Elle avait été stupide de compter là-dessus !

— Vous désiriez quelque chose ? s'enquit-elle en prenant l'air ingénu.

— Vous m'avez plaqué au milieu d'une conversation. Ce n'était pas très courtois.

Comme il se frottait les côtes en la foudroyant du regard, elle refoula son sentiment de culpabilité.

— En ce qui me concerne, la conversation était terminée.

— Je ne m'en serais jamais douté, ironisa-t-il.

Au fond, ce n'était pas plus mal qu'il l'ait suivie. Il lui offrait une excellente occasion de faire acte de contrition. Elle pouvait soulager sa conscience et en finir avec leur rencontre explosive. Ensuite, elle partirait en taxi.

— Ecoutez, commença-t-elle en cherchant à tâtons, derrière elle, la poignée de la portière, je m'excuse pour cette remarque sur la victime à dévorer. C'était déplacé.

— Pourquoi avez-vous réagi ainsi ?

Imogen n'allait certes pas lui faire part du tumulte intérieur qui l'avait amenée à perdre la tête. Elle se rappela la réplique qu'il avait chuchotée, suggérant de « passer aux petites douceurs », et lâcha avec un haussement de sourcils :

— Vous avez besoin de le demander ?

— Il faut croire.

— Je ne suis pas portée sur les douceurs.

— Jamais ?

— Momentanément.

Il esquissa un sourire.

— Parce que vous êtes déjà toute douceur ?

— Arrêtez !

— Pour ce que j'en disais ! rétorqua Jack, ironique. En tout cas, votre réaction était excessive.

— Et je vous présente de nouveau mes excuses.

Comme il restait sans réaction, elle finit par observer :

— Vous pourriez les accepter et vous en tenir là, en gentleman.

— Qui vous dit que j'en suis un ?

Imogen ignora son frisson d'anticipation à l'idée que Jack pourrait se comporter avec elle en « voyou » et non en gentleman…

— A votre guise, lâcha-t-elle avec une indifférence feinte. Bon, si charmante que soit cette conversation, on m'attend. Alors, puisque c'est tout, bonne nuit !

— C'est tout ? répondit Jack en l'imitant, lui décochant de nouveau son sourire ravageur. Mais, Imogen chérie, nous venons à peine de commencer…

Elle le considéra, la bouche sèche.

— Eh bien, il se peut que nous nous croisions de nouveau, en effet. D'ici là, bonne nuit !

Soudain pressée de prendre ses distances, elle lui accorda un sourire bref, ouvrit la portière et se glissa sur le siège. Comme elle se détournait pour refermer la porte, elle vit avec effarement que Jack avait posé les bras sur le toit de la voiture. Il ne semblait pas pressé de prendre le large ! Alarmée par l'intensité de son regard résolu, elle bougonna :

— Qu'est-ce qu'il y a ?

— Cela vous ennuierait que je me joigne à vous ?

Accepter d'être à l'étroit dans cette voiture, avec Jack ? Pas question ! Elle était déjà bien assez nerveuse comme ça ! Et elle ne tenait pas à aller au-devant des ennuis !

— Je doute que nous allions dans la même direction.

— Cela viendra.

Il ne parlait pas de leur destination géographique, c'était clair ! pensa-t-elle en soulignant :

— Je suis sûre qu'un autre taxi se présentera très vite.

— Il commence à pleuvoir, et je n'ai pas de parapluie.

Jack n'était sûrement pas du genre à redouter les gouttes ! Mais le planter sous une pluie battante serait un peu sadique. De plus, une nouvelle rebuffade révélerait qu'il lui posait un problème. Or, elle n'avait pas envie qu'il le sache…

Elle devinait qu'il voulait connaître les raisons de sa conduite à la galerie, et s'avouait qu'il avait droit à une explication. Elle ne pouvait pas la lui refuser, cela aurait été impoli et immature. Avec un soupir, elle concéda :

— Je vais vers l'ouest de Londres.

— Moi aussi.

— Alors, montez, dit-elle en se déplaçant vers l'extrémité opposée du siège.

Comme Jack obtempérait, claquant la portière avant de s'installer près d'elle, Imogen se sentit ridicule. Pourquoi s'inquiéter ? Ce n'était qu'une brève course en taxi…

Mais le chauffeur, sans doute excédé d'avoir dû patienter, démarra d'un coup sec et fit une embardée. Imogen, lâchant un cri de surprise, se retrouva projetée contre son compagnon de route. Sa tête heurta son épaule, sa main se retrouva sur sa cuisse musclée, dangereusement proche de la part la plus sensible de son anatomie. Elle perçut son tressaillement viril, son soupir étranglé, et rougit comme une pivoine. Elle se redressa aussitôt en marmonnant des excuses.

— Deux fois en une soirée ! commenta Jack, hilare. Si j'avais oublié votre réplique d'adieu, je serais tenté de croire que vous me trouvez irrésistible.

Mortifiée, Imogen murmura :

— C'est vous qui m'avez suivie.

Puis, dominée par son désarroi, elle ajouta :

— On pourrait considérer ça comme du harcèlement, vous savez.

Jack serra les mâchoires. Sa main, occupée à défaire les boutons de son manteau, se figea, et Imogen, levant les yeux, vit qu'il la considérait maintenant d'un air glacial.

— Harceler… dévorer… En voilà des accusations,

laissa-t-il tomber d'une voix grave. Je modérerais mes paroles, si j'étais vous.

Il écarta les revers de son manteau, se débarrassa de sa cravate et, l'ayant roulée, la glissa dans une poche. Puis il déboutonna le haut de sa chemise.

Imogen, fixant malgré elle le triangle de chair qu'il venait de révéler, souligna :

— Ce n'est pas un verbe que j'emploie à la légère. J'ai été harcelée par un homme, voici quelques années. Il a fini en prison.

Elle se remémora en frissonnant celui qui, pendant six longs mois, l'avait suivie, traquée, assaillie de courriels horribles, ignorant obstinément l'injonction du tribunal.

— Vous avez eu affaire à un harceleur ? dit Jack, lui décochant un regard aigu.

Lisait-elle vraiment de la compassion sur son visage ?

— Oui, confirma-t-elle, réticente à l'idée d'inspirer à Jack de la pitié.

— Cela explique ce coup dans mon plexus, je suppose.

— C'était peut-être parce que je vous trouve antipathique !

— Ou l'inverse ! répliqua-t-il avec un large sourire. Cela vous déplaît sans doute, mais vous avez de la sympathie pour moi.

Son expression mua, et il continua d'un air sérieux :

— Je suis désolé de vous avoir effrayée.

— Vous m'avez surprise, ce n'est pas la même chose.

— Puisque vous le dites… Au fait, où allez-vous ?

— Ce ne sont pas vos affaires.

— Allons, allons, chérie, fit-il en souriant de plus belle. Ne soyez donc pas si hostile.

— Vous avez réquisitionné mon taxi. Cela ne me rend pas très amicale, figurez-vous !

En réalité, Imogen ne savait pas très bien ce qu'elle ressentait. Elle était nerveuse. Frémissante. Consciente, avec une perturbante acuité, de la présence masculine à côté d'elle. Quand Jack l'appelait « chérie », elle se demandait ce qu'elle aurait ressenti s'il avait prononcé ce mot avec sincérité. Elle imaginait quantité de scénarios où elle finissait toujours par se trouver nue entre ses bras…

Comment réussissait-il ce tour de force ? s'interrogea-t-elle. Il était bien sûr très beau, et avait fière allure. Mais des hommes beaux et bien bâtis, elle en avait rencontré des tas. Aucun ne lui avait fait cet effet ! Elle n'avait qu'un désir : grimper sur ses genoux, écarter sa chemise, caresser sa peau… et l'embrasser comme si sa vie en dépendait. Elle était à deux doigts de céder à cette folle impulsion ! Le plus perturbant était d'éprouver ces choses alors qu'elle ne se faisait aucune illusion sur Jack. C'était étrange, tout de même !

Mais peut-être était-ce cela, l'attirance sexuelle ? Cet élan irrésistible qui dédaignait la logique, la raison et les circonstances.

— Si vous n'êtes pas d'humeur amicale, pourquoi me lorgnez-vous ainsi ? lança soudain Jack.

Elle rougit. Puis répondit étourdiment :

— J'essaie d'estimer ce que je dois af…

Elle s'interrompit net. Il aurait été imprudent de dire « ce que je dois affronter ». Aussi fit-elle mine de réfléchir avant de reprendre :

— Je cherchais à jauger l'adversaire.

— Ah ? Vous anticipez un combat ?

« Juste une lutte intérieure », pensa-t-elle, rembrunie. Esquivant l'apostrophe, elle demanda :

— Que voulez-vous, Jack ?

— A votre avis ?

— Je n'en ai pas la moindre idée, dit-elle insidieusement.

— J'aimerais une explication. Ce n'était qu'une invitation à dîner, vous savez.

— Vraiment ? J'ai eu l'impression, au contraire, que vous ne vouliez pas vous en contenter.

— Il m'a semblé, pour ma part, que vous espériez plus qu'un repas.

— Vous êtes inouï !

— C'est drôle, ça ne sonne pas comme un compliment.

— Car ce n'en est pas un !

Railleur, Jack répliqua :

— Dites-moi, Imogen, quel est donc votre problème ?

Elle aurait bien aimé qu'il cesse d'employer ainsi son prénom. Quand il le prononçait, cela ressemblait presque à… un propos osé. Et puis, il se passait une chose curieuse : leur conversation l'amusait. En réalité, elle n'était pas loin d'y prendre plaisir…

— Je n'ai aucun problème. Est-il si invraisemblable que je n'aie aucune envie de souper — ni quoi que ce soit d'autre — avec vous ?

Il la dévisagea d'un air impénétrable, puis sourit jusqu'aux oreilles. Avec une lenteur délibérée, il considéra son visage, ses seins, sa taille, ses hanches, ses jambes… Elle se sentit frémir sous ce regard brûlant. Et, tandis qu'il prolongeait son examen, des bouffées de désir se mirent à éclore en elle comme autant de bouquets d'étincelles. Elle avait presque la sensation d'être nue devant lui, en feu…

— Invraisemblable ? Franchement, oui, murmura-t-il.

— Grossière erreur.

— Le dîner ne vous tente peut-être pas. Mais moi, vous me désirez. C'est clair.

Elle tressaillit comme s'il l'avait giflée, et s'arracha à la torpeur sensuelle où il l'avait plongée. « Quel mufle arrogant ! » pensa-t-elle, à deux doigts de lui assener une gifle. Au lieu de cela, elle répliqua :

— Je vous laisse vos illusions !

— Je vous amènerais sans peine à vous dédire, n'est-ce pas ? observa-t-il, posant les yeux sur sa bouche.

Démontée par la sensation de picotement qui lui agaçait les lèvres, Imogen répliqua quand même :

— Je ne parierais pas sur vos chances de succès.

— Moi, si.

Sidérée par son aplomb, elle vit le sourire assuré, perspicace, qui jouait sur ses lèvres viriles, et en frémit d'indignation. Elle se moquait bien qu'il eût raison, en cet instant. Ce n'était pas cela qui était en cause, mais lui et ses semblables !

Elle était sur le point de lui dire ses quatre vérités, mais un sentiment obscur la retint. Que gagnerait-elle à céder à la colère ? Ces dernières heures, elle avait manifesté plus d'instabilité émotionnelle que pendant tout le reste de sa vie. Si elle se laissait aller une fois de plus, elle accréditerait l'idée, à ses propres yeux et aux yeux de Jack, qu'elle était vraiment instable. Et ce n'était pas le cas, bon sang !

Elle ferma les yeux, inspira à fond, et s'intima de rester calme. Ce n'était tout de même pas si difficile !

4.

« Qu'est-ce qu'il y a, encore ? » se demanda Jack, observant Imogen qui, paupières closes, tête renversée, murmurait des mots inintelligibles. Etait-ce un exercice de méditation ? Ou bien se préparait-elle à l'affronter ?

C'était décidément une curieuse femme… Elle l'intriguait, pas de doute. Jamais il n'avait rencontré quelqu'un d'aussi versatile. Elle changeait d'humeur d'une seconde à l'autre ! Bien entendu, cela le poussait à la piquer, à l'asticoter.

Il serait bien inspiré de mettre fin à ce petit jeu. Car il avait le plus grand mal à s'empêcher de poser les mains sur elle, de la caresser… D'autant que l'embardée de la voiture lui avait permis de vérifier ce qu'elle ressentait à son égard…

Cependant, quand elle rouvrit les yeux et lui adressa un sourire serein, il oublia de penser.

— Vous voulez savoir ce qui me chiffonne ?

— Oui, affirma-t-il.

Son instinct lui soufflait pourtant que la réponse n'allait pas lui plaire !

— C'est qu'il y a trop de problèmes, justement. Je ne sais pas par quoi commencer.

— Par le commencement ?

— Excellente suggestion ! ironisa-t-elle. Eh bien, tout d'abord, vous avez un ego boursouflé.

Rien n'était moins justifié qu'une telle accusation ! pensa-t-il. Il lâcha en haussant les sourcils :

— Et d'où tirez-vous un pareil jugement ?

— En dehors de notre conversation de ce soir, vous voulez dire ?

— Pourquoi ? On s'est déjà rencontrés ?

— Pas du tout.

— C'est ce qu'il me semblait. Par quel hasard, d'ailleurs ?

— Un coup de chance ?

— Prends ça, Jack ! commenta-t-il. Peut-on savoir ce que vous avez contre moi ? Ou bien en avez-vous après les hommes en général ?

Imogen lui décocha un nouveau sourire éblouissant.

— Seulement après vous.

— Je suis flatté, répliqua-t-il. Eh bien ? Je vous écoute.

— *Satisfactionsexuellegarantie*, lui assena Imogen.

— Pardon ? Serait-ce une proposition ?

Jack constata avec soulagement qu'elle le foudroyait du regard. Son détachement apparent l'avait plutôt perturbé.

— Bien sûr que non ! Je faisais allusion au scandale sur eBay.

Oh ! ça ! Quatre ans plus tôt, pour aider Luke à surmonter la mort de sa première épouse, Jack avait provoqué son ami, l'entraînant dans cette lutte aux enchères au sujet d'une femme — qui était d'ailleurs devenue sa deuxième épouse. Il était révélateur qu'Imogen se braque sur un tel détail — ce nom d'utilisateur, ou plutôt ce « nom de guerre », choisi dans un moment de désinvolture.

— Un pseudonyme très présomptueux !

— D'où tirez-vous cette certitude ?

Le jeu commençait à l'amuser pour de bon. Aucune femme ne s'était jamais plainte de ses performances au lit, et Imogen s'échauffait si facilement ! Elle levait les yeux au ciel en cet instant. Mais elle était aussi rouge qu'une pivoine…

Pour sa part, il n'arrivait pas à détacher son regard de sa bouche, de ses lèvres qui laissaient entrevoir la pointe rose de sa langue… Soudain, une flambée de désir l'embrasa, des visions torrides l'envahirent. Il eut un vertige, et son cœur se mit à battre à grands coups tandis qu'il luttait contre l'envie de la serrer dans ses bras, de la renverser sous lui, de la prendre…

— On ne saurait mieux prouver mon deuxième point.

Un deuxième point ? se demanda Jack, qui ne savait plus où il en était. Il était excité à en avoir mal. Jamais il n'avait rien éprouvé d'aussi violent et primitif. Cela faisait… presque peur. « Ne sois pas stupide, pensa-t-il, l'attirance sensuelle n'a rien d'inquiétant. » Il s'éclaircit la gorge, voulut rajuster le nœud de sa cravate… qu'il avait déjà ôtée. S'efforçant de parler avec calme, il lâcha :

— Et on peut savoir lequel ?

— Je me suis laissé dire que vous étiez arrogant et fat.

Que voulait-elle donc ? Des excuses ? Une confirmation ? Une dénégation ? Elle pouvait toujours attendre ! Il ne réagirait pas avant de savoir ce qu'elle lui réservait encore…

— Rien d'autre ? Allons, courage, inutile de me ménager.

— Ce n'est pas mon intention ! On prétend aussi que vous êtes froid, dépourvu d'émotions, et que vous avez le cœur sec.

« Arrogant » et « fat », il en faisait son affaire. Ce n'était peut-être pas dénué de fondement. Même s'il aurait préféré « sûr de soi » et « plein d'audace ». Mais le cœur sec ? C'était exagéré ! Quel mal y avait-il à être réservé ? Qui avait envie de claironner ses états d'âme ?

— Je n'avais pas réalisé qu'un simple repas exigeait tant de profondeur de sentiments, railla-t-il, dissimulant sa pensée.

— Je doute que la profondeur vous soit familière.

Elle l'insultait ! Et de qui tenait-elle ces prétendus renseignements ?

— Vous ne me connaissez même pas.

— Je connais des hommes comme vous.

Ah, il faisait partie d'une catégorie ? Déplaisante notion. Erronée, qui plus est.

— Des hommes comme moi ?

— Oui, des hommes qui ont votre réputation.

— C'est là-dessus que vous fondez vos jugements ? Les ragots, les rumeurs et les ouï-dire ?

— C'est un point de départ comme un autre.

« Ça m'étonnerait ! » pensa Jack. Il n'était certes pas aussi mauvais que sa réputation le laissait croire. Même s'il n'avait jamais rien fait pour la démentir : cela lui convenait que les gens pensent le pire ; surtout les femmes. Ainsi, elles n'avaient pas de trop fortes attentes… ce qui était un soulagement pour lui.

Pourtant, l'idée qu'Imogen ait piètre opinion de lui le contrariait… Agacé de se soucier soudain d'une chose qui lui avait toujours indifféré, il observa :

— Votre opinion sur moi s'est faite à l'emporte-pièce.

— Peut-être, mais elle n'est pas sans fondement. J'ai mes sources.

— Lesquelles ?

— Amanda Hobbs, pour commencer.

Qui était-ce, déjà ? Oh ! oui, il voyait de qui il s'agissait.

— Amanda Hobbs ?

— Vous lui avez brisé le cœur.

Il était sûr du contraire ! Il veillait toujours à ce qu'une relation n'implique en rien les sentiments.

— Vraiment ?

— Vous l'ignorez ?

— Mais oui.

— Je n'arrive pas à croire que vous soyez insensible à ce point ! Que vous n'ayez aucune conscience des conséquences de vos actes !

Décidément, l'indignation d'Imogen avait quelque chose de fascinant. Et Jack était curieux de connaître les derniers ragots.

— Eclairez ma lanterne, dit-il.

Elle répliqua avec mépris :

— Collectionnez-vous les femmes au point de ne plus pouvoir en tenir le compte ?

La rumeur lui prêtait beaucoup plus de conquêtes qu'il n'en avait, mais il n'allait pas détromper Imogen sur ce point.

Il haussa les épaules, ce qui lui valut un regard encore plus noir que les précédents.

— Vous êtes sorti avec elle. Pendant trois mois, spécifia Imogen sans même enregistrer le haussement de sourcils de Jack. Et, au moment où vous alliez emménager ensemble, vous l'avez plaquée. Par SMS ! C'est vraiment minable !

— Bon, c'est tout ?

— Parce que ça ne suffit pas ?

— Il y a autre chose, non ? fit Jack, pince-sans-rire.

— Cela vous est donc égal qu'elle ait le cœur brisé ? Que cette malheureuse ait dû s'exiler en Italie pour oublier ?

Ma foi, oui, il s'en fichait. Pourquoi s'en serait-il soucié ? Et en quoi cela concernait-il Imogen ? Etait-elle l'amie d'Amanda, pour s'indigner ainsi ? Elles avaient un goût commun pour le mélodrame, en tout cas !

— Si je comprends bien, vous êtes l'ange de la vengeance incarné. Vous me faites payer les crimes que j'ai prétendument commis. Eh bien, laissez-moi vous dire, mon petit cœur, que c'est injustifié.

— Bien sûr…

« En voilà assez ! » décida Jack.

— Ecoutez, voici les faits. Les faits, répéta-t-il, et non des commérages pervers, de seconde ou troisième main qui plus est.

Imogen voulut répliquer, mais, excédé par ses accusations et son mépris, il ne le toléra pas. Plaquant une main sur sa bouche entrouverte — et s'efforçant d'ignorer les sensations qui l'envahissaient à ce contact —, il décréta :

— Silence ! Je suis sorti une fois ou deux avec Amanda. Trois au grand maximum. Nous n'avions pas de liaison, et n'avons donc jamais envisagé d'habiter ensemble.

Si jolie qu'elle fût, Amanda avait un penchant trop prononcé pour les scènes et les sorties théâtrales — une des raisons pour lesquelles il avait cessé de la voir. Par ailleurs, « relation durable » et « cohabitation » ne faisaient pas partie de son vocabulaire. Et ce n'était ni aujourd'hui ni demain qu'ils y entreraient.

Il vit ciller Imogen, et sentit remuer ses lèvres sous sa paume, à mesure qu'elle assimilait l'information.

— Eh oui ! dit-il. J'ignore ce que fait Amanda en Italie, mais une chose est sûre : elle ne s'y remet pas de notre rupture.

Imogen eut un bref mouvement, le dévisagea, puis acquiesça.

Jack pensa que, tant qu'il y était, il allait l'édifier sur quelques autres points.

— Puisque nous y sommes, murmura-t-il, rajoutons que, contrairement à mon ego, ma réputation est bel et bien « boursouflée », pour employer votre vocabulaire.

Comme elle écarquillait les yeux, il lança avec une déception feinte et railleuse :

— Cela vous paraît invraisemblable ?

Elle plissa les yeux, puis finit par incliner la tête.

— Je vois. Pour ma part, j'ai entendu dire que vous êtes écervelée et superficielle. Une mondaine menant une existence futile. Tout cela est exact aussi, je suppose.

Comme elle lui lançait un regard assassin, il s'écria d'un air faussement naïf :

— Non ? ! Ce n'est pas vrai du tout ?

Imogen secoua la tête.

— Tiens donc. Et pourquoi en irait-il différemment en ce qui me concerne ?

Il attendit, la laissant se décider. Comme elle haussait les épaules, il se pencha vers elle et susurra :

— Peut-être ne suis-je pas aussi voyou que vous l'aimeriez.

Elle fut parcourue d'un frisson et ses prunelles s'obscurcirent. Il eut l'impression qu'elle entrouvrait les lèvres sous sa paume, et, de nouveau, fut fouetté par le désir. Il imagina ce qui aurait pu se passer s'ils avaient honoré leurs réputations réciproques, et eut envie d'écraser sa bouche sur la sienne, de l'étreindre, d'assouvir le besoin qui le taraudait…

Ce qui aurait été une très mauvaise idée !

Pourquoi ? Jack n'aurait su le dire. Puisque sa propre

réputation était en grande partie erronée, il en allait sans doute de même pour celle d'Imogen. Elle était loin de paraître écervelée et superficielle. Il la trouvait piquante, stimulante, audacieuse, et elle l'intriguait terriblement.

Rien ne l'empêchait donc de renouveler son invitation à dîner. Ni de la pousser à admettre leur attirance mutuelle et la convaincre qu'ils n'avaient aucune raison d'y résister.

Aucune raison, sauf le signal d'alarme qui retentissait dans son crâne. Ce signal insistant qui s'était activé à l'instant où il avait pensé : « C'est elle ! » Ce signal qui lui insufflait un sentiment proche de la panique.

De la panique… non, voyons ! Cela lui était étranger. A la réflexion, la sensation bizarre qu'il éprouvait s'apparentait plutôt à un désir exacerbé. Mais tout de même…

En fait, il était temps de conclure cette soirée. Il avait identifié les réticences d'Imogen, corrigé certaines inexactitudes, et n'avait plus aucune raison de s'attarder. Il ferait même bien de quitter ce taxi tout de suite. Puisqu'il était arrêté à un feu rouge.

— Bon, dit-il, en avons-nous fini avec les accusations ?

Elle hocha la tête.

— C'est bien sûr ?

Elle acquiesça encore.

— Alors, bonne nuit.

Là-dessus, sans se laisser le temps de se raviser, Jack cessa de la bâillonner avec sa main, ouvrit la portière, et bondit sur le trottoir. Déjà, il était loin.

5.

C'était une chance que Jack ait sauté hors du taxi, se persuada Imogen quelques heures plus tard, alors qu'elle retapait son oreiller avant d'y appuyer de nouveau sa tête et de fixer le plafond. Oui, une chance. Car sinon…

Une fois de plus, elle se repassa la scène du taxi et, frissonnante sous son duvet, essaya d'oublier ce qui aurait pu se produire… en vain, une fois de plus. Elle avait toujours l'impression de sentir la grande main de Jack plaquée sur sa bouche. Elle avait des picotements aux lèvres et sur la peau…

En rentrant, elle avait pris un bain puis savouré un verre de vin, sans obtenir le soulagement escompté. Les brûlures du désir s'attardaient sur sa chair. Même son rêve de vie aux Etats-Unis avait échoué à la détourner de Jack. D'autant qu'elle se rappelait avec acuité leur entrevue. Surtout l'instant où elle avait lâché : « *satisfactionsexuellegarantie* »…

Seigneur ! Qu'avait-il dû penser !

Bien entendu, après ça, elle n'avait songé qu'à faire l'amour avec Jack. Elle avait eu beau le traiter de fat et d'arrogant, elle était si troublée, si excitée… Lorsqu'il l'avait bâillonnée, elle avait tenté de se concentrer sur les questions qu'il posait. Mais en réalité elle était hypnotisée par sa voix grave, basse et musicale… et toute à ses désirs torrides. Une seule chose l'avait retenue de céder à Jack : la présence du chauffeur…

A quoi bon le nier ? Elle avait désiré cet homme dès le premier regard. Sur ce point, il disait vrai. Mais pour ce que ça lui avait rapporté ! Alors qu'elle se débattait contre son propre trouble, au bord de la défaillance, se demandant s'il serait si mauvais d'y céder… de son côté, Jack préméditait sa fuite !

Avec le recul, elle le comprenait. Perturbée par les nouvelles de l'après-midi et l'effet que Jack produisait sur elle, elle avait eu un comportement plutôt déséquilibré ! A la place de Jack, elle aurait fui aussi.

Elle s'enfouit sous le duvet et ferma les yeux pour effacer le souvenir de cette mortifiante soirée. Heureusement, Jack Taylor était sorti de sa vie aussi vite qu'il y était entré.

Quelque chose ne tournait pas rond, décida Jack le lendemain, à l'heure du déjeuner, alors qu'il essayait de se concentrer sur le menu. Il couvait une grippe ou une pneumonie. Il y avait forcément une explication à l'agitation douloureuse qui le tourmentait depuis la veille.

D'habitude, il ne souffrait pas d'insomnie. Il tombait dans les bras de Morphée dès qu'il posait la tête sur l'oreiller. Mais, cette nuit, il avait très mal dormi. Si on pouvait appeler cela dormir ! Il n'avait pas arrêté de tourner et retourner dans son lit, puis d'arpenter sa chambre. Pour finir, renonçant à trouver le sommeil, il s'était rendu au bureau sur le coup de six heures du matin.

Son travail n'avait pas avancé pour autant ! Tout à fait à cran, il avait rabroué son assistante, sermonné injustement l'un de ses traders, réalisé quelques opérations financières stupides. Un comportement inédit de sa part ! Enfin, exaspéré d'être entre quatre murs, conscient qu'il finirait par commettre une faute catastrophique, il avait téléphoné à Luke et l'avait convaincu de déjeuner avec lui au restaurant.

— Alors, qu'est-ce qui se passe ?

La voix de Luke arracha Jack à sa méditation morose. Il tressaillit, leva les yeux, et vit que son ami le dévisageait avec une vive curiosité.

— Rien, il ne se passe rien, marmonna-t-il. Pourquoi cette question ?

— Voici cinq bonnes minutes que je parle dans le vide. Je doute que ça ne signifie rien !

— Désolé, murmura Jack.

Bon sang ! Que lui arrivait-il ? Il n'était jamais distrait. Au contraire, sa concentration était légendaire, et lui avait d'ailleurs permis d'engranger des milliards. En général, il n'avait aucun mal à choisir son menu…

— Excuse-moi, reprit-il. J'étais à des années-lumière.

— C'est clair. Tu as découvert une planète intéressante ? lança Luke, facétieux.

Mal à l'aise, Jack se ressaisit. Il n'allait sûrement pas avouer les curieux symptômes qui l'affligeaient. C'était du surmenage, voilà tout. Quant au menu, ce n'était quand même pas sorcier de prendre un steak !

— Je n'ai « atterri » nulle part, lâcha-t-il avec un sourire faussement désinvolte. Au fait, tu disais ?

— Je te demandais si tu étais toujours partant pour samedi soir.

Ah ! A la pensée du samedi à venir et de Daisy, sa filleule de trois ans, Jack eut cette fois un sourire sincère. Dans un instant de témérité, il avait accepté de garder la fille de Luke et Emily tandis qu'ils assisteraient à un mariage en Cornouailles. Il n'avait aucune expérience des enfants, et ne tenait pas à prendre l'habitude de pouponner. Mais les parents de Luke étaient en vacances à l'étranger, et la sœur d'Emily, déjà engagée ailleurs. Lorsque, en désespoir de cause, Emily s'était adressée à lui parce qu'il était le seul en qui elle eût confiance, Jack n'avait pas pu résister. Selon lui, la confiance d'Emily était mal placée. Mais que n'aurait-il fait pour ses amis ? D'ailleurs, consacrer une soirée à sa magnifique petite filleule n'était pas un grand sacrifice !

— Bien sûr, que je suis toujours partant, dit-il à Luke.

— Si tu as des projets, on peut trouver une solution.

— Je n'ai aucun projet.

— Sûr ?

— Certain.

— O.K. En tout cas, si tu changes d'avis, tiens-nous au courant.

— Merci, mais je ne changerai pas d'avis.

— Je t'offre une porte de sortie en cas de besoin.

Pour un peu, Jack aurait poussé un cri de frustration. Il n'avait pas besoin d'une échappatoire, bon sang ! Manquer à une promesse, ce n'était pas son genre. Et jamais il n'aurait fait faux bond aux deux seules personnes dont il ne mettrait jamais en doute la loyauté et l'amitié… Donc, il y avait anguille sous roche !

Aussi déclara-t-il à Luke :

— Ecoute, si tu as quelque chose à dire, autant y aller carrément.

— Très bien, fit en souriant Luke. Si tu veux sortir avec une certaine Imogen Christie au lieu de garder Daisy, samedi prochain, tu n'as qu'à m'en aviser. On s'arrangera.

Jack se figea.

— Qu'est-ce qui te fait croire que je voudrais sortir avec Imogen Christie ?

— Rien, c'est juste qu'une amie d'Emily a téléphoné ce matin. Elle vous a vus hier à une exposition, en train de bavarder. Vous avez pris un taxi, et vous aviez l'air de beaucoup vous amuser.

— Je vois, lâcha-t-il.

— Elle voulait connaître tous les détails croustillants.

— Il n'y en a pas.

Hilare, Luke haussa les sourcils :

— J'ai du mal à le croire.

Jack haussa les épaules. Luke pensait ce qu'il voulait…

— Pourquoi tant d'intérêt ? s'enquit-il.

— Tu es mon meilleur ami, et depuis longtemps. Bien sûr, que ça m'intéresse.

« Nous y revoilà », songea Jack. Depuis que Luke s'était marié, trois ans plus tôt, il multipliait les allusions pas très subtiles, suggérant que Jack devrait l'imiter, fonder à son tour une famille. Comme s'il était susceptible de prendre

Luke et Emily en exemple ! Non, merci. Ils avaient leur vie de couple, Daisy, et un deuxième bébé en route. C'était parfait pour eux. Mais pas du tout pour Jack. Cela n'avait jamais été son style, et ne le serait jamais.

— Si je comprends bien, c'est à Emily que je dois cet interrogatoire ?

— Elle voulait connaître les dessous de l'affaire, répondit sans honte Luke.

— Il n'y a rien à raconter. J'ai rencontré Imogen à la galerie, nous avons eu une conversation qui s'est poursuivie dans un taxi. Puis je suis descendu, et elle a continué son chemin. Point final.

— Génial ! lâcha Luke avec un grand sourire. Parce que, si tu n'avais pas été disponible pour le baby-sitting, je ne sais vraiment pas comment on se serait débrouillés.

Autrement dit, Jack s'était fait cuisiner avec art. Oh ! cela ne le dérangeait pas, et n'avait rien à voir avec sa crispation soudaine et les battements accélérés de son cœur. Non, ce qui le perturbait, c'était la pensée qui occupait maintenant son esprit : et si l'histoire ne s'arrêtait pas là ? Bon sang, il en avait des sueurs froides…

S'il croyait ne pas en avoir fini avec Imogen, cela pouvait expliquer son malaise, son agitation intérieure. Comme de juste, cela avait commencé après qu'il avait quitté la jeune femme. Ce n'était pas un hasard, se dit-il, saisissant ce que son inconscient lui avait dissimulé jusque-là.

Puisqu'il était convaincu d'avoir agi comme il fallait en descendant du taxi, pourquoi avait-il eu l'impression contraire ? Pourquoi avait-il regagné à pied son appartement avec la sensation de traîner un boulet ? Et pourquoi n'arrivait-il pas à chasser de son esprit la vision d'Imogen renversée sur lui… de sa bouche si proche de la sienne, de sa main sur sa cuisse… ? Oh ! oui, il se passait quelque chose entre eux !

— Je ne peux pas m'empêcher de me demander pourquoi.

— Pourquoi quoi ? s'enquit Jack.

— Tu ne la revois pas. Il paraît qu'elle est très jolie.

Imogen était plus que jolie ! Elle était belle, contrariante, fascinante, et sexy comme le péché. Inutile de le nier.

— Elle l'est, concéda Jack, s'agitant sur son siège pour soulager son excitation intime.

— Alors, qu'est-ce qui ne va pas chez elle ?

— Elle n'est pas mon genre.

Du diable s'il avouait à Luke le trouble insensé où cette femme l'avait plongé !

— Ah ? Tu ne joues plus les don Juan ?

— Ha, ha ! s'exclama Jack, agacé malgré lui par cette mauvaise plaisanterie.

— Désolé, je n'ai pas pu résister, avoua son ami.

— Eh bien, contrôle-toi !

Etonné par le ton de cette réplique, Luke leva les yeux. Il savait que son ami était loin d'être dissolu, comme le prétendait la rumeur, et plaisantait souvent à ce sujet. Jack ne s'en offusquait pas, d'habitude. Alors, pourquoi prenait-il la mouche, aujourd'hui ?

« Tu perds les pédales », s'admonesta Jack, qui eut un sourire contrit.

— Excuse-moi, je suis épuisé.

— Pas de souci ! répondit Luke, sourire aux lèvres. Je n'aurais pas dû parler de ça.

— Si tu veux vraiment tout savoir, je l'ai invitée à dîner et elle a refusé.

— Sans blague ? Mais pourquoi ?

— Ma réputation lui déplaisait.

— Je vois, opina Luke, rembruni. Et tu ne l'as pas détrompée ?

— Bien sûr que si.

— Alors, je ne comprends pas. Que s'est-il passé ?

Jack réprima une grimace. C'était la question à un million de dollars. Celle qu'il évitait de se poser depuis qu'il était descendu du taxi.

En vérité, il avait eu peur. Il avait su que son attirance pour Imogen était partagée. Bon sang, il le lui avait même affirmé ! Mais en avait-il profité ? Pas du tout. Il avait choisi l'issue la plus facile, taraudé par la sensation que cette femme était dangereuse. Qu'elle représenterait une menace pour sa tranquillité d'esprit s'il se liait à elle.

Absurde, non ? Il avait eu une réaction plutôt mélodramatique, en fait.

Mais cela pouvait se comprendre. A quelques minutes d'intervalle, il avait été exposé aux pires croûtes qu'on puisse voir, anéanti par un violent coup de foudre, soumis à une rebuffade, frappé au plexus, traité d'arrogant au cœur sec… Comment garder son équilibre mental, après ça !

Maintenant, il voyait qu'Imogen n'était que l'une de ces innombrables femmes qui l'avaient séduit. Et il avait très envie de finir ce qu'il avait commencé…

— J'ai été stupide, admit-il, sentant sa tension s'envoler à l'idée d'entreprendre la conquête de la jeune femme.

— Que vas-tu faire, alors ?

— La retrouver.

Et, une fois la chose faite, il déploierait son éventail de séduction — très étendu. Quand il aurait atteint son but, Imogen le supplierait d'assouvir la passion qu'il aurait suscitée.

— La retrouver ? Comment ? s'enquit Luke.

— Je n'en ai aucune idée.

— Tu veux un coup de main ?

Jack perçut un soupçon de nostalgie dans la voix de son ami, et sourit. Des années plus tôt, tous deux avaient formé un tandem redoutable, en matière de conquêtes féminines. Aujourd'hui, Jack opérait en solo.

— Merci, mais je n'en aurai pas besoin, répondit-il.

6.

« Encore une soirée sinistre », pensa pour la énième fois Imogen, ce vendredi soir. Si elle n'avait pas été la seule disponible pour représenter les Christie à ce bal de la Saint-Valentin, elle serait restée tranquillement chez elle avec un bon roman.

D'abord, elle était épuisée. Et ce n'était pas parce qu'elle travaillait seize heures par jour. Son job au service de financement du Christie Trust — qu'elle ne devait qu'à son appartenance familiale — n'était, hélas, pas très prenant.

Ce n'était pas non plus parce qu'elle faisait la fête jusqu'à pas d'heure. Depuis les fiançailles de Max et Connie, elle fuyait les soirées mondaines pour éviter de tomber sur eux.

En réalité, la raison de sa fatigue et de ses insomnies, c'était Jack. A sa grande frustration, elle n'avait pas réussi à le chasser de ses pensées. Dès qu'elle fermait les yeux pour tenter de dormir, il était là, avec sa voix de velours, son regard brûlant, sa main tiède sur sa bouche… Non content de perturber ses nuits, il avait aussi une tendance énervante à envahir son espace mental en pleine journée. Dans les moments les plus inappropriés. La veille, par exemple, alors qu'elle faisait ses courses au supermarché, il avait fait irruption dans sa mémoire, tel qu'elle l'avait vu à l'arrière du taxi…

Cependant, dans son imagination enflammée, Jack ne descendait pas du véhicule. Il y restait. Quant au chauffeur, il se volatilisait comme par magie. Avec un sourire dévastateur, Jack la prenait dans ses bras, l'embrassait à en perdre le souffle. Elle était si bouleversée qu'elle en oubliait jusqu'à son propre nom. Puis il lui prodiguait une foule de caresses avec sa bouche et ses mains, et elle avait l'impression de boire du nectar…

Il fallait que cela cesse ! Car elle réalisait, non sans malaise, que Jack était devenu une obsession.

Comment expliquer, sinon, qu'elle se soit procuré le numéro d'Amanda Hobbs et lui ait téléphoné en Italie dès le lendemain du vernissage pour lui extorquer la vérité ?

Comment expliquer qu'elle ait passé des heures à fantasmer sur Jack alors qu'elle était convaincue de ne plus jamais le revoir ?

Et comment expliquer qu'elle en soit venue à se torturer sans cesse à son sujet, en s'avouant qu'il n'avait pas seulement vu juste en ce qui concernait son désir pour lui ?

Car il avait eu raison sur d'autres points aussi, pensa-t-elle avec un soupir. Elle l'avait méjugé, c'était clair. Sa propre réputation était très exagérée ; alors, pourquoi n'en serait-il pas allé de même pour lui ? D'ailleurs, elle avait entendu des choses si extravagantes au sujet de Jack que, sur le moment, elle avait pensé qu'on les avait forgées de toutes pièces !

Cela ne faisait pas de lui un saint. Mais, si Jack était réellement un bon à rien dissolu, dirigerait-il l'une des plus prospères sociétés d'investissement du pays ? Et s'il comptait plus de conquêtes féminines que la plupart des hommes, après tout, c'était normal, pour un homme avec cette voix, ce physique, ce charisme !

Donc, elle avait commis une erreur en repoussant avec tant de désinvolture son invitation à dîner.

Le taxi qui l'emmenait à l'hôtel cinq étoiles donnant sur Hyde Park prit un virage sur les chapeaux de roue, et Imogen, perdue dans ses pensées, n'eut pas le réflexe de se retenir à la portière. Elle fut vivement déportée sur le côté, ce qui lui permit de se ressaisir.

Bon sang, elle avait encore divagué sur Jack Taylor ! Même si elle avait enfin compris qu'il ne ressemblait pas à Max, et n'aurait pas été fâchée de faire partie de ses conquêtes, il était trop tard pour revenir en arrière. D'ailleurs, face à un homme tel que lui, elle n'était pas de taille. De plus, elle ne s'était pas présentée à lui sous son meilleur jour…

Tout cela n'était pas fait pour la mettre à l'aise. Et, pour mettre un comble à sa nervosité, il y avait des chances qu'elle se retrouve nez à nez avec Connie et Max, tout à l'heure. Leurs noms figuraient sur la liste des invités. Elle ne pourrait guère passer inaperçue dans une réunion de cent personnes… Elle aurait droit à des regards obliques et à des chuchotis, c'était sûr !

Comme le taxi se garait le long du trottoir, Imogen se redressa. « Aucune importance », se convainquit-elle. Elle devait rester calme et faire bonne figure. Ainsi, tout irait bien. Elle ajusta le drapé de son étole, ouvrit la portière, et descendit avec la grâce que lui conféraient des années d'entraînement. Elle décocha un sourire éblouissant au photographe qui rôdait dans les parages, puis franchit le perron et la double porte vitrée.

C'était une soirée importante pour le Christie Trust, se répéta-t-elle en avançant la tête haute pour remettre son étole à l'hôtesse. Elle glissa le ticket dans son sac et gagna le hall carrelé de marbre blanc et noir, s'approchant du groupe de personnes déjà arrivées. Le bal de la Saint-Valentin permettait de collecter des millions de dollars pour de bonnes causes ; il ne fallait pas compromettre cela.

Imogen avait médité ce qu'elle ferait et dirait s'il lui arrivait de tomber sur Max ou Connie, ou pire, sur les deux ensemble. Au lieu de leur arracher les yeux, elle se montrerait charmante, diserte et pleine d'esprit. Elle serait le boute-en-train de la soirée, en fait. Et prouverait qu'elle se moquait de leur trahison ! Elle en était parfaitement remise !

— Imogen ?

Au son de la voix virile et familière qui avait retenti derrière elle, Imogen se figea, le cœur battant à se rompre. Lentement, elle se retourna. Ils étaient là. Connie et Max. Juste devant elle. Bras dessus bras dessous, la mine réjouie.

Le diamant que Connie portait au doigt brillait sous les lumières des lustres.

Aussi sonnée que si on lui avait décoché un coup de poing brutal, Imogen les regarda tour à tour. Et, à sa grande horreur, sa vue se brouilla, sa gorge se serra, ses pensées la désertèrent…

« Ah, la voilà ! » pensa avec satisfaction Jack, qui venait de repérer Imogen dans le hall. Là-bas, devant la cheminée, près d'un grand brun et une petite blonde. Parfait. Pour une fois, sa mère se révélait utile, en dépit de son existence vaine.

Si Jack l'avait sollicitée, c'était en dernier recours. Il s'était avéré plus difficile que prévu de rencontrer Imogen. Arpenter Londres dans l'espoir de tomber sur elle ne semblait pas très prometteur. Se procurer ses coordonnées et lui envoyer un e-mail, ou lui passer un coup de fil, c'était courir le risque d'être dédaigné. Se présenter sur son seuil revenait à accréditer la thèse du harcèlement. Il n'avait donc pas eu d'autre recours que de faire appel à sa mère. Vu son penchant pour les soirées interminables avec des hommes plus jeunes qu'il ne l'était lui-même, elle n'ignorait sans doute rien de la vie mondaine. Si quelqu'un pouvait l'aider à découvrir quels lieux fréquentait Imogen, c'était bien elle.

Il n'avait même pas eu besoin de cacher son jeu, pensa-t-il en ajustant son nœud papillon. Sa mère était si égocentrique qu'elle n'avait pas eu l'idée de demander pourquoi son fils désirait ces informations…

Au demeurant, il avait bien le droit de rencontrer Imogen. Cela n'avait rien d'extraordinaire. Et s'il ne s'était jamais soucié, auparavant, qu'on sache avec qui il sortait, pas plus qu'il ne s'était gêné pour s'enquérir auprès de ses amis des moyens de contacter une femme, en se moquant des éventuels commérages… en quoi était-ce révélateur ?

Il devait tenir compte de la résistance possible d'Imogen. C'était un obstacle de taille dans la conquête qu'il voulait entreprendre. L'opération requérait du tact, de la subtilité. Une approche originale. Et de la concentration, surtout ! se remémora Jack en se dirigeant vers sa cible. Il ne devait pas se laisser détourner de son but. Même si Imogen offrait un spectacle étourdissant, propre à tournebouler un homme…

A mesure qu'il s'approchait d'elle, il enregistrait tous les détails. Elle était gainée d'un fourreau noir sans manches ni bretelles, fendu d'un côté jusqu'à mi-cuisse. Ses cheveux relevés en chignon avaient l'éclat de l'or. Elle portait une parure en diamants aux oreilles et au cou.

Un homme plus faible se serait laissé éblouir, il serait tombé à ses genoux pour implorer un sourire. Mais, pour sa part, Jack se savait maître de lui et très loin d'être faible. A ses yeux, la stratégie était tout. Et il s'en tiendrait à cette ligne de conduite !

Au demeurant, réalisa-t-il, frappé par l'allure crispée de la jeune femme, Imogen semblait un peu moins resplendissante vue de près. A dire vrai, elle était plutôt pâle. Elle paraissait même au bord de l'évanouissement. Jack hâta le pas, gagné par l'inquiétude, réalisant que quelque chose n'allait pas. Il s'arrêta non loin d'elle et, luttant contre son propre trouble, lança :

— Imogen ? Est-ce que ça va ?

Elle le dévisagea, les yeux dilatés, et il eut la nette impression qu'elle regardait dans le vide. Alors qu'il s'alarmait pour de bon, elle cilla, se redressa, puis lui décocha un sourire étincelant.

— Jack, chéri… tu as pu te libérer ! susurra-t-elle, lui entourant le cou de son bras et déposant un baiser au coin de ses lèvres.

A l'effleurement de sa bouche pleine et douce, si appétissante, Jack eut l'impression de recevoir une décharge électrique. Elle se pressait contre lui, lui faisant sentir la rondeur de sa poitrine, la tiédeur de son corps. Elle portait un parfum enivrant. Et tout cela assaillait ses sens… réduisant à néant sa belle tactique. Il ne songeait plus qu'à entraîner Imogen dans un coin sombre pour lui donner un vrai baiser. Pour explorer…

Soudain, elle s'écarta, le regard embué, et Jack réprima son désir. « Stratégie et self-control ! » s'admonesta-t-il. Car, pour le moment, son but n'était pas de lui prouver qu'elle avait tort de nier leur attirance. Il voulait seulement l'aider.

Il vit son regard implorant et ignora la voix acide lui soufflant qu'il n'avait pas le droit de s'attribuer le rôle du preux chevalier puisqu'il n'était pas chevaleresque pour deux sous ! Imogen avait besoin de lui. Il répondait présent.

Après tout, songea-t-il en adoptant au quart de tour le comportement de l'amoureux transi, il avait prévu un travail d'approche, ce soir. Il aurait été fou de laisser passer cette occasion…

Avec un sourire, il enlaça Imogen en l'attirant contre lui, la regarda dans les yeux et murmura :

— Bien sûr, que j'ai pu me libérer. En doutais-tu ?

— Je n'étais pas sûre.

— Quel manque de confiance…

— Tu me pardonnes ?

Quand elle lui parlait de cette voix douce, légèrement haletante, en se pressant contre lui, Jack lui aurait pardonné n'importe quoi ! Déconcerté par sa propre réaction, il s'écarta à demi pour regarder le couple qui l'accompagnait.

— Tu ne me présentes pas tes amis, chérie ?

Elle tressaillit.

— Oh… Euh, oui, bien sûr. Jack, voici Max Lewellyn. Et Connie Nicholson.

Comme le sourire d'Imogen s'altérait quelque peu, Jack se demanda si le mot « amis » était approprié…

— Jack Taylor, énonça-t-il, laconique, en serrant la main au duo.

Max le hérissa d'emblée. Il le trouva antipathique. Peut-être était-ce dû au fait que ce type était un peu trop lisse, avec ses dents si blanches, ses cheveux si bien peignés, ses mains si soigneusement manucurées…

Imogen reprit la parole d'une voix tendue — ce qui confirma son soupçon.

— Max et Connie sont fiancés, déclara-t-elle.

— Félicitations, dit Jack.

— Merci, répondit Connie, dont la mine réjouie s'effaça alors qu'elle décochait un coup d'œil à Imogen.

Celle-ci afficha un sourire factice. Il y eut un curieux silence. Jack était le seul à poser son regard sur les membres du petit groupe. Il sentit croître la tension de sa compagne et s'apprêta à dire n'importe quoi, histoire de détendre l'atmosphère. Mais Imogen reprit avec un sourire encore plus artificiel que le précédent :

— Le décor est réussi, non ?

— Ravissant, lâcha Jack.

— Ton comité d'organisation a fait du beau travail, commenta Connie, dont l'enthousiasme visait, de toute évidence, à alléger l'atmosphère, singulièrement plombée.

Jack laissa courir son regard sur le décor somptueux et raffiné du hall, qui, en apparence, se prolongeait dans la vaste salle de bal dont la porte à double battant était grande ouverte.

— C'est la moindre des choses, vu le prix élevé des billets, enchaîna Imogen avec un rire nerveux. Vous avez vu les pétales de rose disséminés sur le parquet ? Des roses de Damas, en provenance du Maroc. Deux cent mille en tout. C'est fou, non ? Et les bougies viennent du fournisseur de l'abbaye de Westminster. Au fait, savez-vous qu'il y a une salle de casino, ici ? Les croupiers arrivent tout droit de Monte-Carlo. Vous devriez essayer la roulette, tout à l'heure.

— Vous êtes joueur, Max ? glissa Jack.

Il se fichait de le savoir, mais Imogen lui saurait gré, tout à l'heure, d'avoir interrompu son bavardage hystérique.

— Non, lui répondit Max avec un rire chevalin qui lui écorcha les oreilles. C'est beaucoup trop risqué. Je suis plutôt porté sur l'art moderne.

— Vraiment ?

— Oui. En fait, je viens d'acquérir un tableau. Enfin,

quand je dis « je »… J'ai confié à mon mandataire le soin de l'acheter, bien sûr. Une œuvre très intéressante, tout à fait à part. Elle m'a coûté une fortune, naturellement, mais le grand art n'a pas de prix.

— Je suis de votre avis, marmonna Jack en espérant que les liens d'Imogen avec ce crétin prétentieux, quels qu'ils fussent, étaient plutôt distendus.

— N'est-ce pas ? enchaîna Connie, loyale envers son compagnon. Le tableau est censé représenter la lutte contre l'injustice du capitalisme, mais j'avoue que je ne le perçois pas. J'aime les couleurs, c'est tout.

Il n'avait tout de même pas… Jack se tourna vers Imogen pour savoir si elle tirait la même conclusion que lui, et elle leva les yeux au même instant. Il vit poindre une lueur amusée dans ses prunelles chocolatées, et esquissa comme elle un sourire. Pendant un instant grisant, tout s'effaça : les gens vêtus de couleurs vives, le brouhaha des conversations, le crépitement du feu dans la cheminée, le cliquetis des flûtes de champagne… Il n'était plus conscient que de la présence d'Imogen, douce et tiède à côté de lui, et du désir taraudant qui l'envahissait.

— C'est le plus important, lâcha-t-il en guise de commentaire, sans cesser de la contempler.

— Et ce sera sûrement un excellent investissement, enchérit Imogen, le couvant du regard.

— On me l'a assuré, dit Max.

Et, tout à coup, Jack ne voulut pas supporter une seconde de plus la présence de Max, de Connie, ni de qui que ce fût, d'ailleurs. Il ne partagerait Imogen avec personne ! Son pouls s'était accéléré, il avait la bouche sèche. Le désir fouettait son sang. Et c'était pour l'assouvir qu'il était venu ici ce soir.

— Chérie, murmura-t-il, nous devrions circuler un peu, tu ne crois pas ?

Il resserra son étreinte, amenant Imogen encore plus près de son corps en feu, et il vit s'obscurcir ses prunelles.

— Pardon ? souffla-t-elle d'une voix hésitante. Oh ! bien sûr. Oui. Bonne idée.

Elle décocha un sourire appuyé à Max et Connie et leur fit un signe de main :

— Ravie de vous avoir vus. Bye…

7.

Toujours collée à Jack, qui l'entraînait au-delà du hall dans un couloir, Imogen ne put retenir une grimace. Elle aurait tant aimé rejouer cette scène avec le calme et le détachement qu'elle avait prémédités ! Comment avait-elle pu dérailler aussi lamentablement ? Et oublier toutes les belles répliques qu'elle avait préparées ?

Et surtout, d'où lui était venue une telle audace ? Elle coula un regard vers Jack, dont le visage arborait une expression sévère. Que pouvait-il bien penser d'elle ?

Quand il était apparu devant elle, elle avait d'abord cru à une hallucination. Car, après avoir échangé une ou deux phrases polies avec Connie et Max, elle avait cherché en vain à se tirer dignement de cette situation gênante. Et voici qu'il était apparu, brun et magnifique, la considérant de son regard ensorceleur. Sans réfléchir, frappée de l'idée que Jack surpassait Max à tous points de vue, elle avait décidé de se servir de lui. Sans la moindre honte.

Oh ! il n'avait pas semblé s'en formaliser ! Après sa surprise première — qui n'avait pas dû être mince —, il s'était lancé dans le rôle de l'amoureux transi avec un aplomb impressionnant. Si elle n'avait su à quoi s'en tenir, elle y aurait vraiment cru.

Bien sûr, pour lui, ce n'était qu'une comédie. Et elle comprenait qu'il l'ait entraînée en coulisses. Entre son bavardage hystérique sur la déco et ce qu'elle avait fait mardi soir, il devait la croire dérangée ! Il l'avait sans doute emmenée pour la mettre à l'abri.

Au fait, où allaient-ils ? se demanda-t-elle, gagnée par une vague inquiétude. Qu'il veuille lui accorder le temps de se ressaisir, très bien. Mais il n'allait quand même pas l'enfermer dans un placard ? Elle devait faire un discours !

A l'instant où elle pensait se dégager et revenir sur ses pas, Jack s'arrêta au bout du couloir. Il l'adossa au mur, puis, reculant d'un pas, mit les mains dans les poches et l'observa. Ses yeux d'un bleu intense la fixaient. Dans le silence environnant, elle avait l'impression d'entendre les battements précipités de son propre cœur.

Les invités étaient loin, le couloir sombre et désert. Ils étaient seuls, et Jack était loin d'être aussi décontracté qu'elle l'avait cru.

— Alors, chérie, lui lança-t-il, on peut savoir de quoi il retourne ?

La bouche sèche, elle répondit :

— Me croiriez-vous si je vous disais que j'agis ainsi avec tous les hommes que j'ai plaisir à voir ?

— Non.

— C'est bien ce que je pensais… Je suis désolée.

Malgré sa tension perceptible, il esquissa un sourire.

— Ne regrettez surtout rien. En fait, j'ai trouvé ça très amusant.

Elle cilla, surprise et un peu piquée. Amusant ?

— Vous ne vous comportez pas comme ça avec tous les hommes que vous trouvez sympathiques, n'est-ce pas ?

— Non.

— Tant mieux.

— Je… j'étais juste un peu… nerveuse.

— Je ne m'en serais jamais douté.

Ignorant sa légère ironie, elle prit une attitude digne.

— Merci d'être venu à mon secours, en tout cas.

— Le plaisir était pour moi. Je suis heureux d'avoir pu vous aider. Pourquoi étiez-vous nerveuse ?

Imogen tenta de trouver une explication convenable… Elle pouvait mettre en avant son malaise à la vue de Max et Connie. Mais ce malaise s'était dissipé dès l'arrivée de

Jack. C'étaient l'étroite proximité de son corps viril, et le brûlant désir qui la dévorait, qui l'avaient déstabilisée. Puis il y avait eu leur échange de regards, l'étrange sensation de complicité qu'elle avait ressentie…

Comme elle n'allait certes pas révéler à Jack qu'il la perturbait, elle n'avait pas d'autre solution que de s'expliquer au sujet de Max et Connie. Elle n'en sortirait pas grandie, mais, au stade où elle en était avec Jack, elle ne pouvait sans doute pas tomber beaucoup plus bas dans son estime…

— Si vous voulez tout savoir, dit-elle, je sortais avec Max, avant.

Jack haussa les sourcils. Elle vit briller une drôle de lueur dans son regard.

— Je vois, lâcha-t-il.

Tiens, tiens… Il y avait de quoi être intriguée, songea-t-elle, le cœur battant. Qu'avait-elle lu dans ses yeux ? De la déception ? De la colère ? De la jalousie ?

« Ne sois pas grotesque ! » s'admonesta-t-elle. Pourquoi diable aurait-il éprouvé l'un ou l'autre de ces sentiments ? Elle n'aurait pas déploré qu'il soit jaloux, pourtant…

Comme il gardait le silence, elle le dévisagea en croisant les bras :

— Alors ?

— J'avoue que je suis surpris.

— Pourquoi ?

— Pour commencer, il n'a aucun sens artistique.

Elle se rappela avec un coup au cœur la sensation incroyable qu'elle avait éprouvée, lorsqu'ils avaient tous deux compris, en même temps, que Max avait acquis le tableau de Jack.

— Vous croyez vraiment qu'il a acheté votre tableau ?

— La galerie m'a téléphoné le lendemain de l'exposition pour m'annoncer que quelqu'un l'avait acquis. Alors, c'est peut-être lui.

Incapable de réprimer un demi-sourire, elle commenta :

— Mince ! Pauvre Max !

Jack grimaça. Il ne partageait sans doute pas ce sentiment.

— Et quelle est l'autre raison ? demanda-t-elle.

— La raison de quoi ?

— De votre surprise. Vous avez dit « pour commencer ». Alors, je suppose qu'il y a une suite.

— C'est un abruti.

Imogen accusa le coup, quelque peu contrariée que Jack ait saisi en cinq minutes ce qu'elle avait mis tant de temps à comprendre.

— Peut-être, mais c'était *mon* abruti. Maintenant, c'est celui de Connie, et ça fait mal.

— Pourquoi ? Vous devriez être ravie d'en être débarrassée.

— Oh ! je le suis maintenant. Mais, avant, je ne l'étais pas du tout.

— Que s'est-il passé ?

Imogen soupira. Pourquoi ne pas s'épancher ? Que lui restait-il à perdre ?

— Nous sommes sortis ensemble pendant un an. Il y a deux mois, je croyais encore que tout allait pour le mieux. Jusqu'à ce qu'un week-end, en rentrant à la maison après une visite chez mes parents, je trouve un mot de Max m'annonçant qu'il me quittait pour Connie.

— Exactement ce que je disais : un abruti ! décréta Jack, serrant les mâchoires. Et elle ne vaut pas mieux.

— C'était ma meilleure amie. Comment a-t-elle pu me faire ça ? continua Imogen, effarée de sa propre naïveté. Je pensais la connaître à fond. Nous avons grandi côte à côte. Nous fréquentions la même école. Nous étions toujours ensemble. C'est la pire des trahisons.

— Vous semblez plus perturbée par la perte de votre amie que par celle de ce Max.

Imogen leva les yeux, et vit que Jack l'observait d'un air songeur. Il avait peut-être raison. La trahison de Connie l'avait plus profondément blessée que celle de Max.

— Je ne fais pas la différence, dit-elle. Je suis bouleversée, c'est tout.

Mais elle ne l'était plus tellement, pour être tout à fait franche. En fait, ces derniers jours, elle avait surtout pensé à Jack. Et au trouble qu'il suscitait en elle… Les deux tourtereaux lui avaient à peine traversé l'esprit. Elle songea à leurs fiançailles, et s'aperçut avec étonnement que cela ne lui faisait ni chaud ni froid. Bizarre… Mais quelle délivrance !

— Enfin, je l'étais, se corrigea-t-elle. Lorsque nous nous sommes rencontrés à la galerie, et que j'étais un peu… euh…

— Déboussolée ? suggéra Jack.

— Vulnérable, rectifia-t-elle en le foudroyant du regard. Je venais d'apprendre leurs fiançailles.

— Je vois.

— Et ça m'avait perturbée.

— Ça explique beaucoup de choses, opina Jack.

— Inutile de prendre cet air content de vous ! Vous n'étiez pas d'un grand secours !

— Ah ?

— Vous me rappeliez Max.

— Ah oui ? fit Jack. Pourtant, je ne lui ressemble en rien !

Il paraissait si offensé qu'elle ne put s'empêcher de sourire.

— Je m'en rends compte maintenant, mais sur le coup je ne pouvais pas le deviner. Tout ce que je voyais, c'est que vous étiez tous les deux charmeurs, séduisants, doués pour le badinage, et prompts à ravager les cœurs.

Jack accusa le coup.

— En voilà des a priori !

— Ah, vous n'avez pas tiré de conclusions hâtives, vous, peut-être ?

Il se rembrunit, puis la contempla avec tant d'intensité qu'elle en fut remuée.

— Si, vous avez raison. Je le regrette.

Radoucie, Imogen l'observa un instant, avant de demander :

— A propos, que faites-vous ici ? Je ne me souviens pas d'avoir vu votre nom sur la liste des invités.

— Il n'y figurait pas, en effet. J'ai acheté mon billet à la dernière minute.

— Pourquoi ?

— Je voulais vous voir.

— A quel propos ? Vous devez me juger dérangée.

Il s'écarta du mur, et fut soudain très proche d'elle.

— Je ne pense rien de tel.

— Vraiment ?

— Je vous l'assure.

Il pencha la tête et lui adressa un sourire étourdissant.

— Aimeriez-vous connaître mon opinion ?

Elle brûlait de savoir. Mais elle répondit d'une voix polie, aussi indifférente que possible :

— J'en serais enchantée.

— Je crois que vous avez traversé récemment une période difficile.

— Certes…

— Et je vous trouve belle.

— Oh…

Son regard bleu se posa sur sa bouche.

— J'ajoute que nous avons une affaire en suspens.

Seigneur ! Peut-être n'avait-il pas aussi mauvaise opinion d'elle qu'elle l'avait supposé.

— Dans quel sens ?

— Mardi soir, nous avions entamé quelque chose… qui a été entravé par les présomptions et les malentendus, dit Jack, en ramenant derrière l'oreille d'Imogen une mèche vagabonde.

Elle tressaillit.

— Mais maintenant, continua-t-il, effleurant d'une main son poignet puis remontant avec lenteur vers son épaule, plus rien ne nous empêche de voir la réalité.

— Quelle réalité ? s'enquit-elle d'une voix enrouée.

Elle voyait très bien où il voulait en venir, en fait. Mais elle avait du mal à se concentrer quand il frôlait ainsi sa peau nue…

— Je te désire et tu me désires.

— Oh ! ça…

Il avait maintenant atteint la naissance de son cou, et son pouce s'y attardait de façon caressante.

— Tu ne vas pas encore essayer de le nier, j'espère.

— Loin de moi cette idée !

A quoi bon s'insurger ? Il avait raison. Elle le voulait. Plus qu'elle n'avait jamais voulu aucun homme. Et, en réalisant qu'il partageait son désir, elle perdait le peu de sang-froid qu'elle conservait encore. Elle avait envie du danger, de l'excitation, de l'amusement que semblait promettre la lueur pétillante dans le regard si bleu de Jack…

Comme ses doigts la caressaient avec une douce insistance, ses pensées la désertèrent. Allongeant le bras, Jack ouvrit une porte derrière elle, puis l'entraîna au-delà du seuil.

— Que fais-tu ? souffla-t-elle.

— Je poursuis ce que nous avons ébauché. Des objections ?

Imogen avait beau ne plus très bien savoir où elle en était, elle aurait juré que les objections ne manquaient pas. Ne fût-ce qu'à cause de l'endroit où ils se trouvaient, et des obligations qu'elle devait assumer. Dans une ultime et pathétique tentative pour reprendre le contrôle de la situation, elle murmura :

— Le dîner va commencer.

— Oh ! oui ! murmura Jack, le regard rivé sur ses lèvres.

— Je suis l'hôtesse d'honneur, dit-elle sans pouvoir réprimer un frisson. Je ne peux pas me cacher dans… dans…

Elle scruta la pénombre et acheva :

— … un cagibi !

Mais Jack inclina la tête, et elle n'eut plus conscience que de sa seule présence, si grisante. Son cœur fit un bond lorsque ses lèvres viriles, légères et fugitives, effleurèrent les siennes. Elle frémit en laissant échapper un soupir. Il récidiva, encore et encore. Et elle gémit, frustrée, impatiente.

Avait-il l'intention de ne lui offrir qu'un avant-goût ? De la rendre folle ? Elle s'éleva sur la pointe des pieds, se pendit à son cou et, hardiment, se lova contre lui. Il saisit l'incitation, sans doute, car il l'étreignit et, à son ravissement, la souleva contre son corps musclé, d'un geste si prompt qu'elle en éprouva un léger vertige. Profitant aussitôt de la situation, il s'empara de sa bouche…

Dès cet instant, leur caresse prit une tournure passionnée.

Leurs langues se mêlaient, leurs corps s'épousaient avec emportement, et elle était ivre de sentir contre elle ce puissant corps masculin …

— Que d'ardeur ! murmura Jack, détachant ses lèvres des siennes pour les laisser errer sur son cou, vers la naissance de ses seins.

De nouveau, il assaillit sa bouche, puis accueillit un sein au creux de sa main, en caressa la pointe du bout du pouce. Sous ses effleurements, elle gémit, se renversant en arrière. Quand elle sentit ses lèvres se refermer sur le bourgeon rosé, l'intensité de son plaisir la fit frémir. Elle avait la sensation de sombrer dans un maelström sensuel, elle aspirait à être prise…

A l'instant même où elle pensait défaillir de désir, Jack redressa la tête et la regarda, le souffle court, le regard incandescent, les traits tirés par la contrainte qu'il s'imposait à lui-même. Puis il recula d'un pas.

— Non ! protesta-t-elle.

— Il faut qu'on arrête, dit-il presque avec rudesse, en la rhabillant de ses doigts tremblants.

— Pourquoi ?

— Parce que nous sommes ici depuis plusieurs minutes et, si nous continuons ainsi, autant nous mettre en quête d'une chambre.

— Une chambre ? répéta-t-elle, comme dans un rêve.

— Nous sommes dans un hôtel, non ? Et il y a des lits tout près.

Imogen eut un vertige à l'idée de se retrouver au lit avec Jack, tous deux brûlants et nus.

— Allons-y…

— Et ton discours ? Ne disais-tu pas que tu étais l'hôtesse d'honneur, que ton absence serait remarquée ?

Oh ! bon sang ! pensa Imogen, brutalement ramenée au réel. Oui, bien sûr, le bal. Le dîner. Le discours. Seigneur, le discours ! Dans quelques minutes, elle devrait prendre la parole devant une centaine de personnes !

— Tu as raison…

— Tu ferais mieux d'y aller. Là, tout de suite. Avant que je réserve une chambre.

— Et toi ? dit-elle, n'acceptant qu'à regret de revenir sur ses pas.

— Je te suivrai dans quelques minutes.

— Je te vois après le dîner ?

Jack la happa entre ses bras et lui donna un baiser bref et intense, étourdissant, avant de lui faire franchir la porte et de la pousser d'un geste vers le couloir.

— Compte sur moi, dit-il.

8.

Comment la soirée avait-elle pu si mal tourner ? se demanda Imogen après le dîner, en entrant dans le jardin d'hiver d'un pas aussi précipité que le lui permettait sa robe étroite pour se laisser tomber dans un fauteuil. Elle considéra d'un air morose les jardins discrètement éclairés.

Après s'être séparée de Jack, elle avait gagné la salle de bal avec la sensation de flotter sur un nuage, sûre que chacun percevait son exaltation intérieure, et incapable de chercher à la dissimuler. Elle s'était assise, avait souri et salué ses compagnons de tablée, savouré les mets, conversé. Et pendant tout ce temps, son esprit n'avait cessé de vagabonder.

De quelle façon avait-elle réussi à prononcer le discours de remerciements envers les parrains de la manifestation et les invités, cela, elle ne le saurait jamais. Tout en présentant les diverses causes humanitaires que le Christie Trust avait soutenues, elle avait été taraudée par l'envie folle d'envoyer tout promener…

Ce qui n'aurait certes pas impressionné favorablement l'illustre assemblée. Pas plus que les membres du conseil d'administration. Et les médias lui auraient tiré dessus à boulets rouges, ce qui lui aurait valu très mauvaise… presse auprès du conseil d'admission de l'université américaine qu'elle avait sollicitée.

« Qui cherches-tu à tromper ? » se demanda-t-elle avec un soupir. Elle savait précisément à quel moment son humeur avait commencé à se gâter : dès l'instant où, descendue de l'estrade, Imogen avait repéré la voisine de Jack…

Une blonde sans âge. Fanée, mais encore belle. Le genre de femme qui attirait les regards, et adorait ça. Et qui, à en juger par la façon dont ses mains s'aventuraient sur le corps de Jack, avait jeté son dévolu sur lui.

Oh ! il ne s'en était guère formalisé ! pensa Imogen avec amertume. Elle n'avait cessé de couler des regards dans sa direction, au cours du repas, et chaque fois elle l'avait vu à la même place, se laissant littéralement... peloter !

Cela continuait sans doute, car, bien qu'elle se fût attardée à n'en plus finir après le dîner, elle ne l'avait pas revu. Il ne semblait pas près de la rejoindre. Au temps pour la promesse qu'il avait faite !

Il avait pu être retenu par toutes sortes de raisons, lui soufflaient la logique et le bon sens. Mais ils ne pesaient pas lourd contre ses soupçons. Elle aurait parié qu'il explorait le cagibi avec la jolie blonde.

Comment avait-il connu l'existence de ce réduit, d'ailleurs ? se demanda-t-elle en posant les pieds sur le rebord de la fenêtre dans une pose plus relaxée. Il l'avait entraînée dans le couloir, vers cette porte tout au fond, comme s'il savait où il allait...

Confusément, elle avait conscience de s'égarer dans des supputations extravagantes. Mais elle était trop remontée pour y mettre le holà. Pourquoi d'ailleurs s'en serait-elle donné la peine ? A ce qu'elle s'était laissé dire, Jack était du genre à connaître toutes les cachettes des hôtels de luxe londoniens !

Une petite voix obstinée lui souffla qu'elle se trompait, qu'il n'était pas comme ça. Mais, en dépit de ce qu'il avait déclaré dans le taxi, de ce qu'elle s'était dit tous ces derniers jours, elle n'arriva pas à chasser de son esprit les bruits qui couraient sur le compte de Jack... C'était irrationnel, mais bien présent. Après la trahison de Max et Connie, elle était devenue méfiante.

Elle consulta sa montre et soupira. Encore cinq minutes, histoire de reprendre contenance. Puis elle irait faire ses adieux. Cette soirée n'avait que trop duré !

*
* *

Jack écumait le rez-de-chaussée de l'hôtel en quête d'Imogen. Que ne fallait-il pas subir pour un rendez-vous galant !

Il avait eu toutes les peines du monde à dompter son désir, et à chasser le souvenir de leurs baisers de feu. En plus, Jessica s'était montrée particulièrement accaparante, ce soir. Au vu de son attitude au cours du repas, personne n'aurait deviné qu'elle ignorait Jack les trois quarts du temps ! Pour sa part, il n'avait mis qu'une minute à comprendre que cette soudaine et intempestive démonstration d'affection maternelle était motivée par le désir de faire impression : la dernière conquête masculine de Jessica travaillait dans le même domaine que lui.

Ce dont il se souciait comme d'une guigne ! Jessica était adolescente lorsqu'elle l'avait mis au monde. Elle l'avait confié à ses propres parents pour continuer à faire la fête, et n'avait pas une once d'instinct maternel. Sur ce point, Jack ne se faisait aucune illusion.

Alors, s'il avait une crispation au creux de l'estomac, c'était sans doute un début d'indigestion. Même s'il n'avait aucune idée de ce qui avait figuré au menu ! Pendant tout le repas, il n'avait songé qu'à ce qui s'était produit dans le cagibi, et au cours qu'auraient pris les événements s'il n'avait pas entendu la cloche annonçant le service.

Il traversa le hall avec une mauvaise humeur croissante. Il avait rarement passé deux heures aussi inconfortables, et la disparition d'Imogen n'arrangeait rien. Où était-elle ? Jouait-elle à cache-cache pour le titiller ? Elle pouvait s'épargner cette peine. Il était déjà plus qu'excité.

Enfin, il le serait s'il arrivait à la dénicher ! Bon, il allait pousser cette dernière porte. S'il ne la trouvait pas, il s'en irait. Il avait très envie de poursuivre l'échange qu'ils avaient entamé, mais il commençait à être las de ses sautes d'humeur et de ses revirements ! Dans ce domaine, Imogen mettait ses nerfs à l'épreuve !

Jack poussa la porte du jardin d'hiver et le survola du regard. De hauts palmiers aux feuilles luisantes effleuraient les parois. L'éclairage tamisé et subtil projetait des ombres effilées sur le mobilier en rotin, les colonnes et le carrelage en marbre. Mais les lieux étaient déserts. Pas trace d'Imogen ici.

Envahi par un sentiment de déception intense, il tenta de rassembler ses esprits. Ma foi, il n'avait plus qu'à partir. Qu'à oublier Imogen et l'impression que, s'il ne pouvait pas aller au bout de leur rencontre ébauchée, il ne s'en remettrait pas.

Bon sang ! Avait-il déjà pourchassé une femme avec autant d'obstination ? Y avait-il jamais été contraint ? Quant à ne pas s'en remettre, quelle idée grotesque ! Il survivrait, pardi ! Comme d'habitude.

Se traitant d'idiot, Jack pivota sur lui-même, prêt à quitter les lieux. Et aperçut alors deux pieds chaussés d'escarpins noirs, en appui sur le rebord de la véranda.

Ils auraient pu appartenir à n'importe qui. Mais cela valait la peine d'y regarder de plus près, pensa-t-il en contournant l'énorme fauteuil qui lui dissimulait la propriétaire de ces vertigineux talons.

Elle était là, les coudes sur les bras du fauteuil, les mains rapprochées contre sa bouche, les jambes étendues — l'une d'elles révélée par la fente de la robe dont les pans avaient glissé vers le sol. Il laissa courir son regard de la cuisse à la cheville et de la cheville à la cuisse, oubliant déjà sa décision de partir.

— C'est donc là que tu es !

— Quel sens de l'observation !

Elle leva les yeux, et il prit alors conscience de son expression hostile. Le soulagement qu'il avait éprouvé en la trouvant reflua, il se rembrunit. Elle n'avait pas l'air impatiente de poursuivre le dialogue entamé dans le cagibi. Elle semblait excédée, et c'était peut-être contre lui qu'elle en avait ! Du diable s'il savait pourquoi…

— Est-ce que ça va ?

— Oui.
Il n'était guère avancé !
— Que fais-tu ici toute seule ?
— J'espérais glaner quelques instants de tranquillité…
Si elle insinuait qu'il serait bien inspiré de s'en aller, elle en serait pour ses frais. Il tira un fauteuil et s'assit face à elle.
— J'avais promis de te rejoindre après dîner.
— Tu as mis le temps !
— J'ai été retenu par un éventuel investisseur.
— Oh…
Jack lut dans son regard quelque chose qui ressemblait à du soulagement, et il faillit sourire jusqu'aux oreilles. Imogen n'était pas très malléable. Mais le jeu en valait la chandelle.
— Et tu ne m'as pas facilité la tâche en te cachant ici, ajouta-t-il.
— Je ne me cache pas. Je voulais juste réfléchir un peu.
— A quoi ?
— A des choses.
— J'en faisais partie ?
Elle rougit.
— Peut-être…
Le sujet de sa méditation expliquait sans doute sa froideur glaciale. Intrigué, il s'enquit :
— Et quelle est ta conclusion ?
— Il m'est venu à l'idée que tu avais peut-être… d'autres engagements.
— Pardon ?
— Oh ! c'est sans importance, maintenant. As-tu passé une soirée agréable ?
Jack se crispa. Jusqu'ici, la soirée avait été une épreuve. Et ce n'était pas fini ! Il ne l'aurait certes pas qualifiée d'agréable.
— Pas spécialement, répondit-il.
— Ah ? fit-elle avec un regard glacial. De là où je me trouvais, tu avais l'air de t'amuser comme un fou.
— Ce n'était pas du tout le cas.

— La blonde qui se vautrait sur toi semblait prendre du bon temps, elle.

Une blonde ? Quelle blonde ? se demanda Jack, les sourcils froncés. A moins qu'Imogen ne fît allusion… à Jessica ? Jack se figea au souvenir du comportement de sa mère au cours du dîner. Mais oui, Imogen parlait de Jessica !

Il eut envie de rire : ou il se trompait fort, ou Imogen était jalouse. Pour sa part, ce sentiment lui était étranger. Le curieux pincement au cœur qu'il avait ressenti en apprenant qu'elle était sortie avec Max avait été dû à la surprise. Mais il savait reconnaître cette émotion chez les autres…

— Oh ! la blonde ! fit-il, soudain délivré de sa tension.

Ne résistant plus à la tentation, il posa ses doigts sur la cheville d'Imogen, puis les laissa glisser vers son mollet. Elle sursauta, se redressa en repliant les jambes et, d'un geste vif, rabattit sur elles les pans de la robe noire.

— Ne t'imagine pas que tu vas t'en tirer comme ça ! lança-t-elle d'un ton aigre — mais son cœur battait la chamade.

Jack sourit jusqu'aux oreilles :

— Je ne m'imagine rien du tout. Mais, avec le recul, je perçois le genre d'impression que ça pouvait produire.

— Que pourrais-tu percevoir ? Et avec quel recul ? railla-t-elle. Son décolleté était constamment dans ta ligne de mire !

— Jessica est parfois très démonstrative.

— C'était presque gênant !

Le sourire de Jack s'accentua alors qu'Imogen s'empourprait de colère.

— Tu exagères… Elle a toujours été comme ça. Cela me rend fou. Mais comme c'est elle qui m'a obtenu une place à sa table, il n'aurait pas été courtois de lui faire une scène.

— Auriez-vous un passé commun ? s'enquit Imogen, le fusillant du regard.

— On peut dire ça comme ça…

— Pff ! Et un avenir ?

— Oui, hélas.

— Dans ce cas, je ne te retiens surtout pas.

— Oh ! tu ne me retardes pas du tout, lâcha avec nonchalance Jack en allongeant ses grandes jambes, chevilles croisées. Ma mère s'exhibe en ce moment sur la piste de danse avec son dernier petit ami en date. Elle se fiche de mes faits et gestes comme de l'an quarante.

Imogen était si aveuglée par la jalousie — qu'elle dissimulait mal sous son attitude agressive —, et si troublée par la caresse de Jack, qu'elle avait sûrement compris de travers !

Ou alors… il se moquait d'elle !

Sauf que Jack n'avait pas du tout l'air de plaisanter. Il laissait transparaître un léger dégoût, et le bleu de ses yeux manquait singulièrement d'éclat. Elle le dévisagea avec surprise tandis qu'il soutenait son regard sans ciller. Oublieuse du murmure lointain des conversations et des échos de la musique, elle se convainquit qu'il était on ne peut plus sérieux.

— Cette femme… est ta mère ?

— Je le crains.

— Ta mère ? répéta Imogen, stupéfaite.

— Elle l'affirme, en tout cas.

Elle pensa à sa propre mère, qui allait sur la cinquantaine et portait des tailleurs en tweed. Sa mère, dont le plus grand bonheur consistait à s'occuper de ses plates-bandes, et qui n'aurait jamais, au grand jamais, porté une robe au décolleté vertigineux avec un ourlet au ras des fesses ! Quant à se trémousser sur une piste de danse …

— Ce n'est pas possible !

— Je l'ai souhaité cent fois, soupira Jack. Mais c'est bel et bien ma mère et, hélas, je n'y peux rien.

Une foule de questions se bouscula dans l'esprit d'Imogen, qui ne savait par laquelle commencer.

— Mais comment…, commença-t-elle.

— Oh ! par la méthode habituelle, je suppose, lâcha-t-il, pince-sans-rire.

— Mais elle a l'air d'avoir vingt et un ans !

— Je lui rapporterai tes propos, elle sera ravie.

— Quel âge avait-elle quand tu es né ?

— Seize ans.

— Mince ! Et… quel âge as-tu ?

— Trente-trois.

Imogen effectua le calcul. La mère de Jack n'avait certes pas vingt et un ans, mais elle était incroyablement bien conservée.

— Waouh ! lâcha-t-elle.

— Comme tu dis.

— J'en suis sans voix.

Et plus soulagée que jamais elle n'aurait cru l'être !

— Tant mieux, répliqua Jack. Parce que je n'ai pas très envie de parler d'elle.

— Vraiment pas ?

— Pas du tout !

Dommage. Il y avait tant de choses qu'elle aurait aimé savoir ! Qui était son père, par qui il avait été élevé, à quoi avait ressemblé son enfance… et ce qu'il ressentait, affublé d'une mère si peu discrète…

Pour le cas où elle se serait apprêtée à insister — ce qui était plus que probable —, Jack se leva, la saisit par les coudes et l'amena à se lever, l'attirant aussitôt entre ses bras. Déjà, il avait pris sa bouche.

Dès l'instant où leurs lèvres et leurs langues se rencontrèrent, Imogen oublia tout. Elle était sur une autre planète… Et, quand Jack s'écarta pour reprendre son souffle, elle murmura d'une voix brouillée :

— Ce dîner était une torture.

— Désolé que l'attitude de Jessica t'ait donné une impression fausse, souffla Jack, déposant une pluie de baisers sur sa joue, son cou.

— Ce n'était pas seulement ça.

— Quoi d'autre, alors ?

— Je n'arrêtais pas de penser à ce satané cagibi.

Les lèvres de Jack esquissèrent un sourire, tout contre sa peau.

— Toi aussi ? fit-il.

Retenant à grand-peine un gémissement voluptueux, elle chuchota :

— Comment savais-tu qu'il était là ?

— Pancarte sur la porte, lâcha Jack entre deux baisers.

— Oh… Et comment savais-tu qu'il n'était pas fermé ?

— Je l'ignorais. C'était un coup de chance…

Il s'immobilisa, puis releva la tête, vaguement rembruni :

— C'est là-dessus que tu méditais tout à l'heure ? Sur ma connaissance des réduits dérobés ?

— Un peu, concéda-t-elle en espérant qu'il n'insisterait pas, cela aurait gâché ce moment. Et toi ? ajouta-t-elle avec un sourire séducteur en diable.

Sa diversion fut une réussite, à en juger par l'éclat soudain des prunelles de Jack, qui murmura :

— Rien de si compliqué. Je me demandais comment ça aurait tourné si je n'y avais pas mis le holà. Tu veux savoir les scénarios que j'ai envisagés ? chuchota-t-il au creux de son oreille, la renversant dans le fauteuil.

Elle s'enflamma de plus belle.

— Alors, qu'en dis-tu ?

Elle était beaucoup trop troublée pour aligner trois paroles sensées !

— Si ça te paraît possible, souffla-t-elle.

— Ce serait amusant d'essayer, non ?

— Je suis de ton avis.

— Dans ce cas, partons d'ici, conclut Jack, le regard obscurci de désir.

9.

Une chambre à l'hôtel, c'était risqué. L'appartement d'Imogen était trop loin. Aussi avaient-ils franchi à pied les cinq cents mètres qui les séparaient de celui de Jack…

Imogen était si fébrile, si troublée, si excitée par la proche réalisation de ses fantasmes qu'elle n'y tenait plus. Si elle n'avait pas craint d'être surprise par un photographe embusqué, elle aurait poussé Jack sous un portail enténébré en le suppliant de la prendre, là, tout de suite…

Jack, en revanche, semblait très maître de lui. S'il l'avait embrassée comme un perdu dans le jardin d'hiver, s'il éprouvait un désir brûlant, ce n'était pas au point de défaillir, constata-t-elle. Alors qu'elle se liquéfiait de volupté et de désir, que le souffle lui manquait et qu'elle mettait avec peine un pied devant l'autre, Jack, lui, traversait d'un pas ferme le vestibule de l'immeuble pour gagner l'ascenseur, et appuyait sur le bouton de l'étage d'une main qui ne tremblait pas.

Il était d'un calme impressionnant. Mais pourquoi l'aurait-elle envié ? Ce n'était pas comme si elle désirait faire sa vie avec lui ! Elle voulait seulement une nuit de sensualité torride, peut-être deux. « Satisfaction sexuelle garantie » à la clé. Et elle était pressée d'entamer les préliminaires…

Dès que la porte de l'ascenseur se fut refermée, l'atmosphère devint électrique. Jack s'adossa à la face opposée, tapissée de miroirs, et regarda Imogen. Ses prunelles s'étaient obscurcies, il avait un regard intense, les traits tendus. Elle réalisa qu'il était moins décontracté qu'il n'en avait l'air…

— Viens, lui dit-il d'une voix rauque.

— Et si quelqu'un entrait ?

— C'est un ascenseur privé. Il ne mène qu'à mon appartement.

— Pratique.

— Pour arriver chez moi, oui.

— Et pour séduire à l'improviste une ingénue ?

— L'ingénue, serait-ce toi ?

— Peut-être, dit-elle — même si elle n'était ni ingénue, ni surprise par les événements.

— Et serais-je le séducteur ?

— A ce qu'il paraît, lâcha-t-elle, avant d'ajouter avec un lent sourire : en tout cas, je l'espère.

— Alors, pourquoi ai-je l'impression que les rôles sont inversés ? lança Jack, l'air soudain grave.

Elle eut un coup au cœur. Il plaisantait, n'est-ce pas ? Il ne suggérait tout de même pas… qu'elle représentait un danger pour lui ? C'était grotesque. Elle avait affaire au légendaire Jack Taylor. Le bourreau des cœurs. L'insensible.

Oui, il blaguait, se dit-elle. Elle n'était pas fâchée d'endosser le costume de la séductrice. Quant à Jack, il n'était pas tombé de la dernière pluie — et c'était tant mieux ! L'heure était à la passion sensuelle. Au sexe torride.

— Je n'en ai pas la moindre idée, reprit-elle avec son sourire le plus ravageur. Mais si ton état d'esprit s'y prête…

Elle baissa la fermeture Eclair qui courait sur le côté de sa robe, et fit glisser le tissu. La soie coula à ses pieds, telle une flaque sombre et brillante.

— Viens, murmura-t-elle.

Comment avait-il pu croire qu'Imogen n'était qu'une écervelée sans consistance ? se demanda Jack, chaviré. Elle était superbe. Etourdissante. Follement imprévisible. Et c'était une vraie bombe !

Il devait être fou, le jour où il avait voulu ne plus la

revoir ! Face à l'image démultipliée, et révélatrice, que lui renvoyaient les miroirs, il s'avouait qu'il n'avait rien vu de plus magnifique. Debout devant lui, elle ne portait qu'un mince soutien-gorge noir, un slip minuscule, des escarpins glamour, et arborait un sourire enjôleur. Et il se sentait près de défaillir de désir.

Dire qu'il s'était jugé maître de lui ! Il avait cru dominer la situation, pourtant. Après tout, il avait su faire preuve d'un grand sang-froid sur le chemin qui les avait conduits jusqu'ici. Mais à présent, devant ce déploiement de chair crémeuse parée de dentelle noire, il se sentait si troublé, si près de perdre le contrôle…

Avec un soupir impatienté et un haussement de sourcils, Imogen lâcha dans un souffle :

— Alors ?

— Je suis au supplice, murmura-t-il, la rejoignant d'un pas et abattant sa bouche sur la sienne.

« Enfin ! » pensa Imogen en l'embrassant avec fièvre. Pendant un instant, elle avait presque cru qu'il allait se trouver mal. Qu'il était révulsé par son comportement et — pire ! — par la vision qu'elle lui offrait. Mais à en juger par la passion de son baiser et son excitation virile, qui se faisait si bien sentir alors qu'il pressait son corps contre le sien, elle avait tort de s'inquiéter…

Elle enregistra confusément le chuintement des portes de l'ascenseur qui coulissaient, tandis que Jack, accentuant son étreinte, laissait courir ses mains vers le creux de ses reins puis de plus en plus bas, jusqu'au renflement de ses cuisses… Il la souleva, l'amenant à nouer ses jambes autour de lui, puis l'emporta hors de l'ascenseur. Elle eut une brève vision de leurs silhouettes multipliées par les miroirs — Jack encore vêtu, elle presque nue —, et sentit grandir son excitation.

Mais déjà il traversait son appartement, vers la chambre, et elle s'abandonna au mouvement, enfouissant sa tête au creux de son cou viril. Elle le mordilla à la base du cou, et il eut un troublant bruit de gorge…

Quelques secondes plus tard, elle se retrouvait à terre. Elle recula d'un pas, heurtant le rebord du lit. Jack promena sur elle un regard fiévreux, puis passa les mains dans ses cheveux en homme qui semble craindre de perdre un peu trop vite la maîtrise de lui-même.

— La situation est inégale, je suis presque nue, souffla-t-elle.

— Si tu as envie de rétablir l'équilibre, ne te gêne pas…

— Excellente idée, murmura-t-elle avec un sourire éloquent, en le parcourant du regard. Voyons, par où vais-je commencer ?

— Si tu continues à me regarder comme ça, les préliminaires risquent d'être expéditifs, lâcha Jack, les poings serrés.

— Aucune importance. Je m'impatiente…

Elle se sentait si troublée qu'elle était prête à une étreinte rapide. D'ailleurs, n'avaient-ils pas la nuit devant eux ?

— Tu oublies que j'ai une réputation à soutenir, dit Jack, le regard embrasé.

— Eh bien, je peux fermer les yeux, si tu y tiens…

Elle joignit le geste à la parole et posa les mains sur son torse. Elle perçut son soupir étranglé, sa tension soudaine. Avec une lenteur délibérée, les paupières toujours closes, elle se mit à déboutonner sa chemise, lui ôta ses boutons de manchette qu'elle glissa dans une poche de son pantalon… Comme, enfin, ses doigts entraient en contact avec sa peau dénudée, il frémit, laissant échapper un gémissement sourd. Cédant à une impulsion irrésistible, elle posa les lèvres sur sa chair…

Alors, tout se brouilla…

Elle ne sut pas très bien comment ils se retrouvèrent sur les draps, nus l'un et l'autre, à s'embrasser et à s'étreindre. Elle n'avait plus qu'une envie : sentir peser sur elle le corps musclé de Jack, accueillir son membre dur et soyeux, s'abîmer dans le plaisir…

Jack aurait aimé prendre son temps, en douceur. Mais Imogen s'agrippait à lui et remuait les hanches, et, presque malgré lui, il se glissa profondément en elle… Il désirait la marquer de son empreinte, la rendre sienne. Dans un effort éperdu pour garder le contrôle, il se mit à aller et venir, s'enfonçant en elle puis se retirant, sur un rythme lent et contrôlé…

Mais la moiteur qui se contractait sur lui, le souffle précipité d'Imogen, ses gémissements accéléraient le rythme de ses mouvements, annihilant ce qu'il lui restait de maîtrise de lui-même. Avec un cri guttural, il s'enfonça en elle une ultime fois et, tandis qu'elle criait son nom, il l'entraîna avec lui dans le tourbillon du plaisir.

10.

Pendant de longues minutes, la chambre résonna de l'écho de leurs souffles, s'apaisant peu à peu. Encore sous le choc d'un violent orgasme, Jack se concentra sur les battements de son propre cœur, revenant peu à peu à la normale. Puis il se redressa sur un coude.

Imogen, aux prises avec les ultimes frémissements de la jouissance, lui adressa un sourire tremblé avant de lui délivrer un baiser torride et de se laisser retomber sur l'oreiller.

— Tu sais tenir tes promesses, soupira-t-elle, languissante et comblée.

« Toi aussi », pensa-t-il en considérant son regard noyé, d'un brun chaleureux. Des pensées tumultueuses se bousculaient dans son esprit. Ils venaient de vivre une expérience incroyable. Imogen avait été incroyable. Ils étaient loin d'en avoir fini avec ce qu'ils avaient initié…

— J'aime donner du plaisir, murmura-t-il.

— Oh ! oui. Je sens que je vais reconsidérer ma position sur les « petites douceurs »…

— Pardon ? murmura Jack, trop distrait par les sensations que lui procurait le corps chaud d'Imogen pour saisir l'allusion.

— Tu te rappelles ? Quand tu m'as invitée à dîner…

— Comment pourrais-je oublier ?

— Tu avais suggéré de sauter le repas pour passer tout de suite au dessert…

— C'est juste, dit-il, la renversant sous lui. Si j'ai bonne mémoire, tu n'étais pas très enthousiaste.

— Je l'étais terriblement, révéla-t-elle avec un sourire. Mais j'essayais de m'en défendre…

— Que de temps perdu !

— Seulement trois jours.

— C'est encore trop, murmura Jack.

Il attribua cette impression inédite à leur merveilleuse entente sensuelle et s'empressa de la refouler. Glissant plutôt sa main sous les draps, sur le corps d'Imogen, il ajouta :

— Rends-toi compte… Nous aurions pu assouvir notre gourmandise depuis mardi…

— Alors, répondit-elle avec un sourire séducteur, pourquoi parlons-nous au lieu de rattraper toutes ces heures gâchées ?

— Cela me dépasse, admit Jack en inclinant la tête vers sa bouche.

Et il se mit en devoir de remonter le temps.

Quelle nuit ! pensa Imogen, ouvrant paresseusement les yeux alors que les premiers et pâles rayons du soleil se faufilaient par la fente des rideaux. Et quelle matinée ! Elle s'étira avec un soupir, sourire aux lèvres, sans chercher à dissimuler sa satisfaction. A quoi bon ?

Elle n'avait jamais eu d'orgasmes aussi violents, aussi explosifs. A son ravissement, elle avait découvert que les suggestions érotiques de Jack, si inventives lors de leur étreinte dans le cagibi, pouvaient quitter le domaine du fantasme pour se concrétiser dans le monde réel. Son imagination se complut à revivre les instants de la nuit écoulée…

Jack était magnifique. Insatiable. Et quand ils perdaient tous deux le contrôle, c'était… dévastateur. Elle n'aspirait qu'à renouveler leurs ébats, réalisa-t-elle, le corps en émoi. Dès qu'il reviendrait de l'hôtel, où il était allé chercher l'étole qu'elle y avait abandonnée, elle l'inciterait à recommencer… Sous la douche, peut-être. Ils n'avaient pas quitté le lit ! Ou alors elle irait dans la cuisine, juste enveloppée d'un drap, et, quand il la rejoindrait, elle…

La sonnerie du téléphone la tira de sa rêverie érotique, et elle revint à elle en tressaillant. Seigneur ! Elle devenait accro au sexe !

Elle entendit la voix de Jack, énonçant le message précédant l'enregistrement, et enfouit la tête sous l'oreiller. Cette voix était si troublante… Et elle ne voulait pas être indiscrète.

Mais la voix féminine qui s'éleva dans la pièce juste après le bip lui fit vite oublier ses scrupules. Soulevant le coussin, elle tendit l'oreille.

« Jack ? C'est Emily. Je voulais juste te rappeler qu'on t'attend ce soir. Tu n'as pas oublié le rendez-vous, j'espère… Daisy est folle d'impatience, et… Ah, attends une minute… »

Il y eut un silence, puis une voix étouffée en arrière-fond. Très vite, la dénommée Emily reprit la parole :

« Oui, au fait, Anna te dit d'apporter un pyjama. Bon, à plus ! Au revoir, mon ange. »

Mon ange ? Imogen se redressa vivement, dévorée de curiosité. Qui diable étaient Emily et Daisy ? Et cette Anna qui se souciait tant de ce que Jack portait, ou pas, au lit ? Etaient-ce des amies ? Des ex ? Des maîtresses actuelles ? Ou…

« Arrête ! » s'intima Imogen. Si ça continuait, elle prêterait à Jack les mœurs d'un libertin débauché ! Elle n'allait tout de même pas céder aux pointes de jalousie qui venaient de lui percer le cœur comme autant de banderilles. Sûrement pas ! Après tout, elle avait juste envie de prendre du bon temps avec Jack.

Cependant, elle réalisait qu'elle ne le connaissait guère. Il aimait peut-être les parties à quatre… Il était peut-être fétichiste…

Elle poussa un soupir. Au diable son imagination galopante ! pensa-t-elle en rabattant les draps pour se lever. Après tout, cela ne la regardait pas. Jack sortait avec qui il voulait quand bon lui semblait. Et, puisqu'il avait des projets, elle ferait bien de lui laisser sa liberté, décida-t-elle, gagnant la salle de bains pour se glisser sous le jet de la douche.

Elle avait déjà fait bien trop de suppositions erronées. Si

une femme téléphonait à Jack pour lui rappeler d'apporter un pyjama, il y avait une explication logique. Une explication ordinaire. Elle ne s'abaisserait pas à quêter cette explication, bien entendu. Mais il y en avait une. Forcément.

Jack traversa son appartement, déposa l'étole d'Imogen sur le dossier du canapé, puis gagna la cuisine pour placer sur le plan de travail le sachet de viennoiseries qu'il venait d'acheter. Après cette nuit prolongée et ces ébats torrides, il aurait dû être épuisé, aspirer au repos. Eh bien, non ! La vision d'Imogen alanguie sur le lit, nue, ne l'avait pas quitté pendant sa course de dix minutes, et ce bref intermède lui avait paru interminable ! Fou, non ?

Mais était-ce si surprenant ? Jamais une femme n'avait réagi avec tant d'élan, de spontanéité, de folle ivresse et d'audace, à ses caresses… La nuit avait été intense, volcanique, à l'unisson de son désir. Mais elle avait été aussi légère, pétillante, drôle et taquine… Il se sentait loin d'être repu. Il voulait aller plus loin…

Il s'interrompit dans ses allées et venues, et son cœur fit un bond. Un signal d'alarme venait de se déclencher dans son esprit. Plus loin ? Tiens donc. C'était nouveau. Il n'avait pas choisi d'avoir des aventures d'une nuit. Mais c'était en général la durée de ses rencontres. Ce qui n'était pas fait pour lui déplaire. Il aimait varier les plaisirs.

« Pas de quoi s'affoler », pensa-t-il. Si son expérience sexuelle avec Imogen avait surpassé ses attentes, et même relégué aux oubliettes toutes les autres, cela ne signifiait rien de particulier.

Ce besoin d'aller plus loin s'expliquait par les débuts chahutés de leur rencontre et de l'attente qui avait suivi. Cela n'avait rien que de très naturel. S'il s'en tenait à une relation strictement physique, en quoi serait-ce un problème de revoir Imogen ? Pour lui, le sexe était la satisfaction réciproque de besoins charnels, point final. Les émotions n'étaient jamais entrées en ligne de compte dans ses échanges sensuels. Et, de toute façon, le sentimentalisme, ce n'était pas son genre !

Donc, tout irait bien.

Satisfait de s'être éclairci les idées, Jack prêta attention au bruit d'eau ruisselante qui venait de la salle de bains. Il imagina Imogen nue et tiède sous la douche, couverte de mousse, et la partie la plus virile de son anatomie s'anima. Il se déshabilla à la hâte…

La silhouette d'Imogen, dos tourné, se laissait à peine deviner derrière la vitre embuée. Jack fit coulisser la paroi vitrée et entra dans la cabine, aussitôt inondé par l'eau crépitante. Il cilla, puis, d'un geste prompt, emprisonna les poignets d'Imogen, occupée à lisser sa chevelure. Il n'avait pas oublié sa réaction devant le taxi !

Imogen se figea, laissa échapper un hoquet, puis tenta de se dégager. Mais Jack la tenait, et l'attira tout contre lui. Il la sentit frissonner, elle murmura :

— Je t'avais averti de ne pas me prendre par surprise…

— Pourquoi crois-tu que je t'aie immobilisé les mains ?

— Aurais-tu recours à la contrainte, Jack ?

— Ce n'est pas du tout mon genre.

— Alors, lâche-moi.

Elle se contorsionna contre lui, mais ses mouvements n'étaient pas ceux d'une femme qui cherche à se libérer, et l'excitation de Jack fut à son comble. Lentement, il la relâcha ; ses mains glissèrent en douceur sur son cou, ses épaules… Puis vinrent se replier sur la rondeur de ses seins, dont il titilla savamment les pointes. Elle gémit, le souffle déjà rauque, et se cambra d'un geste instinctif, provocateur. Les yeux clos sous le jet, Jack aventura ses mains de plus en plus bas, vers le creux de ses cuisses…

Quand il insinua ses doigts en elle, elle frémit. Alors, incapable de se maîtriser davantage, il la fit ployer vers l'avant et la pénétra…

*
* *

— Qu'as-tu fait d'excitant pendant que j'étais sorti ? s'enquit Jack un bon moment plus tard.

Imogen, qui le regardait préparer le café, fronça les sourcils. « Quelque chose d'excitant » en dehors du fait que, pendant la courte absence de Jack, elle avait fantasmé sur lui ? Comment expliquer, sinon, son incapacité à lui résister ? Dire qu'elle envisageait d'appeler un taxi pour partir dès qu'il aurait rapporté son étole, lorsqu'il l'avait surprise sous la douche ! Sa belle résolution s'était dissoute en quelques secondes torrides…

Et maintenant elle était là, perchée sur un tabouret de bar de la cuisine, seulement vêtue d'un slip et d'une chemise empruntée à Jack, impatiente de se sustenter un peu. Regrettant son manque de résistance, elle dit en étouffant un soupir :

— Tu as eu un appel.

— De qui ?

— Comment le saurais-je ? On t'a laissé un message, mais je n'ai pas écouté.

— C'est admirable de ta part, ironisa-t-il d'une voix amusée.

Elle sut aussitôt qu'il ne la croyait pas, mais observa tout de même :

— Cela aurait été impoli.

Il s'approcha du téléphone pour appuyer sur la touche d'écoute. La voix d'Emily s'éleva de nouveau, et les scénarios qu'Imogen s'était efforcée d'oublier surgirent de nouveau à son esprit — plus dérangeants que la première fois.

— Tu n'as pas écouté, hein ? lança Jack.

— Pas du tout, soutint-elle sans pouvoir s'empêcher de rougir.

— Et c'est tant mieux, commenta-t-il en revenant vers la bouilloire. Parce qu'à ta place, si j'avais entendu ce message, j'en aurais tiré des conclusions ébouriffantes.

Elle lâcha en s'empourprant de plus belle :

— Cela ne m'étonne pas de toi, vu ton imagination débridée.

Il la regarda en souriant jusqu'aux oreilles.

— Je crois que j'aurais supposé une partie à trois. Voire à quatre. Et, pourquoi pas, une orgie.

— Parce que tu as l'esprit mal tourné, soutint-elle. Moi, je suis trop sage pour envisager des choses aussi…

— Charnelles ?

— Compliquées.

Jack, qui versait l'eau chaude sur la mouture, s'interrompit dans son geste. Elle vit dans son regard qu'il se remémorait sans doute leur folle nuit. Il reprit d'une voix douce :

— Comme nous l'avons prouvé, tu n'as rien d'une sage demoiselle.

— Parce que tu m'as corrompue.

— Pas plus que tu ne m'as corrompu toi-même.

Il disposa deux tasses sur le comptoir, sortit une petite bouteille du frigidaire.

— Du lait ?

— Oui, merci.

Il fit le service, tout en reprenant d'un accent désinvolte :

— Je suis certain que cela t'est égal, mais ces conclusions… Celles que tu t'es bien gardée de tirer, je veux dire… eh bien, elles auraient été fausses.

— Vraiment ?

— Oui.

— Pourquoi ?

Jack poussa vers Imogen la tasse où il avait ajouté du lait, et déclara avec un large sourire :

— Je suis trop égoïste pour partager.

Jack, égoïste ? Il avait certes ses défauts, comme tout le monde. Mais les attentions qu'il avait eues pour elle cette nuit étaient loin de révéler un être égoïste. Bien au contraire ! pensa Imogen.

— Cela tient sans doute au fait que je suis fils unique, continua-t-il. En tout cas, plus d'une partenaire à la fois, cela ne m'a jamais tenté.

Il ajouta avec un sourire d'une séduction redoutable :

— Et si j'avais affaire à deux femmes comme toi, je n'y survivrais pas !

— Donc, tu disais ? le relança Imogen. Au sujet de ce que tu fais ce soir ?

Elle se mordit la lèvre, mais il était trop tard. Elle venait de se démentir ! Comme elle l'avait anticipé, Jack eut un sourire de triomphe.

— Ah ah ! s'écria-t-il. J'ai vu juste !

Piquée, elle maugréa :

— On ne t'a jamais dit que tu avais une trop haute opinion de toi-même, espèce de m'as-tu-vu ? !

— M'as-tu-vu ? fit Jack. Attends voir… On m'a affirmé que j'étais arrogant, fat, froid, dépourvu d'émotions, et que j'avais le cœur sec. Mais m'as-tu-vu… Ecoute, j'ai beau réfléchir, non, je n'ai jamais entendu ça.

Au rappel des insultes qu'elle lui avait infligées, Imogen se sentit honteuse. Comment avait-elle pu penser de telles choses ? Il se révélait si différent de ce qu'elle avait d'abord imaginé ! Tellement plus intéressant ! Certes, il était beau et sexy. Mais aussi drôle, prévenant, d'une galanterie inattendue…

Réalisant qu'elle était en train de lui tresser une couronne de lauriers, elle se refréna. Il était vain de penser à Jack autrement que comme à un partenaire sensuel.

— J'attends toujours ta réponse ! lui lança-t-elle.

— Je fais du baby-sitting.

Imogen en resta bouche bée. Elle faillit même laisser tomber sa tasse !

— Tu veux rire ? fit-elle.

— Moi ? Pas du tout.

Il inclina la tête, jaugeant sa réaction. Puis il reprit sans animosité :

— Ton étonnement n'est pas très flatteur, tu sais.

— Excuse-moi, dit-elle avec un sourire. Mais j'ai du mal à me faire à cette idée.

Elle marqua un temps d'arrêt, puis se rembrunit, traversée d'une idée soudaine.

— De qui est le bébé, au fait ?

— Ce n'est pas le mien, si c'est ce que tu veux savoir.

— Loin de moi cette idée !

— C'est exactement ce que tu pensais, soutint Jack, pas dupe. Mais rassure-toi, je ne suis pas irresponsable. Daisy est ma filleule. La fille de mon ami Luke et de sa femme, Emily. Anna est la sœur d'Emily.

— Et elle sait que tu dors tout nu ?

— Elle plaisantait, fit Jack, hilare.

— C'est une comique, alors.

— Il lui arrive de l'être.

Imogen n'avait pas encore vraiment assimilé le fait que Jack ait une filleule.

— Au fait, elle a quel âge ?

— Je l'ignore. Elle va sur la quarantaine, je pense.

— Très drôle. Je parlais de Daisy.

— Elle a trois ans.

— Et tu as souvent gardé des petites filles de cet âge ?

— Jamais. C'est une première.

— Bonne chance, alors.

— Ah, j'en ai besoin ?

Comme Jack semblait inquiet, tout à coup, Imogen sourit jusqu'aux oreilles.

— Tout ira comme sur des roulettes, j'en suis sûre.

— Oui, c'est aussi mon avis, opina Jack. Elle a trois ans. Ça ne peut pas être bien difficile.

Si Daisy était comme la nièce d'Imogen, Jack aurait droit à une séance infernale ! Il n'avait aucune idée de ce qui l'attendait, de toute évidence. Et il n'avait guère dormi, de surcroît…

A la pensée qu'un homme tel que Jack pouvait renoncer à son samedi soir pour se consacrer à une petite fille, Imogen éprouva un curieux pincement dans la région du cœur, et émit un léger soupir.

— Qu'est-ce qu'il y a ? demanda Jack en plissant le front.

Elle lâcha d'un air rêveur :

— Qui l'aurait cru ?

— Quoi donc ?

— Que tu es un tendre.

— Sûrement pas ! s'insurgea Jack. Je rends service à des amis qui sont dans l'embarras, c'est tout. Alors, garde ça pour toi. Si ça venait à se savoir, cela ruinerait ma réputation.

Cela, Imogen l'imaginait sans peine. La longue file de femmes qui se jetaient à sa tête s'allongerait encore, pensa-t-elle dans un accès de jalousie. Tout en sirotant son café, elle s'enquit :

— Cela ne te contrarie pas ?

— Quoi ? Ma réputation ?

Elle hocha la tête.

— Pas du tout. Pourquoi m'en offusquerais-je ? Après tout le mal que je me suis donné pour la cultiver !

— Tu l'as encouragée ? s'étonna Imogen.

Etait-il fou ? D'après ce qu'elle avait entendu, sa réputation était loin d'être flatteuse, et il n'avait pas lieu d'en être fier. Pourquoi cherchait-il à l'entretenir, alors qu'il avait tant de qualités, par ailleurs ?

Elle ne voyait à cela qu'une réponse possible : cette mauvaise réputation lui servait de bouclier, de moyen de défense. Mais il fallait en déduire que Jack avait besoin de protection. Or, de quoi diable aurait-il voulu se protéger ? Cela n'avait aucun sens !

Il était inutile de le questionner à ce sujet, en tout cas, à en juger par son air fermé. Il était contrarié d'avoir laissé échapper ça, c'était clair. Et Imogen en était plus intriguée que jamais…

Jack contourna le bar pour se placer face à elle — le regard intense, éloquent. Elle oublia ses interrogations alors qu'il déclarait :

— Je suis encore disponible pendant une heure ou deux…

— Une heure ou deux ?

— Au moins ! affirma-t-il, glissant sa main sous la chemise, entre ses cuisses. Tu pourrais m'aider à tuer le temps…

11.

Lorsque le lendemain soir arriva, Imogen, après avoir passé son week-end sur un petit nuage, aboutit à un certain nombre de conclusions.

Tout d'abord, en repensant à sa nuit du vendredi, elle avait pris conscience d'avoir été flouée par ses anciens amants. Elle n'avait pas eu une vie sexuelle très active. Mais son expérience lui permettait de comprendre qu'elle aurait dû manifester plus d'assurance au lit, et se montrer plus exigeante quant au choix de ses partenaires !

Ensuite, comme elle avait connu avec Jack une expérience étourdissante, elle voulait la renouveler. Au jour le jour, bien sûr. Pas dans la durée. Mais elle tenait à la rééditer. Contre le sentiment de solitude qui la hantait depuis si longtemps, c'était efficace. Imparable.

Assaillie par ses souvenirs torrides, elle alluma son ordinateur et se mit en devoir de faire une recherche sur Jack. Comme elle s'en était doutée, les informations abondaient. Après avoir exploré les liens pendant un moment, elle aboutit à une déduction intéressante : elle et Jack étaient sur la même longueur d'onde en ce qui concernait l'engagement à court terme.

Selon ce qu'elle avait glané, Jack n'était pas porté sur les relations durables. Et pour sa part, étant donné qu'elle partirait sans doute aux Etats-Unis cet automne, elle ne l'était pas non plus. Mais s'il était prêt à une série de rendez-vous, une brève liaison, ou quelque chose du même genre, elle le suivrait volontiers sur cette voie. Ce serait excitant.

Grisant, même. Exactement ce dont elle avait besoin avant d'entamer la nouvelle étape de sa vie.

Il n'y avait qu'une ombre au tableau : Jack n'avait manifesté aucune intention de la revoir. Donc, sur ce plan, la situation n'était guère prometteuse…

Après leur intermède — divin — du petit déjeuner, Jack l'avait déposée chez elle en voiture. Il lui avait accordé un baiser dévastateur, avait poliment indiqué qu'il reprendrait contact, puis était parti.

Bref, elle était dans l'embarras. Comment aurait-elle pu s'engager dans une aventure avec lui s'il ne l'appelait même pas ?

L'esprit occupé par ce problème, elle sortit de son bain, s'essuya, puis enfila sa tenue décontractée favorite : petit haut et leggings. « Je trouverai bien quelque chose », se dit-elle en gagnant le salon. Son iPod diffusait une sélection de chansons des années quatre-vingt, un bon feu crépitait dans la cheminée, un poulet achevait de rôtir dans le four et un verre de vin l'attendait sur la table basse. Une soirée de détente en perspective, en somme. Propice à la découverte d'un moyen astucieux de revoir Jack et de l'amener à ses fins…

« Qu'est-ce que je fais ici ? » se demanda Jack, les yeux levés vers les fenêtres du premier étage de l'immeuble d'Imogen. Il n'avait pas prémédité ce détour…

Il jugeait bon de laisser s'écouler quelque temps avant de la revoir, afin de se ressaisir et de recouvrer cet empire sur lui-même qu'elle menaçait de détruire. Mais, en plus, il n'avait qu'une envie après ce week-end : regagner son lit !

Alors, pourquoi était-il venu voir si Imogen était à la maison ? Pourquoi était-il enchanté de constater qu'il y avait de la lumière chez elle ? Et pourquoi se sentait-il comme un ado à son premier rendez-vous ?

Il secoua la tête, puis étouffa un bâillement. Quelle

importance ? pensa-t-il en descendant de voiture. Il n'y avait pas de quoi en faire un plat. Après trente-six heures en compagnie d'une gamine de trois ans, il éprouvait le besoin de passer un moment auprès d'une femme de vingt-huit. Qu'y avait-il d'extraordinaire à ça ?

Et si sa main tremblait un peu en pressant la sonnette, c'était dû au manque de sommeil. A un week-end plus éreintant que prévu.

Il fourra les mains dans les poches de son jean, guettant une réponse. Il entendit dans l'escalier un bruit de pas, se rapprochant de la porte, et sentit son pouls s'accélérer.

Après un temps d'arrêt — Imogen regardait sans doute par le judas pour voir à qui elle avait affaire —, il y eut un tour de verrou puis un déclic. Sur le seuil de la porte ouverte, elle était là, les cheveux en liberté, les joues roses, les yeux brillants, le sourire aux lèvres. Et Jack oublia toutes ses interrogations.

— Salut, dit-elle d'une voix embrumée.

— Salut, répondit-il d'une voix rauque.

— Que fais-tu ici ?

— Rien, je rentrais. Alors, j'ai pensé faire un saut.

— Excellente nouvelle, dit-elle en lui décochant un grand sourire enjôleur.

— Ah…

— Oh ! je disais ça comme ça. J'avais envie d'un peu de distraction. Entre donc. C'est au premier, à droite.

Jack la dépassa alors qu'elle s'effaçait pour lui livrer passage, suivit ses instructions, et se retrouva dans un salon où régnaient une douce chaleur et une atmosphère reposante. Il se détendit aussitôt, délivré de sa fatigue.

Des lampes aux lumières tamisées éclairaient en douceur des canapés moelleux et un fauteuil en cuir patiné, disposés autour d'une table basse jonchée de magazines, livres et objets divers. Un bon feu crépitait dans l'âtre et, de chaque côté du manteau de la cheminée, des étagères garnies de livres, de dossiers, de photos couvraient les murs du sol au plafond.

Envahi d'un étrange sentiment de satisfaction, Jack ôta son pardessus, le posa sur un canapé et fit volte-face. Sur le seuil, Imogen le contemplait avec une expression changeante, mêlant le plaisir, la nostalgie, la défiance et l'incertitude.

— Tu as l'air épuisé, dit-elle.

— Tu es superbe.

— Dans cette tenue ? fit-elle en haussant les sourcils.

— Oui.

Elle n'arborait peut-être pas une toilette glamour, mais ce qu'elle portait épousait ses formes délectables…

— Tu es très… tentante, ajouta Jack.

Elle sourit.

— Un verre de vin ?

— Il vaut mieux que je m'abstienne. Je conduis.

— Je vois.

Tout à coup, elle se redressa, et proposa très vite, en s'empourprant comme une pivoine :

— Tu pourrais rester. Pour dîner, je veux dire. Et, euh, enfin, comme tu voudras…

Un dîner et « comme tu voudras » ? « Quelle merveilleuse proposition », pensa Jack, qui répondit :

— Merci. Volontiers.

— Génial, lâcha-t-elle avec un sourire tremblant — sans pour autant cesser de le couver du regard. Je vais chercher le vin et surveiller la cuisson du poulet…

Elle aurait dû se retirer sur cette réplique, sans doute. Mais Jack, fasciné, constata qu'elle ne bougeait pas. Son regard restait rivé au sien. Elle avait le souffle court, et lui-même avait l'impression de chercher sa respiration… Alors qu'il se demandait s'il serait très déplacé de la rejoindre et la renverser sur canapé le plus proche, elle laissa échapper un petit rire et reprit la parole — soudain volubile :

— Je n'ai rien préparé d'extravagant… juste un poulet rôti. J'en prépare souvent, le dimanche, quand je suis à la maison. Et il y a un accompagnement, bien sûr. Des petits légumes. Des carottes, des pommes de terre, de…

En deux enjambées, Jack la rejoignit, l'enlaça d'une main,

glissa l'autre derrière sa nuque, et la fit taire en plaquant sa bouche sur la sienne. Comme il l'embrassait avec passion, il la sentit mollir contre lui, gémir doucement, et le désir le fouetta, menaçant d'avoir raison de son contrôle déjà vacillant…

Avec effort, il s'écarta d'elle et la contempla. Elle avait les joues roses, les yeux noyés, et il la trouva si désirable qu'il fut enchanté d'être passé la voir.

— Merci, murmura-t-elle.

— De quoi ?

— De m'avoir fait taire.

— C'était un plaisir…

— Oui. Comme tu l'as remarqué, j'ai tendance à parler trop lorsque je suis nerveuse.

Oh ! il l'avait noté. Et il trouvait ça adorable.

— Et maintenant, tu es nerveuse ? s'enquit-il — au demeurant surpris de sa propre réaction : c'était la première fois qu'un défaut lui paraissait adorable !

— Non, plus du tout, répondit-elle en s'abandonnant entre ses bras, le sourire aux lèvres.

— Tant mieux.

— Bon, je n'en ai que pour une minute. Fais comme chez toi.

Elle s'écarta de lui avec maladresse, puis s'éclipsa.

Le poulet était en bonne voie. Mais Imogen, qui prenait un verre dans le vaisselier, était loin de se sentir à l'aise. Bon sang, elle avait vingt-huit ans ! Elle n'était pas tombée de la dernière pluie ! Alors, pourquoi se montrait-elle si maladroite ? Pourquoi se mettait-elle à jacasser comme une idiote en présence de Jack ?

Et pourquoi la rendait-il si nerveuse ? Elle le connaissait, maintenant. Elle n'avait même pas à s'inquiéter de savoir s'il resterait ou non après le souper. Le regard gourmand qu'il avait posé sur elle, la passion fiévreuse de son baiser révélaient qu'elle n'avait qu'à esquisser un signe pour qu'il la renverse sur le canapé…

Il fallait croire que sa visite inattendue l'avait décontenancée. Quand elle l'avait reconnu à travers le judas, elle avait été folle de joie, et intensément soulagée. Mais, lorsqu'il avait investi son séjour — son refuge —, elle s'était sentie faiblir. Quant à son compliment, il l'avait tourneboulée…

Un sourire effleura ses lèvres malgré elle. Jack était un peu fou, s'il était sincère ! Sans maquillage, et en caleçon, elle ne se présentait certes pas sous son meilleur jour…

Elle versa un verre de vin pour Jack, contente de voir que ses mains ne tremblaient plus, puis regagna le séjour. Jack examinait une photo prise sur une étagère, avec une expression si indéchiffrable qu'elle voulut aussitôt la percer.

Ses recherches sur lui ne lui avaient pas permis d'engranger beaucoup d'informations personnelles. Mais cela avait aiguisé son appétit. Elle avait très envie d'en savoir davantage…

Elle lui tendit le verre de vin en demandant :

— Alors, comment était ta soirée de baby-sitting ?

Jack se retourna et, avec un « merci », prit le verre qu'elle lui offrait.

— Ereintante, répondit-il en l'enveloppant d'un regard songeur. Tu t'en doutais, n'est-ce pas ?

— Un peu, lâcha-t-elle en dissimulant mal un sourire.

— A cause de ces deux-là ?

Elle jeta un coup d'œil vers la photo qu'il lui tendait, et acquiesça.

— Mon neveu et ma nièce, précisa-t-elle. Cinq et trois ans. Beaux comme des anges, mais de vrais petits tyrans.

— Tu aurais pu m'avertir, murmura Jack, reposant le cadre sur l'étagère.

— Pour gâcher ton plaisir ? lança-t-elle gaiement, prenant place au bout du canapé tandis qu'il s'asseyait dans le fauteuil en cuir.

— Je ne me suis pas amusé du tout. C'était un enfer !

Incapable de croire qu'il le pensait pour de bon, elle lâcha avec une légère surprise :

— Vraiment ?

— Non, pas vraiment, soupira-t-il, sa grimace se muant en sourire. C'était sympa. Toi, en revanche, tu es une vilaine sorcière.

— Je prends ça comme un compliment !

Désignant d'un geste les nombreuses photos sur les rayonnages, Jack observa :

— Tu es proche de ta famille.

— Oui. Nous ne sommes pas nombreux, mais nous sommes unis.

Elle crut voir passer dans son regard une expression voisine de l'envie. Mais, bien entendu, Jack ne pouvait rien éprouver de tel. Il semblait très attaché à sa solitude. Il la revendiquait, à vrai dire. Alors, il ne pouvait pas désirer une famille comme la sienne, turbulente et désordonnée.

N'est-ce pas ?

Cette interrogation parut vouloir s'ancrer dans son esprit, et elle tenta aussitôt de la refouler. Elle n'allait pas explorer les états d'âme de Jack ! Sa démarche, même subtile, serait mal prise. Et elle n'avait aucun besoin de savoir ce qu'il pensait du mariage, de la famille ou quoi que ce soit de ce genre. Une aventure avec lui, voilà quel était son but !

— Qu'as-tu fait avec Daisy ? s'enquit-elle.

Il sourit, les ombres se dissipant sur son visage.

— Nous sommes allés à Regent's Park, puis au zoo, et ensuite nous avons mangé une glace. Voilà pour le programme de la journée. Brr ! ! Après une expérience pareille, je ne serai plus jamais le même !

— Bref, elle t'a bien eu, s'amusa Imogen.

— Ça, oui !

— J'en conclus que tu n'es pas tenté de grossir les rangs des pères de famille ?

— Jamais de la vie !

Intriguée par sa véhémence, elle revint à la charge :

— Jamais ?

— Ce n'est pas dans mes intentions, marmonna Jack.

Sa décontraction semblait surjouée, jugea-t-elle, réellement piquée dans sa curiosité, cette fois.

— Pourquoi ?

— Pourquoi le voudrais-je ? Tu as vu ma mère…

— Oui, mais elle est plutôt atypique.

— Sans doute, mais elle ne m'a certes pas offert une enfance idyllique. Ce n'est pas celle que j'aimerais proposer à un enfant, en tout cas.

— Il te semble que tu te comporterais comme elle ?

Il haussa les épaules.

— Je travaille beaucoup, je voyage souvent. Le schéma pourrait se reproduire.

— Il y aurait tout de même une tierce personne dans l'équation, fit observer Imogen.

A savoir la mère de cet enfant hypothétique — même si elle n'aimait pas l'idée que Jack puisse faire un bébé à une autre…

— Une tierce personne qui pourrait être pire. Je ne suis pas prêt à courir ce risque.

— J'admets que ta mère n'a pas l'air encline à tenir son rôle…

— Elle n'a pas une once d'instinct maternel ! décréta Jack — et Imogen se demanda s'il était conscient de l'amertume qu'il trahissait. J'étais à peine né qu'elle m'a refilé à ses parents pour continuer de mener la vie qui lui plaisait. Cela dure encore, d'ailleurs.

— Ce sont tes grands-parents qui t'ont élevé, n'est-ce pas ? dit Imogen, qui avait trouvé l'information sur internet, mais sans détails.

— Et une ribambelle de jeunes filles au pair, précisa Jack.

— C'était comment ?

— Mes grands-parents ont fait ce qu'ils pouvaient.

— Et les nounous ?

— Un peu mieux qu'eux.

— Mais… et ton père ? Sais-tu au moins qui il est ?

— Oh ! oui, lâcha Jack avec un sourire triste. Ma mère

l'a rencontré dans la pension chic, mais étonnamment laxiste, où elle faisait ses études. Dès que la grossesse a été flagrante, ses parents l'ont expédié aux Etats-Unis. Il y est resté.

— Tu le vois, parfois ?

— Non.

« Quel gâchis ! » pensa Imogen. Son frère s'entendait à merveille avec leur père, ce lien était très important pour eux.

— Comment se fait-il que vous n'ayez pas de relations ? demanda-t-elle.

— Pourquoi le verrais-je ? Je ne suis qu'un accident. Une lamentable erreur. De toute façon, il est marié depuis des années, il a son propre foyer.

Et il n'y avait pas lieu de s'étendre sur le sujet, pensa Jack, contrarié d'avoir laissé filtrer une certaine rancune.

Il ne savait pas très bien pourquoi il était venu. Mais ce n'était certes pas pour raconter son enfance ! Il s'épanchait trop facilement avec Imogen. S'il n'y prenait garde, il finirait par le payer cher. Il avait l'impression dérangeante que, si elle insistait encore un peu, il s'allongerait sur le « divan » et déverserait toute son histoire…

Or, il refusait de s'étendre sur le traumatisme qu'il avait subi à force de négligence maternelle et de solitude douloureuse. Il avait toujours eu l'impression de ne compter pour personne. D'être moins important pour sa mère que la vie mondaine à laquelle elle était si attachée. De porter, d'une façon ou d'une autre, la responsabilité de l'indifférence qu'elle lui manifestait. De n'être pas assez bien.

Oh ! non, il ne voulait pas s'appesantir sur le passé ! Il ne voulait pas revenir sur l'attitude sévère, négative de ses grands-parents, qui, redoutant de le voir devenir aussi irresponsable que ses géniteurs, s'étaient montrés très stricts avec lui.

Et il n'avait pas non plus envie d'être assailli, comme en cet instant, par sa souffrance et son désarroi d'autrefois.

Il chercha donc un dérivatif.

Enveloppant Imogen du regard, il déposa son verre sur une pile de magazines, puis lui décocha un sourire ensorceleur.

— Je ne suis pas venu pour parler famille, dit-il.

— Ah ? murmura-t-elle d'une voix embrumée qui lui donna le frisson. Pourquoi es-tu là, alors ?

D'un geste fluide, Jack se leva et la rejoignit sur le canapé.

— Pour ça, souffla-t-il en l'enlaçant et en prenant sa bouche.

Dans le même élan, il fit glisser la fermeture Eclair de son haut, et ses mains s'aventurèrent sur sa peau… Imogen ferma les yeux, s'abîmant dans la magie sensuelle du moment. Une part d'elle-même songeait qu'elle aurait dû se scandaliser de cet aveu de Jack, mais l'autre part était ravie, et cessait d'interroger ses sentiments…

Car son cœur avait commencé à s'attendrir à la pensée du petit garçon esseulé et malheureux que Jack avait dû être. Or, elle ne voulait pas se laisser entraîner sur ce terrain… Elle ne voulait pas avoir à songer à la mère de Jack et à l'influence déplorable qu'elle avait eue sur son fils. Elle ne voulait pas envier son propre frère, ni songer au mariage et à la famille, et à Jack dans un tel contexte. Ce qu'elle désirait, c'était savourer les sensations incroyables qu'il faisait naître en elle…

Alors, elle oublia tout pour se laisser porter… Il y avait les mains de Jack sur sa peau, le poids de son corps qui la renversait sur le canapé, la tiédeur de sa bouche sur sa gorge, ses seins, le cœur de son intimité… Et le battement affolé de leurs cœurs tandis qu'ils sombraient dans le maelström du plaisir.

Le lendemain, aux premières lueurs de l'aube, Imogen regardait Jack, occupé à se vêtir, et se demandait comment résoudre son dilemme. Après leur nouvelle nuit torride, elle était plus que jamais convaincue qu'elle désirait avoir une aventure avec lui. Mais elle ne savait pas de quelle façon s'y prendre pour le sonder, savoir s'il était dans les mêmes dispositions…

Comme il passait dans la pièce voisine, en quête de sa montre sans doute oubliée sur le canapé, elle se décida, et se glissa hors du lit. On n'avait pas idée d'être aussi craintive !

S'enveloppant dans le duvet, elle le rejoignit, tête haute. Il s'apprêtait à mettre ses chaussures, et murmura :

— J'ai intérêt à faire vite.

— Oui, les affaires n'attendent pas, acquiesça-t-elle, tout en laissant glisser le duvet un peu plus bas.

Jack posa les yeux sur la naissance de ses seins, et en oublia ce qu'il était en train de faire.

— C'est bien dommage, commenta-t-il en franchissant la distance qui les séparait pour l'attirer à lui.

Le baiser passionné qu'il lui donna eut raison de ses dernières hésitations. Quand il releva enfin la tête, elle lui demanda :

— Alors, que dirais-tu de nous revoir, un de ces jours ?

Jack eut un grand sourire :

— J'en dis que je suis libre mercredi soir, répondit-il.

12.

Et, à dater de cet instant, c'est ainsi que se passèrent les choses.

Tout en râpant un zeste de citron dans un bol, Jack se demanda s'il y avait lieu de s'inquiéter. Le fait qu'Imogen et lui conviennent à chaque rendez-vous de leur rencontre suivante ne le dérangeait pas. Il avait toujours aimé ce genre d'improvisation… Il était déstabilisant, en revanche, que leurs entrevues se multiplient. En fait, leur liaison durait depuis six semaines. Cinq de plus que d'habitude ! Et, chose étrange, Jack n'avait pas spécialement envie que cela se termine…

Comme si cela n'était pas assez déconcertant, voici qu'il se trouvait chez lui, en train de cuisiner pour Imogen. Ce n'était pas la première fois.

Il ajouta une grosse cuillerée de fromage frais au jus de citron et au zeste, saupoudra de quelques pincées de sucre, puis remua le tout. Pendant ces semaines de rendez-vous impromptus, Imogen et lui avaient partagé leur temps entre les sorties et les intermèdes à la maison. Tantôt, elle cuisinait pour lui, tantôt, c'était l'inverse. Ils en plaisantaient. Elle soutenait que, maintenant, sa cuisine méritait vraiment son nom ; il affirmait que son frigo, désormais rempli alors qu'il n'avait accueilli auparavant que des bouteilles de lait et des packs de bière, servait enfin à quelque chose.

Mais il n'y avait pas de quoi rire, n'est-ce pas ? pensa-t-il en déposant une casserole d'eau sur la cuisinière. S'il avait été simple spectateur, il aurait trouvé ça un peu ridicule.

Il aurait même jugé que cela ressemblait singulièrement à une liaison. Voire à une relation classique…

Et cela, c'était inquiétant.

Il avait beau se dire qu'il n'était pas du genre à s'engager, il sentait qu'il s'habituait à Imogen, à l'avoir près de lui.

Il se versa un verre de vin, puis gagna son bureau et, de son fauteuil, contempla le ciel londonien qui s'enténébrait peu à peu. Qu'est-ce qui le séduisait tant chez Imogen ? Bien sûr, elle était belle et merveilleuse au lit. Et c'était une combinaison rare. Mais il avait déjà eu des femmes qui possédaient ces deux atouts. Alors, il s'agissait forcément d'autre chose…

Etait-ce son esprit si vif ? La passion et l'admiration qu'elle manifestait en parlant de l'action du Christie Trust ? Ou la lucidité et l'honnêteté avec lesquelles elle envisageait son propre rôle au sein du groupe ?

Etait-ce son sens de l'autodérision ? L'humour mordant avec lequel elle répondait aux provocations ? Ou bien la chaleur et l'affection qu'elle manifestait en parlant de sa famille ?

En tout cas, quoi que ce fût, il était bel et bien sous le charme…

Jusqu'à présent, ils n'avaient vécu que dans l'instant. Ils ne nourrissaient ni projets, ni rêves, ni rien de personnel. Comme si, d'un accord tacite, ils gardaient à leurs entrevues une couleur légère et vivaient au jour le jour.

Au départ, il avait trouvé ça parfait.

Mais maintenant il avait envie de connaître son passé, ses projets d'avenir, ses espoirs et ses rêves, ce qu'elle attendait de la vie… Il désirait savoir ce qui s'était produit avec ce harceleur, et faire passer un mauvais quart d'heure à ce sinistre individu. Il brûlait de réserver le même sort à tous ceux qui avaient raillé et critiqué Imogen pendant tant d'années…

Bref, il voulait aller plus loin !

Seigneur… Cela n'entrait pas du tout dans ses intentions habituelles. Il n'avait jamais rien envisagé de tel. Il s'était même protégé d'une armure impénétrable pour éviter une telle situation. Pourtant, Imogen, avec son sourire chaleureux et ses regards perspicaces, avait percé la cuirasse, réalisa-t-il en tressaillant. Et voici qu'il caressait des rêves qu'il avait crus réservés à d'autres.

Quand il pensait à Luke et Emily — de plus en plus souvent ! —, il se surprenait à les envier… Il se rappelait son éreintant mais amusant week-end avec la petite Daisy, et s'interrogeait…

Tout à coup, il songea de nouveau à la discussion qu'il avait eue avec Imogen sur l'éducation qu'il avait reçue. Elle avait peut-être raison en suggérant qu'une histoire familiale ne se répétait pas forcément. Et, comme il ne s'était jamais senti à sa place dans son enfance, il s'était peut-être interdit quelque chose qui, en réalité, comptait beaucoup à ses yeux…

A mesure que ces idées s'emparaient de lui, Jack, le cœur battant la chamade, sentait s'effondrer ses défenses, et se demandait quelles erreurs il avait commises. Ce ne serait peut-être pas un mal de s'ouvrir un peu à Imogen… S'il s'avérait que ce n'était pas douloureux, il pourrait se dévoiler un peu plus encore…

Il n'aurait jamais imaginé avoir la chance d'entretenir une authentique liaison. Mais c'était pourtant ce qui s'était installé avec elle. Donc, le moment était venu de se poser sur une base plus stable et de voir de quelle manière évolueraient les choses, se dit-il, la bouche sèche, le pouls emballé. Imogen avait prétendu qu'elle ne s'intéressait qu'au sexe. Mais, pour autant qu'il puisse en juger, elle était maintenant aussi impliquée que lui. Alors, était-ce une si mauvaise idée de s'engager dans une vraie relation ? Certes, il prendrait un risque, et, par comparaison avec ce qu'il avait vécu jusqu'ici, l'enjeu serait de taille. Mais peut-être que, cette fois, tout irait bien. Mieux que bien, même…

En entendant tinter la sonnette, Jack tressaillit. Le cœur et l'esprit en tumulte, il se leva et gagna la porte d'un pas rapide afin d'actionner l'Interphone. Il allait aborder le sujet dès qu'Imogen serait là, avant de perdre ses moyens et de laisser place au doute…

A moins qu'elle n'ait un autre scénario en tête ! Le numéro qu'elle avait improvisé dans l'ascenseur, le soir de la Saint-Valentin, semblait avoir stimulé son imagination, et il ne savait jamais à quoi s'attendre lorsque les portes de l'ascenseur s'ouvraient…

Il guetta son arrivée en essayant d'adopter un air dégagé. Mais il venait de prendre une décision capitale, et la décontraction n'était pas de mise… Alors, il se rapprocha de la console où il avait déposé le courrier du jour et se mit à trier les enveloppes pour se donner une contenance. Soudain, il s'agaça lui-même. Bon sang, pourquoi ne tenait-il pas en place ? Cela ne lui ressemblait pas. Il n'était jamais nerveux !

« Ce n'est que de l'impatience », se rassura-t-il. Ayant pris une décision, il avait hâte de la mettre en œuvre.

Il entendit l'ascenseur s'arrêter, et recouvra enfin sa présence d'esprit, quelques secondes avant qu'Imogen ne surgisse. Déjà, elle était dans l'appartement, le sourire aux lèvres. Déjà, elle laissait tomber son sac à terre, enlevait son manteau, venait se blottir contre lui. Ils échangeaient un baiser emporté, et il était complètement bouleversé…

Puis elle s'écarta à demi, et lui adressa un grand sourire.

— Tu as l'air heureuse, dit-il en lui souriant en retour.

— Je le suis.

— Moi aussi, affirma-t-il.

Et sans doute l'était-il pour la première fois de sa vie. Il ajouta :

— J'ai du nouveau.

— Oh ? Moi aussi.

Quoi qu'elle eût à annoncer, pour sa part, il avait besoin d'un petit remontant.

— Je t'offre un verre ? proposa-t-il.

— J'ai apporté du champagne, annonça Imogen, qui, joignant le geste à la parole, se pencha pour sortir la bouteille de son sac.

Il haussa les sourcils en voyant qu'il s'agissait d'un flacon de grande marque.

— On fête quelque chose ?

— Oui.

Il gagna la cuisine en se demandant si, par quelque miracle, elle en était venue à la même conclusion que lui. Elle lui emboîta le pas. Il versa le vin dans deux coupes, puis en tendit une à Imogen. Après quoi, le cœur affolé à l'idée de ce qu'il annoncerait lui-même, il demanda :

— Alors, que célébrons-nous ?

— J'ai été admise, déclara-t-elle, les yeux pétillants. *Yes !*

Il sourit, gagné par son euphorie, même s'il n'avait pas la moindre idée de ce dont elle parlait.

— Admise où ?

— A l'université !

Figé par le choc, il la considéra en silence. Comment ? Elle entrait à l'université ? Et elle ne lui en avait rien dit ?

— J'ignorais que tu avais sollicité ton inscription.

— Oui, je n'en ai parlé à personne.

Personne ? Alors, ce n'était pas aussi affreux et mortifiant qu'il l'avait cru. Mais tout de même…

— Comment ça se fait ?

Elle sembla surprise par sa question.

— Tu connais les médias. Ils m'auraient ridiculisée, taillée en pièces.

S'avouant qu'elle avait raison sur ce point, Jack lança :

— Donc, qui est au courant ?

— Tu es le seul, pour le moment.

Heureux de l'apprendre, il lui demanda des précisions, et sut qu'elle envisageait des études d'économie comportementale d'une durée de trois ans. Ensuite, elle demanderait un « vrai travail » au Christie Trust. Il en fut ravi pour elle. Et étrangement fier. Depuis quelque temps, il avait l'impression qu'elle regrettait son adolescence frivole, gâchée.

— Félicitations ! dit-il, entrechoquant sa coupe de champagne avec la sienne.

— Merci.

— Et où iras-tu ?

Si elle n'étudiait pas à Londres, ils arriveraient quand même à s'organiser. Ils seraient occupés pendant la semaine, mais il leur resterait les week-ends, les vacances…

— Aux Etats-Unis, déclara-t-elle, le regard brillant. A New York, exactement.

Et, là, Jack eut l'impression d'avoir reçu un direct du droit. En pleine figure. Il était sonné, K.-O. D'une voix qui semblait venir de très loin, il murmura :

— Eh bien, cela mérite un toast…

— N'est-ce pas ? fit-elle, sans même avoir conscience d'avoir pulvérisé ses fragiles espoirs.

Londres, c'était parfait ; ailleurs au Royaume-Uni, cela restait gérable. Mais les Etats-Unis ? Impossible !

— Quand pars-tu ? s'enquit-il.

— En août. Pour avoir le temps de m'installer.

Le cœur serré, Jack se détourna pour dissimuler sa déconvenue. Et se mit en devoir de jeter des poignées de *linguine* dans l'eau, qui s'était mise à bouillir.

— Je vois, murmura-t-il.

C'était on ne peut plus clair. Tandis que, timidement, il s'était convaincu qu'ils pouvaient développer leur relation, Imogen avait formé des projets de départ. Comment avait-il pu être aussi stupide ? s'interrogea-t-il, gagné par une sorte d'engourdissement. Comment avait-il pu bafouer sa règle cardinale, et commettre la désastreuse erreur de mêler sexe et émotion ?

Et puis, d'où tirait-il l'idée grotesque qu'il avait droit au bonheur ? Le passé ne lui avait donc pas servi de leçon ?

Il mit à faire revenir dans une poêle les palourdes marinées et se concentra sur la préparation des pâtes aux fruits de mer, en ignorant la douleur insidieuse qui l'envahissait. Au moins, il ne s'était pas ridiculisé en livrant son cœur. Il s'en était fallu de peu ! Il coulerait une chape de plomb sur les sentiments qu'il avait laissé éclore. Il ne leur permettrait plus de remonter à la surface. Plus jamais.

Et, s'ils osaient se manifester, il gérerait ça comme dans

son enfance — lorsqu'il avait demandé à sa mère qu'elle lui consacre plus de temps et qu'elle l'avait envoyé promener ; lorsque ses grands-parents l'avaient fustigé d'un regard noir ; lorsque la nounou qu'il adorait était partie pour ne plus revenir : il se fermerait à tout.

Imogen se pencha, l'effleurant de son sein, et huma avec délices les parfums d'ail et d'origan.

— Eh bien, qu'est-ce que tu avais à me dire ?

Il lui décocha son sourire ravageur, et lâcha avec décontraction comme si aucun changement ne venait de bouleverser son existence :

— Oh ! rien d'important. Ça peut attendre.

Jusqu'à ce qu'il gèle en enfer.

13.

— Bonjour, puis-je vous aider ?

A la réception des bureaux de Jack, à Mayfair, Imogen regarda l'hôtesse qui la dévisageait avec une neutralité polie.

Elle avait besoin d'aide, c'était clair ! Car, depuis quelque temps, elle ne comprenait rien à ce qui se passait entre elle et Jack. Et cela la rendait folle.

Elle n'avait qu'une certitude : ces derniers mois, les choses avaient changé entre eux. Elle n'aurait pas su dire en quoi de façon précise. Mais, depuis qu'elle avait annoncé son départ pour les Etats-Unis, Jack s'était refroidi. Il était distant, renfermé. On aurait dit qu'il avait gommé la part chaleureuse et gaie de lui-même. Et, Imogen avait eu beau tenter de le dérider, il demeurait fermé.

Ils continuaient à se voir. Mais beaucoup moins souvent. En fait, après avoir eu deux à trois rendez-vous par semaine, c'était tout juste s'ils en avaient un, maintenant. Au cours du mois écoulé, ils s'étaient vus quatre fois, et c'était toujours elle qui en avait pris l'initiative.

Fini les dîners romantiques, les rires, les taquineries chaleureuses… Ils n'avaient plus que des étreintes occasionnelles. Explosives et intenses, certes. Mais sans âme. C'était du moins ce qu'elle ressentait, avec une confusion et un désarroi croissants. Du diable si elle s'expliquait pourquoi…

Elle avait songé que ce changement avait un rapport avec son départ, étant donné le moment où il s'était produit. Mais cela lui avait paru ridicule. Jack n'en tenait que pour les relations strictement physiques, selon ses propres dires. Elle ne voyait pas pourquoi il aurait changé d'avis. Donc, il devait s'agir d'autre chose. En relation avec son travail, peut-être. Ou un de ses amis. Ou alors, sa mère.

En tout cas, Jack la tenait à distance. Et elle n'aimait pas ça ! Leurs rires, leur relation chaleureuse, leurs conversations lui manquaient. Jack lui manquait. Et plus il se dérobait, plus elle souffrait. Même si elle n'aurait pas dû ressentir cela.

Le comble était la réponse qu'il avait faite au courriel qu'elle lui avait envoyé pour suggérer un rendez-vous le soir même : « Entendu. » Un mot, pas plus ! C'était vraiment la goutte d'eau qui faisait déborder le vase ! Elle en avait assez de subir son indifférence glaciale sans même savoir ce qui la motivait. Aussi, à peine sortie du travail, elle était venue à son bureau. Elle voulait savoir ! Tout de suite !

— Jack Taylor est-il disponible ? s'enquit-elle.

— Avez-vous un rendez-vous, mademoiselle… ?

— Christie. Imogen Christie.

— Oh ! oui ! lâcha l'hôtesse, dont l'indifférence polie fit place à un sourire. Nous nous sommes parlé au téléphone. Cela me fait plaisir de vous rencontrer.

— A moi aussi. Vous êtes Hannah, n'est-ce pas ?

— En effet. Jack est sorti un instant, mais il ne devrait pas tarder. Vous pouvez l'attendre dans son bureau, si vous le désirez.

Imogen acquiesça en souriant. Oh ! certes, elle allait l'attendre !

Jack était d'humeur massacrante. Il était tendu, à cran, et le rendez-vous raté qu'il venait d'avoir n'arrangeait pas les choses.

Il savait pertinemment à quoi cela était dû. Inutile de faire de l'introspection, ou de mettre ça sur le compte d'une grippe en gestation ! Il savait ce qui ne tournait pas rond chez lui : quoi qu'il tentât pour s'en défendre, il avait Imogen dans la peau.

Il descendit du taxi, puis monta vers son bureau en se moquant de lui-même. Bon sang, pourquoi avait-il tant de mal à la chasser de son esprit, de sa vie ? Il avait essayé, pourtant ! Dès le lendemain de la révélation de son futur départ, il avait effacé de la mémoire de son portable toutes ses coordonnées. Il avait fait disparaître de son appartement toutes les traces de son passage. Et s'était dit qu'il se fichait désormais des faits et gestes d'Imogen.

Il avait tenu deux jours, grâce à une nouvelle venue d'Asie qui avait agité les marchés et monopolisé son attention.

Mais ensuite Imogen avait téléphoné, suggéré un rendez-vous, et aussitôt il avait craqué. Par la suite, aucune de ses résolutions n'avait eu le moindre effet. Dès qu'il entendait sa voix, il se remémorait une foule de choses agréables… Et, malgré lui, il désirait la revoir.

Il avait décidé de limiter leur « relation » aux échanges sensuels, persuadé qu'ainsi il reprendrait le contrôle de la situation. Pourtant, cela ne se passait pas bien. Et l'étonnement constant d'Imogen face à sa froideur le rendait fou.

Tout cela lui faisait horreur, réalisa-t-il en poussant la porte à tambour de l'immeuble. Il détestait voir sa volonté fléchir, et faiblir la force intérieure dont il avait toujours été si fier. Il détestait perdre le contrôle. Il avait en horreur ses émotions trop volatiles et son incapacité à garder ses distances. Et, plus que tout, il haïssait l'idée du départ prochain d'Imogen, auquel il ne pouvait pas s'opposer.

Comme Hannah le hélait au passage, il se tourna vers elle d'un air agressif. Il en prit conscience aussitôt, et s'en voulut.

— Oui, qu'est-ce qu'il y a ?

— Imogen est ici.

Jack eut un coup au cœur. Imogen, ici ? Pourquoi ? Elle n'était jamais venue à son bureau ! Et comment parviendrait-il à couper les ponts avec elle si elle se mettait à envahir son espace ?

— Je lui ai dit de patienter dans votre bureau.

— Merci. Veillez à ce qu'on ne nous dérange pas.

Il accorda un grand sourire à Hannah pour se faire pardonner sa réaction première, puis longea le couloir, le cœur battant à se rompre. Pour la première fois de sa vie, il ne savait que faire. Il avait l'impression d'aller à la dérive sur une mer déchaînée, dont les courants le portaient vers un naufrage imminent. Et c'était terrifiant.

Terrifiant ? Bon sang ! pensa-t-il en se figeant sur place. Depuis quand Jack Taylor avait-il peur ? Décidément, il devenait ridicule !

Se rappelant qu'il était chez lui, sur son propre terrain, il reprit sa marche et poussa la porte de son bureau. Tandis qu'il la refermait derrière lui, il vit Imogen tressaillir, se lever d'un bond et se tourner vers lui.

Délibérément, il alla se percher sur le bord de son bureau sans lui accorder un regard. Ce ne fut que lorsqu'il eut le sentiment d'avoir repris ses esprits, de s'être cuirassé contre l'effet qu'elle avait sur lui, qu'il releva la tête. Bras croisés, il la considéra avec froideur.

Elle déglutit, visiblement nerveuse. Mais il se fichait de savoir qu'elle n'était pas à son aise. Quand ses yeux pleins d'étonnement et d'incertitude se posèrent sur les siens, il serra les mâchoires, parce que cela aussi, ça lui était égal.

— A quoi dois-je l'honneur de cette visite ?

— Tu étais d'accord pour qu'on se voie, dit-elle.

— J'ai supposé que c'était plus tard.

— As-tu un moment, maintenant ?

Il était libre pour le reste de l'après-midi, mais il consulta sa montre et répondit :

— Je peux t'accorder dix minutes.

Imogen hocha la tête. Puis, redressant les épaules :

— J'aimerais savoir ce qui se passe.

— Comment ça ?

— En ce qui nous concerne.

— Tu vas devoir t'expliquer un peu mieux, je le crains.

Ah, ça, faisait-il exprès de se montrer borné ? se demanda Imogen. Ou n'avait-il rien remarqué du tout ?

— Il ne te semble pas que les choses ont changé ?

— En quoi ?

— Je n'en sais rien, murmura-t-elle. Elles sont bizarres, voilà. Je n'arrive pas à comprendre. Ai-je fait quelque chose de mal ? Qu'est-ce qui s'est passé ?

Jack lui opposa l'expression insondable qu'il avait si bien peaufinée au fil des ans.

— Est-ce important ?

— Cela ne devrait pas l'être. Mais, étrangement, ça compte.

— Pourquoi ? lança-t-il, brisant sans pitié un regain d'espoir. Tu t'en vas. Qu'est-ce que ça peut bien te faire ?

— Ecoute, Jack… si tu veux qu'on arrête là, tu n'as qu'à le dire. Je peux l'accepter.

— Non, je ne veux pas.

Ces mots lui avaient échappé malgré lui, et, en la voyant se détendre un peu, il s'avisa qu'il devait se montrer très prudent s'il voulait garder le contrôle de la conversation.

— Tu veux continuer, alors ?

— Et toi ?

— Je ne pars pas avant un moment, donc, oui, bien sûr, je le veux. Mais pas comme ça.

— C'est-à-dire ?

— Eh bien, pour ce qui est de nos relations… physiques, commença-t-elle.

Elle rougit, laissa sa phrase en suspens.

Jack se sentit glacé. Le sexe… Cela se résumait à ça, bien sûr. Et il avait été stupide de supposer qu'elle était venue jusqu'ici pour autre chose. Parce que, peut-être, il lui manquait, par exemple…

— Oui ? Qu'est-ce qui cloche dans nos relations ?

— Euh, commença-t-elle.

Le courage lui manqua, visiblement, car elle se rabattit sur l'humour — une tentative plutôt ratée :

— Oh ! rien, si ce n'est leur rareté…

— Je vois.

Jack promena son regard sur elle. Elle avait les cheveux lâchés. Son tailleur étroit semblait avoir été cousu à même son corps, et la jupe courte révélait ses longues jambes fuselées et nues, perchées sur des sandales sexy. Il se remémora la façon dont ces jambes s'enroulaient autour de ses reins, et eut un accès de désir.

— Dans ce cas, je vais tenter de remédier à la situation…

Il se pencha en avant puis, saisissant Imogen par la taille, il la pressa contre lui et pivota pour la renverser contre le bureau. Sans lui laisser le loisir de protester, de faire observer que n'importe qui pouvait ouvrir la porte, il abattit ses lèvres sur les siennes et lui donna un baiser brûlant, torride, presque violent.

Avec un sombre soulagement, il constata qu'elle n'offrait pas de résistance tandis qu'il relevait sa jupe. C'est pour cela qu'elle était là. C'était tout ce qu'elle voulait — et voudrait jamais de lui. Et ce serait la dernière fois, pensa-t-il.

Imogen détacha sa bouche de la sienne, et dit d'une voix haletante :

— Tu sais, Jack, ce n'est pas pour cela que je suis venue…

— Tu en es sûre ? marmonna-t-il en glissant les doigts aux creux de ses cuisses.

— Certaine.

Mais Jack sentit sa réaction à ses attouchements, ses contractions, et cela fouetta son désir.

— Tu veux que j'arrête ? demanda-t-il d'une voix rauque.

— Surtout pas…

Déjà, avec des gestes fiévreux, elle le caressait à travers son pantalon, tirait sur la glissière. Alors, il perdit la tête…

Dans l'accalmie qui suivait l'amour, la tête enfouie aux creux du cou d'Imogen, tandis que leurs frémissements refluaient et que l'on entendait s'apaiser leurs souffles encore courts, Jack sentit s'effondrer en lui quelque chose.

Les ruines de ses ultimes remparts s'écroulaient, et il se surprit à dire :

— Reste…

Imogen s'immobilisa dans les bras de Jack, les battements de son cœur se calmèrent d'un coup, la sensation de tiédeur et de plaisir se dissipa. Elle était sûre qu'il ne parlait pas de l'instant présent. Cela lui donnait le frisson, malgré la chaleur persistante de leurs corps.

Bon sang, comment en étaient-ils arrivés là ? Jack était passé du sang-froid glacial à la passion brute, et l'avait prise à même le bureau… avec son propre consentement. Elle ne regrettait rien ! Quelle que fût la raison de la fièvre de Jack, de son emportement désespéré, cette fois, leur étreinte n'avait pas été sans âme. Elle n'avait pu y résister.

— Pardon ? fit-elle, sans être tout à fait sûre qu'elle désirait des éclaircissements.

— Reste, souffla-t-il de nouveau.

— Je ne peux pas, murmura-t-elle en espérant se tromper sur le sens de son invite. Il faut que je m'en aille. Et puis, que doivent penser tes employés ?

— Je ne parle pas de maintenant, lui dit Jack avec un demi-sourire en coin. Je veux dire : ne va pas aux Etats-Unis.

Elle eut un coup au cœur. Ainsi, elle ne s'était pas trompée ! La secousse fut d'autant plus forte, pour elle, qu'elle était soudain tentée de répondre : « Oui. »

« Ah, non ! » pensa-t-elle en posant ses mains sur le torse de Jack pour le repousser en douceur. Elle s'était toujours laissé tourner la tête. Cela n'allait pas recommencer parce que, tout à coup, leurs ébats reprenaient, plus passionnés que jamais.

— Je dois partir, dit-elle.

Sourcils froncés, Jack s'écarta d'elle.

— Non, tu n'y es pas obligée.

— Si.

— Pourquoi ?

Imogen se remit debout, rabaissant sa jupe, lissant ses vêtements.

— Tu ne comprendrais pas.

— Essaie quand même de m'expliquer.

Désireuse de reconquérir un peu d'espace vital, elle alla s'asseoir sur le bord du canapé, le regardant rajuster sa tenue.

— Est-ce qu'il t'est déjà arrivé de te réveiller un matin et de réaliser que tu n'avais jamais rien accompli malgré tous les privilèges qui t'avaient été accordés ?

— Non, pas vraiment.

— Eh bien, moi, si. J'ai tout ce qu'on peut désirer, et qu'ai-je fait d'utile ? Rien du tout. J'ai gâché mes études, trop fait la fête. Mes seuls jobs, c'étaient un peu de mannequinat et quelques articles dans les journaux. Pas très glorieux…

Elle le regarda d'un air songeur, puis observa :

— Tu avais raison de m'accuser d'être écervelée et superficielle.

— Non. Tu n'es pas comme ça, marmonna-t-il, gagnant le bar qui était dans l'angle du bureau.

— Je l'ai été. Mais c'est fini.

Il brandit une bouteille, de cognac ou de whisky, lui demanda si elle voulait un verre — à quoi elle répondit par un signe négatif. Il se versa une large dose, qu'il avala d'un trait.

— Très bien. Alors, poursuis tes études ici.

De nouveau, Imogen lutta contre l'envie de céder.

— J'irai aux Etats-Unis, Jack. Pour vivre et étudier en paix, sans être harcelée par les médias.

— Reste, je te protégerai.

— Tu ne le peux pas. Tu sais bien comment ils sont. Là-bas, je ne suis personne. On ne se souciera ni de moi ni de mon passé. On me laissera tranquille. Ici, c'est impossible.

— Je trouverai quelque chose, soutint-il, serrant les mâchoires.

Avec un soupir, elle se redressa. Elle devait être ferme, pour sa propre sauvegarde plus que pour celle de Jack.

— Ecoute, dit-elle, c'était bien. Ça pourrait continuer à l'être pendant un mois ou deux, si on repart comme avant. Mais je ne gâcherai pas cette opportunité. Je ne veux pas manquer cette chance, je n'en aurai peut-être jamais d'autre. Et sûrement pas pour un caprice.

Pendant un instant, le silence régna. Jack se contenta de la dévisager. Il était devenu si blême qu'elle se demanda s'il se trouvait mal. Et tout à coup il explosa, expédiant à la volée, à travers la pièce, le verre, qui se fracassa contre le mur. Il s'empourpra, ses yeux flamboyèrent de colère, tandis qu'elle le fixait sans comprendre, le cœur battant.

Faisant un pas, il fourra les mains dans ses poches en homme qui s'efforce de se contenir.

— Ah, tu penses que c'est un caprice ? jeta-t-il durement. Tu penses que c'est facile pour moi de te demander de rester ?

Secouée, déroutée par cette fureur qu'elle ne s'expliquait pas, elle lâcha :

— Pourquoi pas ? Tu es habitué à obtenir ce que tu veux, et tout te vient facilement.

— Rien ne me vient facilement. Rien ne s'est passé comme je voulais depuis que je t'ai rencontrée. Rien !

— Et c'est ma faute ? s'écria-t-elle, heurtée par son mépris, et gagnée à son tour par la colère.

Il laissa échapper un rire bref, sans humour.

— Non, c'est la mienne, sois tranquille. Depuis mon engagement envers toi jusqu'à mon stupide espoir de te voir rester.

Elle tressaillit.

— T'ai-je donné l'impression que je resterais ?

— Non. J'ai été idiot. Mais ça n'a rien d'étonnant.

Imogen, frappée par son amertume, eut un coup au cœur. C'était comme un vertige. Elle éprouvait le besoin étrange de savoir pourquoi il désirait qu'elle change d'avis.

— Pourquoi veux-tu que je reste, Jack ?

Elle retint son souffle, comme si tout reposait sur la réponse qu'il donnerait. Ce qui était absurde. N'est-ce pas ?

Les yeux si bleus de Jack se posèrent sur elle, étrangement brillants, exprimant quelque chose qu'elle n'identifiait pas, et qu'elle n'était d'ailleurs pas sûre de vouloir comprendre.

— Pour continuer, répondit-il.

— C'est-à-dire ? fit-elle, le souffle suspendu. Comme avant ?

— Eh bien, oui. Mais sur une base plus durable.

— Durable ? Combien de temps ?

— Je n'en sais rien, murmura-t-il, une expression d'incertitude flottant sur son visage.

Imogen accusa le coup.

— Ce n'est pas suffisant.

— Evidemment pas, répondit-il, ironique.

— On m'accepte dans une des dix meilleures universités du monde, reprit-elle, dédaignant son sarcasme. Les places sont chères. Je ne vais pas renoncer à la mienne pour une liaison sans lendemain.

Jack se raidit, puis lui décocha un sourire sardonique, horrible à voir.

— Ton père a tiré combien de ficelles pour t'obtenir cette place si convoitée ?

Pendant un long moment, Imogen le dévisagea, blessée par son air railleur, furieuse, et saisie d'une étrange souffrance. Dire qu'elle avait failli lui demander de l'accompagner là-bas !

Enfin, glaciale, elle laissa tomber :

— Jack, tu n'es qu'un salaud.

Là-dessus, elle saisit son sac, son manteau, et le planta là.

14.

— Bon, fit Luke une semaine plus tard, alors qu'il prenait place en face de Jack, après avoir déposé sur la table deux pintes de bière. Cette fois, il y a quelque chose. J'en suis sûr.

Jack lui décocha un sourire factice, froid. Un sourire qui était de mise, car il se sentait aussi gelé qu'un bloc de glace depuis qu'Imogen l'avait plaqué.

— Merci, fit-il en avalant une gorgée de bière.

— Avec les compliments du vainqueur, dit Luke, sourire aux lèvres. Bon, qu'est-ce qu'il y a ?

— Rien du tout, affirma Jack, affrontant avec calme le regard pénétrant de son ami.

— C'est ça, oui…

— J'ai perdu. Ce n'est pas une affaire.

— Tu ne t'inclines jamais de façon si pathétique, lorsque ça t'arrive.

Jack visualisa la partie de squash infernale qu'il venait de perdre, puis haussa les épaules.

— Ce n'était pas mon jour.

Ce n'était jamais son jour, depuis quelque temps. Depuis une semaine, pour être précis. Il croyait avoir souffert quand Imogen lui avait annoncé son départ. Mais là… c'était mille fois pire. Il n'arrêtait pas de penser à elle. A leur ultime conversation, et aux choses affreuses qu'il lui avait dites parce qu'il était déçu de ne pouvoir la convaincre de rester. Plus il y pensait, plus ça faisait mal. Et plus il se sentait honteux et coupable.

— Tu sais, reprit Luke avec un regard aigu, la dernière

fois que l'un de nous deux a perdu lamentablement, le vaincu, c'était moi. Je venais de rencontrer Emily, et ma vie était sens dessus dessous.

Il marqua une pause, puis ajouta :

— Alors, ton échec a sans doute quelque chose à voir avec Imogen.

A l'énoncé de ce prénom, Jack eut l'impression de recevoir un coup de poignard. Nom d'un chien ! Pourquoi cela faisait-il si mal ? Puisque c'était fini. Et que c'était une bonne chose. Il était plus tranquille, comme ça. Donc, il allait bien.

Ou, en tout cas, il ne tarderait pas à se sentir bien. Il lui faudrait plus d'une semaine pour se remettre, vu l'intensité de leur relation. Mais il y parviendrait.

— Ta supposition est erronée, observa-t-il. Imogen et moi ne sommes plus ensemble.

— Oh ? C'est dommage. Je l'aimais bien. Emily aussi la trouvait sympathique.

Jack marmonna vaguement, en refoulant le souvenir du dîner où tous quatre s'étaient si bien amusés, et où Imogen s'était entendue sans effort avec les deux personnes auxquelles il tenait le plus.

— Que s'est-il passé ? demanda Luke.

— Je n'ai pas envie d'en parler.

— Pas de problème.

Tandis que Luke s'abîmait dans un de ces silences dont il avait le secret, Jack craqua, poussé par le besoin pervers de s'épancher.

— Elle s'en va, lâcha-t-il, n'y tenant plus.

— Comment ça ?

— Elle part faire des études à New York.

— Je vois… Eh bien, parfait, tant mieux pour elle.

— Je lui ai demandé de rester, révéla Jack, tourmenté au souvenir de sa propre faiblesse. Elle a répondu non.

— Et ?

— Comment ça, « et » ? s'agaça Jack.

Il ne quêtait la sympathie de personne, et c'était heureux ! Car Luke était singulièrement indifférent !

— Quelle contre-proposition lui as-tu faite ?

— Une contre-proposition ?

— Tu n'en es quand même pas resté là ? Tu lui as demandé si tu pouvais l'accompagner ?

Supplier, ce n'était pas son genre. Il n'en était pas réduit à ça, tout de même ? Si ?

— Bien sûr que non, répondit-il à Luke.

— Pourquoi ?

— Parce qu'elle m'avait fait comprendre que je ne serais pas le bienvenu.

— Vraiment ?

— Quand bien même je l'aurais été, je ne peux pas tout laisser tomber ici.

— Pour quelle raison ? Tu as un appartement là-bas, il me semble ?

— Et alors ?

— Tu avais le projet d'ouvrir une succursale aux Etats-Unis, non ? continua Luke sans désarmer.

— Ça remonte à des années.

— Ce pourrait être une bonne initiative.

A l'entendre, c'était simple comme bonjour ! Mais Jack n'avait pas oublié l'expression d'Imogen au moment où elle l'avait planté là.

— De toute façon, ça ne repose sur rien.

— Pourquoi ?

— Parce qu'elle ne veut pas de moi.

Et c'était là le fond du problème, n'est-ce pas ? Imogen ne tenait pas à lui. Enfin, pas assez. Il l'avait lu dans ses yeux, dans son attitude, lorsqu'elle lui avait déclaré qu'elle ne gâcherait pas sa chance. En réalité, elle lui avait fait savoir, d'une façon détournée, qu'il n'était pas aussi important pour elle que ses études. Et cela l'avait mis au supplice.

Il s'était attaché à elle, en fait. Et, comme toutes les personnes auxquelles il avait tenu, elle l'abandonnait. La différence, c'était qu'il n'arrivait plus à fonctionner, cette fois. Il avait mal. Tout le temps.

En apparence, il donnait l'impression d'être normal. Il allait au bureau, honorait ses rendez-vous et ses réunions avec son efficacité habituelle. Mais, à l'intérieur de lui, c'était le désastre. Il n'était pas très sûr d'arriver à préserver sa santé mentale. Et il n'avait aucune prise sur tout cela.

Luke s'agita légèrement, puis il prit une profonde inspiration, comme s'il s'apprêtait à se jeter à l'eau.

— Bon, dit-il en regardant son ami dans les yeux, étant donné que ce n'est pas dans nos habitudes, je ne te poserai cette question qu'une fois : es-tu amoureux d'elle ?

Le cœur de Jack fit un bond. On n'avait pas idée de demander une chose pareille !

Au cours de l'affreuse semaine qu'il venait de vivre, Jack en était venu à réaliser, dans un instant vertigineux, qu'il adorait Imogen. Elle était tout ce qu'il avait toujours désiré, dans les rares moments de faiblesse où il s'était autorisé à rêver.

Il était amoureux d'elle depuis des semaines. Sans doute depuis cette fichue seconde où elle l'avait envoyé paître, en lui conseillant de trouver « une autre malheureuse victime à dévorer ». Pour quelle autre raison aurait-il voulu faire la conquête de cette femme alors qu'elle représentait un tel défi ?

Depuis, ce sentiment avait grandi, pris beaucoup plus d'ampleur. Et c'est pourquoi il était si malheureux.

Mais il n'avait pas l'intention de livrer les émotions confuses, embrouillées, qui le ravageaient. Même si Luke lui tendait la perche. Aussi lança-t-il à son ami :

— Pourquoi, ça change quelque chose ?

— Jack, nous nous connaissons depuis longtemps, et tu es mon meilleur ami. Mais, si tu ne cherches pas à renouer, alors, tu es un imbécile.

« Le bel ami que voici ! » pensa Jack, qui le fusilla du regard. Mais Luke s'en moquait :

— Tu peux me foudroyer du regard tant que tu veux, ça n'en est pas moins vrai.

— Je lui ai demandé de rester, elle n'a pas voulu, lui rappela Jack.

— Et alors ? S'agit-il d'une question d'orgueil ?

— Non.

— De quoi s'agit-il, alors ?

— Tu le sais très bien, marmonna Jack, fixant sa pinte de bière.

Une fois, des années plus tôt, après avoir un peu trop bu, ils avaient eu une discussion à cœur ouvert sur leurs passés respectifs, et leurs complexes. Ils n'avaient plus jamais fait allusion à cette soirée. Là, Luke leva le menton, et regarda son ami d'un air songeur.

— Je vois… Est-ce pour ça que tu sabotes tes relations avant qu'elles aient le temps de se développer ?

— Mais je… Je ne fais rien de tel !

— Vraiment ? Alors, pourquoi les femmes ne tiennent-elles pas plus d'une semaine, avec toi ?

— Je m'ennuie facilement.

Mais ce n'était pas tout à fait vrai, puisqu'il ne s'était jamais ennuyé avec Imogen…

— Foutaises ! décréta Luke. Tu coupes les ponts avant que ça puisse devenir sérieux.

Jack allait s'insurger, mais n'en fit rien. Il repassa dans son esprit les diverses rencontres qu'il avait faites en dix ans. On ne pouvait guère les considérer comme des relations, ni des liaisons, tant elles avaient été brèves. Il y avait mis un terme sans même leur laisser le temps de s'épanouir.

— Et je parie que tu as aussi saboté ta relation avec Imogen, ajouta Luke.

Jack en resta sans voix. Car c'était vrai. En lançant cette remarque injuste sur la prétendue intervention du père d'Imogen auprès de l'université qu'elle allait intégrer, il avait provoqué son départ. Elle était ce qu'il lui était arrivé de mieux et il l'avait chassée de sa vie sans même essayer de réfléchir au moyen de préserver leur lien ! Tout ça pour quoi ? Parce qu'il s'était laissé dominer par son lourd passé émotionnel.

Oui, il s'était comporté en imbécile. En égoïste replié sur ses petits problèmes.

Le cœur battant, il réalisa qu'il pouvait peut-être rectifier le tir. Il ne voulait pas envisager un échec, en tout cas ! Il ne l'aurait pas supporté.

— Depuis quand es-tu expert en la matière ? lança-t-il pourtant à son ami.

— Depuis que j'ai épousé Emily. Elle aime parler de toi, dit Luke, souriant jusqu'aux oreilles.

Puis, redevenu plus sobre :

— Elle se soucie de toi. Et moi aussi. Ecoute, Jack, si j'ai appris une chose, c'est qu'il ne faut pas laisser le passé grever l'avenir. Cela a failli se produire pour moi. Ne permets pas que ça t'arrive.

— Je n'en ai pas l'intention, affirma Jack, méditant déjà les moyens de réparer sa monumentale erreur.

« Salaud », pensa Imogen en tapant dans le punching-ball et en s'imaginant qu'il s'agissait de Jack. Ce n'était qu'un salaud ! Un égoïste ! « Tiens, prends ça ! » Elle envoya des coups, et encore des coups. Puis recula, haletante.

Inscrite au gymnase depuis des années, elle n'y avait pratiquement jamais mis les pieds. Mais elle se rattrapait, maintenant ! En fait, depuis le jour où elle avait quitté en trombe le bureau de Jack, elle passait ici tout son temps libre, à se défouler de sa colère, sa frustration, sa souffrance…

Ce n'était pas très efficace ! L'horrible scène qui s'était déroulée dans le bureau remontait à une semaine, mais elle restait aussi fraîche dans sa mémoire que si elle datait de la veille. Comment Jack avait-il pu lui dire une chose pareille ? Pensait-il vraiment qu'elle n'était qu'une pistonnée ? Après tout ce qu'ils avaient partagé ? Après toutes les conversations qu'ils avaient eues sur les commérages, les fausses réputations, et la malveillance des gens qui se permettaient de juger en dépit de leur ignorance ? Bon sang, ça faisait mal, pensa-t-elle en enlevant ses gants et son sweat-shirt et en se dirigeant vers les vestiaires.

Oui, c'était dur à digérer. Même si ça ne rimait à rien. Puisque Jack n'avait pas repris contact, et que c'était exactement ce qu'elle voulait. Un avenir intéressant s'ouvrait à elle, et elle n'avait pas besoin de s'encombrer d'un pareil salaud. D'un type qui la méprisait. Leur liaison était finie, et c'était parfait. Oui, parfait !

Alors, pourquoi continuait-elle à souffrir ? Pourquoi n'arrivait-elle pas à s'empêcher de penser à Jack ? se demanda-t-elle en lavant ses cheveux sous la douche. Pourquoi attachait-elle tant de prix à ce qu'il pensait d'elle ? En quoi Jack était-il si important à ses yeux ?

Elle se figea soudain sous le jet d'eau chaude. Les nuages qui lui encombraient l'esprit venaient de s'éclaircir, comme troués par la foudre — ou plutôt, un éclair de lucidité. Oh ! mon Dieu ! Mais bien sûr…

C'était si flagrant qu'elle n'y avait vu que du feu, c'était le cas de le dire. Elle était tombée amoureuse. Elle éprouvait de l'amour pour Jack.

Portant la main à son cœur, elle inspira à plusieurs reprises pour essayer de dominer un accès de faiblesse. Son cœur battait si fort !

Peu à peu, elle se ressaisit, et des tas de choses évidentes lui vinrent à l'esprit. Elle repensa à ce qui s'était produit depuis qu'elle avait rencontré Jack, à ce qu'elle avait ressenti — allant de l'euphorie la plus folle au désespoir le plus noir, en passant par tous les états d'âme possibles…

Des images jaillirent dans sa mémoire : la manière dont Jack la regardait parfois, lui souriait… Et toutes les choses qu'il avait faites pour elle… Le cœur retourné, elle s'avoua qu'elle s'était en effet éprise de lui. Très profondément. Et comment aurait-il pu en être autrement ? Malgré leur récent différend, elle aimait tout, chez lui. Elle aimait son physique, bien sûr. Mais aussi sa force inaltérable, ses instants de vulnérabilité, son humour, son intelligence hardie.

Quand elle avait appris son admission à l'université, c'était à lui d'abord qu'elle avait tenu à l'annoncer. Et pas à sa famille. En fait, elle avait envie de tout partager avec lui…

Alors, à quoi cela la menait-il ? se demanda-t-elle en fermant le robinet d'une main tremblante. Et quelles conséquences cela pouvait-il avoir sur son séjour à New York ?

Pour la première fois, elle n'était plus tellement résolue à suivre le chemin qu'elle avait choisi. Elle commençait même à envisager d'y renoncer… et ça ne la bouleversait pas autant qu'elle l'aurait cru. Fallait-il en conclure qu'elle était prête à renoncer à tout ? Par amour ?

Il semblait que oui ! Un instant, cela la plongea dans l'euphorie. Puis le réel reprit ses droits, et son moral s'effondra de plus belle. A quoi bon s'emballer ? Puisqu'elle ne ferait rien de tel…

Son amour pour Jack ne la mènerait nulle part. Car elle s'était éprise d'un homme qui ignorait le sens de ce mot. Dont le cœur était en friche depuis des années, et le resterait sans doute longtemps encore. Un homme qui n'avait rien promis, rien proposé — si ce n'est une aventure prolongée.

Bref, elle n'y avait rien à espérer. Car, même si Jack venait la trouver pour renouveler sa proposition — ce qui était hautement improbable —, cela ne changerait rien. Elle l'aimait. Jamais elle ne pourrait se satisfaire d'une liaison à durée limitée.

Se cuirassant contre son chagrin, elle acheva de s'essuyer et se rhabiller. Puis, son sac à l'épaule, elle partit.

15.

Bien entendu, elle aurait plus facilement commencé à oublier Jack s'il n'avait pas eu l'idée de se garer devant chez elle et de s'appuyer au capot de sa voiture, les bras croisés, la mine défaite… et plus beau que jamais.

Imogen se figea à quelques pas de sa maison, et le contempla, le cœur battant la chamade. Elle l'aimait, c'était clair. Elle avait l'impression que son cœur allait éclater. Elle mourait d'envie de courir se jeter dans ses bras. Ce qui prouvait bien qu'elle était très vulnérable en ce moment. Depuis sa toute récente découverte sentimentale, elle se sentait mise à nu. Profondément déstabilisée.

Pourquoi Jack était-il venu ? Que lui voulait-il ?

Et qu'avait-elle à rester plantée là comme une idiote ? Elle avait imaginé cent fois cette situation. Et, maintenant qu'elle y était confrontée, elle ne savait pas la gérer. Elle tenta de surmonter sa panique et de réfléchir. Le mieux était sans doute de laisser Jack faire le premier pas. Elle l'aimait à la folie, d'accord. Mais le fautif, c'était lui.

Au bout d'un moment qui lui parut interminable, il se redressa et avança vers elle. Plus il approchait, plus le décor se brouillait autour d'elle. Quand il fut tout près, elle ne vit plus que lui.

— Salut, dit-il avec un sourire en coin qui la chavira.

— Salut. Qu'est-ce que tu fais ici ?

— Je voulais te parler.

— Tu n'en as pas assez dit ? demanda-t-elle avec froideur.

Jack accusa le coup, mais elle se força à n'en tenir aucun compte.

— Pas vraiment, fit-il. Je peux entrer ?

— Je ne préfère pas.

— Bon… J'imagine que c'est tout aussi bien ici qu'ailleurs…

— Pour quoi ?

— Pour te faire mes excuses.

Elle haussa les épaules, comme si elle ne voyait pas du tout de quoi il retournait :

— Des excuses ? A quel sujet ?

— Pour ce que je t'ai dit sur ton père, et le piston… c'était impardonnable.

— Oh ! ça, lâcha-t-elle, radoucie malgré elle. Il n'a pas intercédé en ma faveur, tu sais. J'ai dû rédiger trois essais, passer des examens et fournir un tas de références. Cela n'a pas été facile.

— Je sais.

— Pourquoi as-tu pensé qu'il était intervenu ?

— Je ne l'ai pas pensé, soupira Jack. Pas vraiment.

— Alors, pourquoi as-tu dit ça ?

— Je t'avais demandé de rester. Tu avais répondu non. Cela ne me plaisait pas.

Imogen le dévisagea avec surprise. Avait-il été heurté par son refus ? Etait-ce si important pour lui ? Elle se remémora leur conversation en essayant de se mettre à la place de Jack, et elle eut honte. Elle avait été si obnubilée par ses propres sentiments qu'elle n'avait pas pris les siens en compte. En réalité, elle n'avait même pas envisagé qu'il ressente quelque chose. Or, il avait sa sensibilité propre, comme tout le monde. Et, si Jack avait été blessé par son refus, sa réaction devenait compréhensible.

Mais alors… que pouvait-il éprouver d'autre ?

Elle eut un coup au cœur, et sa froideur apparente commença à se craqueler, laissant pointer un timide espoir.

— Je suis désolée, dit-elle.

— Tu n'as pas à l'être.

— Je n'avais pas compris.

— Comment l'aurais-tu pu ?

— J'aurais dû réfléchir.

— Il était égoïste de ma part de te demander de rester. De toute façon, ma réaction était exagérée, lui dit-il avec un étrange sourire qui la bouleversa. Comme tu l'as sans doute deviné, j'ai un problème avec le fait d'être rejeté.

— Pourquoi ?

— Les gens auxquels je tiens ont tendance à me quitter.

Jack inspira profondément, puis fourra ses mains dans ses poches.

— Ma mère, mes nounous, et maintenant toi…

— Tu tiens à moi ?

« A quel point ? » aurait-elle aimé ajouter. Mais elle n'osait pas.

— Bien sûr, répondit-il avec un sourire, en la regardant dans les yeux avec tant d'intensité qu'elle se surprit à espérer de plus belle. Alors, j'ai envisagé une solution qui pourrait être viable.

Une solution viable ? Imogen enregistra l'expression, la tourna et la retourna dans son esprit. Elle avait beau faire, cela n'était pas la réponse à ses rêves, et très loin de ressembler à la déclaration d'amour qu'elle avait espérée en secret. Déboussolée et déçue, si déçue qu'elle avait l'impression d'être au bord de la syncope, elle lâcha :

— Oh…

— Oui, dit Jack en souriant toujours, sans prendre garde à sa réaction. J'ai réfléchi. Tu ne seras pas tout le temps en cours. Il y aura des week-ends prolongés, des vacances. Et je me rends souvent à New York pour mon travail. On accumulera les heures de vol et les factures de téléphone astronomiques, mais on pourrait y arriver.

Pendant un instant, Imogen le dévisagea, incapable de la moindre réaction. Elle regardait ses beaux yeux bleus à l'expression si grave, et elle avait l'impression d'être au bord du gouffre.

Dieu, qu'elle était stupide ! Avait-elle espéré une

déclaration d'amour éternel ? Avait-elle attendu qu'il se proclame incapable de vivre sans elle ? Décidément, elle avait de grandioses illusions… Jack croyait avoir trouvé une solution idéale, mais en réalité il ne lui proposait rien de plus qu'avant…

Accepter de prolonger leur liaison serait une folie. Au début, il y aurait l'attrait de la nouveauté. Puis des problèmes surgiraient, c'était inévitable, et ils ne traverseraient plus aussi souvent l'Atlantique. Elle devrait alors encaisser le choc de l'éloignement, de la fin inévitable. Et elle en aurait le cœur brisé.

Jack ne pourrait jamais lui donner ce qu'elle désirait ! Et elle n'était pas prête à se contenter de moins. Alors, c'était sans issue et sans espoir. Heureusement — piètre consolation ! —, Jack ignorait ce qu'elle éprouvait.

— Alors ?

Elle prit une profonde inspiration, et, réalisant qu'elle devait avant tout se protéger, elle lâcha :

— Non.

D'abord, il cilla, comme s'il n'arrivait pas à croire qu'elle lui opposait un second refus.

— Non ? fit-il en cessant de sourire et en serrant les mâchoires. Pourquoi ?

— Désolée, mais je ne peux pas.

— Il me semble que je mérite un peu mieux que cette réponse, non ?

Il semblait si distant, maintenant, qu'elle aurait aimé pouvoir oublier sa propre angoisse et accepter sa proposition. Rien que pour revoir encore son beau sourire. Mais elle refoula cette tentation, et déclara avec froideur :

— Ecoute, Jack, regardons les choses en face. C'est une charmante idée, mais ça ne marcherait pas.

— Qu'est-ce qui te permet de l'affirmer ?

— Si nous nous engageons dans une telle liaison, nous serons plus souvent séparés qu'ensemble.

Elle marqua un arrêt, puis adopta l'échappatoire la plus facile :

— Et puis, je ne sais pas si je pourrais te faire confiance.

Il y eut un silence.

— Pardon ? souffla Jack, laissant transparaître une colère sourde. Qu'est-ce qui te donne à penser que tu ne peux pas avoir confiance en moi ?

— Eh bien, pour commencer, dit-elle en se cuirassant contre ses propres sentiments, tu n'es pas connu pour ta constance.

— Mais… je n'ai jamais eu de relation durable !

— Justement.

— Où veux-tu en venir, Imogen ?

— Crois-tu réellement que l'absence renforce les sentiments ? Moi pas ! Je suis sortie avec Max pendant plusieurs mois, Jack. Et, pendant ce temps, il avait une liaison avec ma meilleure amie, sous mon nez. Or nous serons bientôt à des milliers de kilomètres l'un de l'autre, et ce pendant des jours et des jours. Le risque est donc d'autant plus grand.

— Je ne suis pas Max !

— Peut-être, mais donne-moi une raison, une seule, de te faire confiance.

Imogen avait mis en avant la question de la confiance pour cacher son véritable problème. Pourtant, cela prenait tout à coup une importance capitale à ses yeux. Elle n'avait besoin que d'un encouragement, une vraie raison de croire qu'il était sérieux, qu'il éprouvait pour elle plus que de l'attachement ; qu'elle méritait mieux qu'une liaison « à rallonge » et qu'il pouvait s'impliquer dans la durée.

Mais elle le vit hésiter, vaciller. Et, percevant ce bref flottement, et l'ombre qui passait sur son visage, elle comprit.

— Tu ne peux pas, n'est-ce pas ? lui demanda-t-elle, brisée par la déception et le chagrin.

Il répondit d'un ton froid, de plus en plus cynique :

— Est-ce que je te demande si je peux te faire confiance, moi ? Tu sais, tu ferais bien de surmonter cette histoire avec Max ! C'est pathétique.

— Et toi, de surmonter ta phobie de l'engagement ! riposta-t-elle. L'histoire ne bégaie pas forcément.

— Tu apportes de l'eau à mon moulin.

Comme ils se regardaient tels des duellistes, elle réalisa qu'ils se trouvaient dans une impasse. Jack ne ferait pas un pas de plus, et elle non plus : elle n'allait pas aller au-devant d'une humiliation ! Alors, elle lança avec un rire amer :

— Parfait ! Sois sûr que je ne répéterai pas le même schéma ! Qui sait ? Je rencontrerai peut-être un Américain qui me donnera ce que je veux ! Qui méritera ma confiance !

— Grand bien te fasse !

Tout était dit. Dévastée, vidée de son énergie, elle murmura d'une voix atone :

— Je crois que tu ferais mieux de partir.

Il recula, si froid et distant qu'elle eut l'impression de ne pas le connaître.

— Sois tranquille, je m'en vais. J'ai été fou de venir.

Il lui jeta un dernier et insondable regard. Puis il s'en fut.

A quelques rues de là, Jack se gara, puis abattit son poing sur le volant. Bon sang, que venait-il de se passer ? Dire qu'il était venu tout arranger… C'était l'implosion, oui ! Difficile d'imaginer un résultat plus catastrophique !

Avec le recul, il réalisait qu'il n'aurait pas dû agir dans la précipitation après sa conversation avec Luke. Au lieu de vouloir tout régler sur-le-champ, il aurait mieux fait de préméditer avec soin sa démarche auprès d'Imogen.

Même s'il ne voyait pas comment il aurait pu faire une proposition meilleure. Imogen lui avait signifié sans ambiguïté que, tout en ne voulant pas d'un engagement à vie, elle désirait une relation au-delà des échanges sensuels. Alors, sa suggestion aurait dû lui sembler parfaite.

Pourquoi avait-elle refusé ? Pourquoi avait-il le sentiment de l'avoir déçue ? Et comment en étaient-ils arrivés à se disputer d'une manière aussi ridicule ?

Jack plissa le front dans l'obscurité, s'efforçant de comprendre…

Etait-ce seulement une question de confiance, pour Imogen ? Et, dans ce cas, pourquoi ne lui avait-il pas dit qu'il l'aimait ? Elle avait quêté une raison d'avoir foi en lui, et celle-ci était excellente, non ? Pourquoi avait-il hésité ? Parce qu'il était blessé qu'elle éprouve le besoin de prendre des assurances ? Ou bien parce qu'il était dans une situation inédite et n'était pas lui-même sûr de se faire confiance ? Et que, par conséquent, les doutes d'Imogen étaient fondés…

Allons donc, c'était absurde ! Il était sûr de lui et de ce qu'il ressentait, au contraire ! Il aimait Imogen. Comme un fou. Il n'aurait pas pu supporter de toucher une autre femme. A l'idée qu'elle pouvait rencontrer quelqu'un, il avait l'impression de suffoquer. Un Américain qui lui donnerait ce qu'elle voulait ? Pff !

En se remémorant cette phrase, Jack eut un coup au cœur. Par ces mots, Imogen impliquait qu'il ne pourrait jamais lui donner ce à quoi elle aspirait. Ce qui était absurde. S'il avait su ce qu'elle voulait, il le lui aurait donné sur-le-champ !

Mais peut-être savait-il ce qu'elle voulait…

Il revit son expression à l'instant où il avait suggéré sa « solution viable » — cette expression que sur le moment il n'avait pas déchiffrée… S'était-il agi de résignation ? De frustration ? De colère ? Ou bien… d'espoir ?

Jack se redressa. Oui, c'était de l'espoir ! Mais qu'avait-elle espéré, au juste ? Avait-elle attendu de lui plus qu'il ne l'avait supposé ?

L'esprit en tumulte, le cœur battant, Jack affronta une avalanche d'interrogations dont les réponses ne se firent pas attendre. Dieu, qu'il avait été stupide ! Et aveugle ! Imogen ne voulait pas mettre fin à leur liaison. Elle voulait tout. Or que lui avait-il proposé ? Une liaison intermittente. Il n'était réellement qu'un idiot ! Il pensait lui avoir suggéré ce qu'elle souhaitait, alors qu'en fait il se situait à mille lieues de ses désirs.

C'était donc ça ? pensa Jack, qui se redressa et fit ronfler le moteur. Imogen attendait plus et mieux ? Elle voulait une raison de lui faire confiance ? Eh bien, il lui en donnerait mille !

16.

Embarquer pour huit heures de vol dans l'état de détresse où elle se trouvait, Imogen l'aurait évité volontiers, tandis qu'elle franchissait la passerelle pour monter à bord — et partir vers sa nouvelle vie.

Sa dispute avec Jack remontait à deux semaines, mais la souffrance ne s'était pas émoussée. Au contraire ! Jack lui manquait terriblement. Même si elle avait tenté de s'étourdir avec les préparatifs du départ, elle n'avait pas cessé de penser à lui. Elle se demandait si elle n'avait pas commis une erreur colossale, et n'aurait pas mieux fait de prendre ce qu'il avait à offrir lorsqu'il en était encore temps.

Comme elle s'y était attendue — tout en espérant le contraire —, il n'avait pas donné signe de vie. Il n'était pas venu à la soirée qu'elle avait organisée pour marquer son départ. Rien d'étonnant à cela : elle ne l'avait pas invité. Pourtant, elle avait espéré, de façon pathétique, qu'il viendrait quand même et forcerait sa porte, ne fût-ce que pour lui dire adieu. Toute la nuit, elle avait guetté en vain, malheureuse comme les pierres.

Maintenant qu'elle était sur le point d'embarquer, elle se demandait pourquoi elle n'avait pas annulé ce voyage. Elle avait l'impression d'aller à l'échafaud !

Même la nouvelle qu'on lui avait trouvé une place en première ne lui avait pas remonté le moral. A quoi bon avoir droit au champagne si on n'avait personne avec qui trinquer ? A quoi bon avoir des rêves et des projets, si on n'avait personne avec qui les partager ? Et que valait la vie, si elle ne pouvait pas la passer avec Jack ?

Refoulant un afflux de larmes, Imogen avança dans la travée tout en vérifiant les numéros des places. Elle devait être forte. Tenir bon ! Un jour, elle irait mieux. Il le fallait.

Elle s'arrêta devant le siège qui lui était attribué, cilla à plusieurs reprises pour éclaircir son regard embué, puis souleva sa valise pour la loger dans le compartiment à bagages.

— Un coup de main ?

Au son de cette voix grave et familière, si bouleversante pour elle, elle tressaillit et lâcha son bagage.

— Jack ! murmura-t-elle.

Décidément, elle n'allait pas bien du tout. Elle avait des hallucinations ! Il était impossible que Jack soit là... Pourtant, refoulant tant bien que mal ses larmes, elle regarda l'homme qui se levait du siège voisin du sien. Quel choc ! C'était bien Jack, en chair en os. Toujours aussi superbe. Et il avait l'air grave. Elle fut si secouée qu'elle le fixa sans mot dire, tandis qu'il logeait sa valise dans le compartiment.

— Mais... que fais-tu là ? lui demanda-t-elle d'une voix rauque.

Il répondit avec une ébauche de sourire :

— Je vais à New York, en principe.

— Mais... pourquoi ?

Et elle espéra de toutes ses forces que cette rencontre n'était pas due à un cruel hasard.

— Si tu t'asseyais ? suggéra Jack.

Elle resta d'abord sans réaction, tant elle était déstabilisée par sa présence inattendue. Puis :

— Je ne suis pas très sûre d'avoir envie de passer huit heures à côté de toi.

A sa stupéfaction, Jack afficha un large sourire.

— Ah ? fit-il en se réinstallant à sa place. Ma foi, si tu veux retourner en classe économique, à ta guise !

Comment était-il au courant de la réservation qu'elle avait faite en premier lieu ?

— C'est à toi que je dois mon reclassement en première ?

— Oui.

S'intimant de ne pas accorder à ce geste une valeur spéciale, car elle n'aurait pas supporté une désillusion de plus, elle souffla :

— Merci…

— De rien. J'espérais avoir le plaisir de ta compagnie pendant le voyage. Mais, si tu tiens à t'installer ailleurs, ne te gêne pas. Après tout, qu'est-ce que huit heures de vol alors qu'une vie entière s'offre à nous ?

Imogen resta interdite. Elle devait avoir mal entendu ! D'autant que Jack feuilletait maintenant un magazine d'un air dégagé, comme s'il ne venait pas de prononcer des mots dévastateurs.

— Pardon ? articula-t-elle, se décidant à s'asseoir car elle se sentait vaciller sur ses jambes. Tu disais ?

— Chuuut ! lui intima Jack. C'est la démonstration pour les ceintures de sécurité, sois attentive !

Attentive ? Mais comment aurait-elle pu l'être alors qu'elle était en état de choc ? Et qu'elle ne savait absolument pas quoi penser ? Elle n'arrivait pas à comprendre ce que Jack avait voulu dire !

Ou alors… était-il possible que… ? Ah, non ! elle ne devait pas commencer à nourrir de faux espoirs. Elle ne s'en remettrait pas ! Jack allait à New York pour affaires, raisonna-t-elle. Elle était si occupée à tenter de garder son calme et son sang-froid qu'elle prit à peine garde au grondement du moteur, aux préparatifs du départ. Elle ne se rendit même pas compte du décollage.

— J'adore l'avion, pas toi ?

— Pardon ? répondit Imogen, réalisant avec surprise qu'ils s'élevaient au-dessus des nuages. Je… je n'y ai pas réfléchi.

— Tu devrais. Tu sais ce que ça a de bien ?

— Aucune idée.

— Il n'y a pas de sortie possible.

Elle se tourna vers lui, sourcils levés :

— Et c'est une bonne chose ?

Pour sa part, elle n'en aurait pas juré !

— Je le pense, oui. Il y a même mieux : il est impossible de prendre la poudre d'escampette en plantant là son interlocuteur.

Elle se figea. La discussion ne portait pas sur les voyages en avion, c'était clair. Tout ceci avait un sens sous-jacent, réalisa-t-elle, en alerte, le cœur battant.

— Excellente observation, reprit-elle prudemment.

— Merci. En fait, puisque nous n'irons nulle part pendant plusieurs heures, nous aurons tout le temps de faire le point, continua Jack en la considérant d'un air si grave et si intense qu'elle en eut la bouche sèche.

— Faire le point ? balbutia-t-elle. A quel sujet ?

— Toi et moi, et toutes ces suppositions, ces idées fausses dont nous semblons avoir le secret.

— Un coup de fil aurait suffi, non ?

— Sûrement pas.

— Oh ! Eh bien, comme tu viens de le souligner, je suis clouée sur place. Alors, vas-y, je t'écoute.

— Imogen, je regrette la proposition que je t'ai faite. Elle était stupide. Tu avais raison. Une relation en pointillé, ce n'est pas pour nous.

Jack se pencha vers elle, et elle huma son odeur grisante.

— Je comprends pourquoi tu l'as faite, se força-t-elle à dire.

— Cela m'étonnerait.

— Ah bon ?

— Oui. En fait, tu te trompais en m'accusant d'avoir peur de m'engager.

Cette fois, le cœur d'Imogen se mit à battre à coups redoublés. L'espoir qu'elle avait tenté de dompter se ranimait, grandissait…

— Vraiment ?

— Si j'ai eu des problèmes avec le rejet et l'abandon, je n'ai pas peur de l'engagement en soi. En fait, révéla Jack avec un grand sourire, j'ai découvert récemment que j'étais tout à fait pour.

— C'est super, lâcha-t-elle avec circonspection.

— Mais pas envers n'importe quelle personne.

— Tu te rends compte de ce que ça signifierait pour ta réputation ?

Et elle se tut. Tiraillée entre l'espoir, le désir et la nostalgie de Jack, elle ne savait plus du tout où elle en était, de toute façon.

— Je me moque de ma réputation, et au diable mes problèmes. Je leur ai accordé trop d'importance. La seule chose qui m'importe maintenant, c'est toi.

— Moi ? fit-elle, l'émoi au cœur.

— Oui. En fait, voilà : quand j'ai dit que j'étais attaché à toi, j'aurais dû être plus net.

— Comment ça ? souffla-t-elle d'une voix presque inaudible.

— J'aurais dû préciser : « Je t'aime. »

— Tu m'aimes ? murmura Imogen, qui n'osait y croire.

Jack eut un sourire presque piteux :

— A la folie. Depuis des semaines. Je regrette de ne pas te l'avoir avoué plus tôt.

— Pourquoi ne l'as-tu pas fait ? demanda-t-elle, le cœur gros, pensant à toute la souffrance qu'elle avait endurée.

Il haussa les épaules.

— Quand tu as déclaré que tu ne pouvais pas avoir confiance en moi, ça m'a pris de court. Je ne savais plus comment réagir.

Imogen se sentit coupable, et sut qu'elle avait mérité tout ce chagrin.

— Pardonne-moi, dit-elle, rouge de honte. Je ne le pensais pas. J'avais mal, alors je t'ai porté un coup bas.

— Et moi, je m'en veux de t'avoir blessée, murmura Jack en ramenant derrière son oreille une mèche blonde. D'ailleurs, tu soulevais un point important. Tout cela est très nouveau pour moi, tu sais. Et je risque de me tromper et de commettre des impairs encore plus désastreux que ceux que j'ai déjà commis. Mais je t'assure que j'y arriverai, si tu me le permets. Et je te prouverai que je suis digne de ta confiance. Tous les jours.

— Tous les jours ? souffla-t-elle, bouleversée.

— Les week-ends prolongés et les vacances, ce ne serait pas assez, n'est-ce pas ?

— Non, il s'en faut de beaucoup, soupira-t-elle.

— C'est bien ce que je pensais. Alors, je m'installe à New York.

Imogen sentit affluer tout l'amour qu'elle avait endigué. Il débordait ses défenses, aspirait à s'exprimer…

— C'est bien vrai ?

— Oui. J'ouvre une succursale là-bas, et j'envisage même de prendre contact avec mon père.

— Eh bien ! Tu avances à grands pas.

— Il était temps. Mais, de toute façon, ce n'est pas ça l'important. Je veux être avec toi, surtout. Si tu vas à New York, alors j'y vais aussi.

— Tu es sûr de toi ?

— Plus que je ne l'ai jamais été de toute ma vie ! D'ailleurs, continua Jack, sourire aux lèvres, si je restais en Angleterre, tu pourrais rencontrer ce fameux Américain dont tu parlais, et ça, il n'en est pas question. Je tiens à veiller sur toi.

— C'est inutile, il n'y a aucun danger que ça se produise, assura-t-elle avec tout l'amour qu'elle avait dans le cœur.

— Ah bon ?

— Comment pourrais-je m'intéresser à quelqu'un d'autre alors que je n'aime que toi ?

Le beau sourire de Jack s'élargit.

— J'espérais que c'était le cas.

— Je t'aime. C'est plus fort que moi. Et j'ai des excuses à te faire, moi aussi. Parce que j'aurais dû en prendre conscience plus tôt. Et parce que je n'ai pas arrêté de te rejeter. Quel gâchis !

— Ah, mais l'intérêt du gâchis, c'est qu'il suscite des

tas de compensations, fit observer Jack. Et ça commence tout de suite…

Il l'attira entre ses bras alors qu'elle laissait échapper un rire de plaisir, vite étouffé par un baiser intense et passionné. Le cœur battant la chamade, Imogen pensa qu'elle était enfin à sa place. Dans les bras de Jack. Avec lui. Et plus jamais elle ne le laisserait partir.

— Au fait, murmura-t-il quand ils s'écartèrent pour reprendre leur souffle, je réalise que tu vas faire des études prenantes, et qu'il ne faut pas t'en distraire. Mais je te préviens : dès que tu as ton diplôme, je te demande en mariage.

Folle de joie, Imogen l'étreignit encore plus fort :

— Tu me le promets ?

— Je te le jure, affirma Jack.

Trois ans plus tard

« Je ne supporte plus ce suspense », pensa Imogen. Le restaurant était l'un des meilleurs de New York, et la cuisine y était divine. Mais elle ne profitait guère des mets ! Comment l'aurait-elle pu alors qu'elle se sentait sur des charbons ardents ? N'y tenant plus, elle lança à Jack :

— Alors ?

— Alors quoi ?

— Je viens d'avoir mon diplôme.

— Avec mention, en plus ! dit-il en levant son verre pour lui porter un toast. Félicitations, une fois encore !

— Merci. Bon… alors c'est comme ça ?

— Si tu le veux. Mais si tu n'acceptes pas le poste qu'on t'a offert au conseil d'administration, tu n'auras aucun mal à trouver un autre job.

— Ce n'est pas de ça que je parle !

— De quoi, alors ? fit Jack, l'air mystifié.

Seigneur ! Avait-il oublié ? se demanda-t-elle. Il y avait

trois ans qu'il lui avait fait cette fameuse promesse, en avion. Cette promesse qui l'avait portée pendant tout ce temps où elle avait travaillé si dur, mais que Jack, lui, n'avait plus jamais mentionnée. Il était vrai qu'il s'était tellement acharné au travail, et à établir une relation avec son père, que cela avait dû lui sortir de la tête... Ou alors, il avait changé d'avis ! pensa-t-elle avec un pincement au cœur.

Elle se raisonna et se dit que, de toute façon, cela n'avait pas une si grande importance. Elle n'avait pas besoin d'une alliance pour se convaincre de l'amour de Jack. Il le lui prouvait chaque jour.

— Oh ! de rien, dit-elle d'un ton léger. Oublie ça.

Et elle lui adressa un grand sourire avant de baisser les yeux pour faire mine de chercher quelque chose dans sa pochette, de peur qu'il ne devine sa déception.

— Tu as cru que j'avais mauvaise mémoire, n'est-ce pas ?

Il avait eu une intonation si taquine qu'elle sentit son pouls s'accélérer. Elle releva la tête, et vit qu'il lui souriait, de ce sourire merveilleux qui l'avait toujours bouleversée. Et, tout à coup, les choses se remirent en place dans son esprit trop prompt à s'inquiéter.

— Eh bien, ça fait longtemps, murmura-t-elle.

— Plutôt, oui. C'est ça, que tu cherchais ?

Il tendit la main, et elle vit au creux de sa paume un anneau orné d'une petite constellation de diamants qui brillait de mille feux. Emue aux larmes, elle murmura d'une voix embrumée :

— Non, juste mon rouge à lèvres.

Jack eut un sourire plein de douceur.

— Tu sais, ton sens de l'humour est une des nombreuses choses que j'adore chez toi. J'aime ta détermination, ton endurance, ta patience. J'aime que tu acceptes mes failles et que tu m'aides à devenir meilleur. J'aime tout spécialement ce petit truc que tu fais au lit...

— Jack ! le coupa-t-elle, faisant mine d'être scandalisée en repérant son air espiègle.

Jack éclata de rire. Puis il se leva, et contourna la table pour tomber à genoux devant elle.

— Imogen, ma douce, je t'adore. Veux-tu être ma femme ?

Dans un grand élan de bonheur, Imogen se précipita dans ses bras pour le couvrir de baisers, et murmura :

— Oui, cent fois oui ! J'ai cru que tu ne me le demanderais jamais !

JESSICA STEELE

Romance en Bohême

Cet ouvrage a été publié en langue anglaise
sous le titre :
WEST OF BOHEMIA

Traduction française de
MARIE MAY

Ce roman a déjà été publié en octobre 2003

83-85, boulevard Vincent-Auriol, 75646 PARIS CEDEX 13.
Service Lectrices — Tél. : 01 45 82 47 47
www.harlequin.fr

1.

Fabia étendit la main, saisit sa montre sur la table de chevet. Il était encore tôt. Appuyée contre la tête de lit, elle décida de lézarder un peu, afin de retarder le moment d'entamer une journée qui avait toutes les chances de ressembler aux trois précédentes.

Rien, en effet, ne se déroulait comme prévu. Oh ! si seulement Cara était là ! En fait, c'était Cara — et non elle — qui aurait dû se réveiller dans cette chambre d'hôtel de Marienbad.

La perspective de ce voyage en République tchèque l'avait d'abord enthousiasmée mais, maintenant, Fabia aurait donné tout l'or du monde pour être en Angleterre.

Quelle folie d'avoir cédé à sa sœur quand celle-ci l'avait suppliée d'entreprendre ce voyage seule ! songea-t-elle. Mais aurait-elle pu faire autrement, en sachant que Cara risquait sa carrière de journaliste ?

Agée de vingt-huit ans, Cara se comportait d'ordinaire d'une manière raisonnable, beaucoup plus raisonnable que sa cadette de six ans. Elle travaillait pour *Verity*, le célèbre magazine, mais présentait un point faible en la personne de Barnaby Stewart. Elle avait épousé un an plus tôt ce brillant scientifique et en était éperdument amoureuse.

Sans même qu'elle n'y prît garde, les pensées de Fabia la ramenèrent vers la maison qu'elle partageait avec ses parents. Ceux-ci possédaient une ferme, à Hawk Lacey, un petit village du Gloucestershire et, en plus de leur travail d'agriculteurs, ils accueillaient des chiens dont les propriétaires leur confiaient la garde pendant les vacances. Fabia adorait les animaux et la vie au grand air… Après le lycée, elle avait commencé des études pour devenir vétérinaire. Mais le jour où son père avait découvert qu'elle hébergeait clandestinement un épagneul dépressif dans sa chambre, il avait émis des doutes sur sa vocation :

— Je ne suis pas sûr que tu sois faite pour ce métier, ma chérie. Tu es beaucoup trop sensible.

— Maman et toi vous ne m'en voudrez pas si j'abandonne… ? avait-elle demandé.

— Bien sûr que non ! s'était exclamé son père.

Fabia s'était sentie soulagée d'un grand poids, car elle-même doutait depuis un certain temps déjà d'avoir fait le bon choix. Désormais, elle se contenterait de se consacrer uniquement au bien-être des pensionnaires de ses parents.

Sa sœur aussi aimait les animaux. Seulement, elle n'avait guère l'occasion de s'en occuper car, depuis l'âge de dix-huit ans, Cara vivait à Londres. Dès qu'elle le pouvait, elle revenait à Hawk Lacey, parfois avec son mari, parfois seule.

Sa dernière visite — sans son mari — remontait à deux mois. On était en février. Profitant d'une interview qu'elle devait faire à Cheltenham, Cara s'était arrêtée chez ses parents. Ses yeux brillant d'excitation n'échappèrent à personne, surtout pas à son père. Une fois la famille rassemblée autour d'elle, une tasse de thé à la main, il l'avait questionnée :

— Alors, qu'est-ce qui te vaut cette mine radieuse ? On a le droit de savoir ou c'est un secret ?

— Devinez ce que…, avait commencé Cara.

Sa mère, qui espérait depuis des mois l'annonce de la venue d'un petit-enfant, l'avait interrompue :

— Tu attends un bébé !

— Maman ! s'était récriée Cara d'un ton exaspéré. J'ai

un travail qui me passionne et je dois m'occuper de mon mari. Crois-tu que j'aurais le temps, en plus, de pouponner ?

Norma Kingsdale regrettait que sa fille aînée n'eût jamais manifesté l'intention de renoncer à sa carrière pour fonder une famille. Cependant, consciente qu'ils ne l'avaient pas vue depuis Noël et que plusieurs mois pouvaient passer avant sa prochaine visite, elle avait ravalé sa déception en silence. Mais sans pour autant renoncer à satisfaire sa curiosité.

— Si ce n'est pas un bébé, de quoi s'agit-il, alors ?

Les yeux de Cara avaient brillé d'un éclat encore plus vif.

— De ma prochaine interview ! Figurez-vous que Vendelin Gajdusek a accepté de me recevoir pour répondre à mes questions.

— L'écrivain tchèque ? s'était informée Fabia.

Bien qu'elle n'eût lu aucun de ses livres, elle savait qu'il occupait une place importante dans la littérature mondiale.

Sa sœur s'était rengorgée.

— Lui-même ! Je n'arrive pas encore à le croire. Il faut que je me pince pour réaliser que je ne suis pas en train de rêver.

— J'ai entendu dire qu'il n'accordait jamais d'interview, avait fait remarquer Godfrey Kingsdale.

— C'est exact. C'est ce qui rend l'événement encore plus fantastique. Mais il a fallu que je harcèle sa secrétaire pendant des semaines avant d'obtenir enfin son accord.

Bien sûr, de chaleureuses félicitations avaient accueilli la nouvelle.

— Même maintenant que j'ai entre les mains la lettre de confirmation, j'ai encore du mal à réaliser que c'est vrai, avait repris la jeune journaliste. Pourtant, il ne s'agit pas d'un rêve. Je vais bel et bien rencontrer Vendelin Gajdusek en République tchèque.

— Tu vas aller là-bas ? s'était exclamée Mme Kingsdale, la mine effarée.

Cara avait ri.

— C'est en Europe de l'Est, maman, pas sur Mars !

— Mais… et Barney ? avait demandé Norma. Que pense-t-il de ce voyage ?

— Barney est aussi excité que moi par ce projet. Et puis, ça tombe bien. M. Gajdusek peut me recevoir la première semaine d'avril, juste au moment où Barney sera aux Etats-Unis. Moi qui me demandais comment occuper les quatre semaines où il sera absent… Finalement, j'ai décidé d'aller passer les quinze derniers jours avec lui mais, les deux premières semaines…

La jeune femme avait considéré un instant sa sœur avant de poursuivre :

— Dis donc, il me vient une idée géniale : pourquoi ne m'accompagnerais-tu pas ?

— Tu parles sérieusement ? s'était exclamée Fabia, immédiatement séduite par cette invitation.

— Le plus sérieusement du monde. Alors ? Ça te dit ? M. Gajdusek habite à Marienbad. On en profiterait pour visiter la Bohême occidentale.

Fabia s'était tournée vers ses parents.

— Vous pourrez vous débrouiller sans moi ?

— Tu as largement mérité de prendre des vacances, avait répondu sa mère tandis que son père approuvait d'un signe de tête.

Il fut donc convenu qu'elles partiraient en voiture, et prendraient le ferry pour la Belgique. Ensuite, elles traverseraient l'Allemagne, franchiraient la frontière germano-tchèque, passeraient quelques jours à Marienbad et, lorsque Cara aurait réalisé son interview, continueraient jusqu'à Prague.

Pendant les deux mois qui la séparaient de la date du départ, Fabia fit et refit ses valises. Elle se procura un lexique tchèque-anglais, lut un des romans de Vendelin Gajdusek — dans la version traduite, naturellement — et éprouva aussitôt pour l'auteur une admiration telle qu'elle envia à sa sœur le privilège de le rencontrer.

*
* *

Le jour j arriva enfin. C'était un mardi. Cette fois, Fabia boucla ses bagages définitivement. Après les avoir entassés dans le coffre de sa Volkswagen Polo, elle embrassa ses parents et prit joyeusement la direction de Londres où Cara l'attendait. Barney étant aux Etats-Unis depuis plusieurs jours, il n'y aurait donc pas d'adieux risquant de s'éterniser. Si elles voulaient arriver à destination jeudi après-midi, elles ne devaient en aucun cas manquer le ferry pour Ostende.

Cara avait retenu une chambre dans un hôtel de Marienbad et minutieusement planifié leur itinéraire, afin de pouvoir se présenter fraîche et dispose à son rendez-vous avec M. Gajdusek, vendredi matin.

Cara avait tout prévu. Tout, dans les moindres détails. Sauf qu'elle ne ferait pas partie du voyage.

Fabia la trouva en larmes. Elle venait de recevoir un appel téléphonique d'un hôpital de New York : Barney se trouvait au service des urgences avec une forte fièvre. Il délirait et les médecins ne pouvaient encore se prononcer sur l'origine de son mal.

Cara, qui avait immédiatement réservé une place sur le premier vol en partance pour New York, demanda à sa sœur de la conduire à l'aéroport.

— Je me sens trop bouleversée pour prendre le volant moi-même, avoua-t-elle.

— Bien sûr, je t'emmène, répondit Fabia sans hésitation.

Elle allait lui proposer de l'accompagner aux Etats-Unis afin de ne pas la laisser seule dans ces circonstances difficiles, lorsque Cara reprit la parole.

— D'après mes calculs, tu auras encore le temps d'aller à Douvres après m'avoir déposée à l'aéroport.

Avant que Fabia n'eût pu ouvrir la bouche pour affirmer qu'elle ne partirait pas sans elle, sa sœur enchaîna :

— La traversée dure environ quatre heures. Cela te permettra de dormir un peu avant de…

Elle s'interrompit, soupira.

— Quand je pense que je vais devoir renoncer à mon interview avec Vendelin Gajdusek ! Une occasion comme celle-là ne se présente qu'une fois dans la vie d'un journaliste…

Encore sous le choc de l'annonce de la maladie de son beau-frère, Fabia avait complètement oublié le rendez-vous de Cara avec l'écrivain tchèque. Elle éprouva un sentiment d'admiration à l'égard de sa sœur qui trouvait le courage de penser à son travail en un moment pareil. Elle comprenait aussi sa déception.

— Je suis désolée pour toi, affirma-t-elle. Mais peut-être quelqu'un pourra-t-il faire cette interview à ta place…

— Oh oui ! sans aucun doute, répondit Cara, un sourire brave aux lèvres.

Elle se tourna vers Fabia, la considéra l'espace d'une ou deux secondes avant d'ajouter :

— Toi.

— Moi ?

— Parfaitement, toi. J'ai eu le temps de réfléchir à la question entre le moment où j'ai reçu ce maudit coup de fil et ton arrivée ici — trois quarts d'heure qui ont été les plus longs de ma vie — et j'en suis arrivée à la conclusion que tu es exactement la personne qu'il me faut. D'ailleurs, j'ai déjà préparé une liste des questions que tu auras à poser à…

— Cara, c'est impossible ! protesta Fabia. Je suis sûre que si tu écrivais à M. Gajdusek, ou si tu lui téléphonais — je pourrais même le faire pour toi — il comprendrait la situation et remettrait le rendez-vous à une date ultérieure…

— Certainement pas ! J'ai sué sang et eau pour décrocher ce rendez-vous. Je ne vais pas tout gâcher en lui disant que sa date ne me convient pas. D'autant que Milada Pankrakova, sa secrétaire, a spécifié expressément dans sa lettre que son employeur n'avait ni le temps ni l'envie de revenir sur sa proposition. Elle a dit aussi qu'il n'y aurait pas d'autre courrier à ce sujet, que je devrais me présenter au jour et à l'heure convenus. M. Gajdusek honorerait, alors, sa promesse de me recevoir. Seulement…

Cara marqua une pause avant de poursuivre d'un ton catégorique :

— Ce n'est pas moi qu'il recevra, mais toi.

— Mais enfin, Cara, pourquoi ne demandes-tu pas à une de tes collègues du journal de te remplacer ? Ce sont des professionnelles et…

— Tu ne comprends donc pas ? Je t'ai déjà expliqué que je tenais là l'interview de ma vie. Toute ma carrière en dépend. Je ne vais quand même pas offrir ce cadeau sur un plateau à…

La voix de Cara se brisa dans un sanglot. Fabia sentit son cœur se serrer quand elle l'entendit continuer :

— Est-ce que tu ne peux pas faire ça pour moi ? Me donner une heure de ta vie — c'est tout ce que cela te coûtera.

— Oh ! Cara ! s'écria Fabia, au bord des larmes elle aussi.

Que représentait une heure dans une existence ? songea-t-elle, se considérant déjà comme la femme la plus égoïste que la terre eût portée.

— Je ne te demande pas de rédiger l'interview. Je m'en chargerai moi-même. Il te suffira de prendre des notes. Ce que je te demande, c'est de me rapporter des informations importantes, des réponses aux questions que j'ai préparées. Je mettrai tout cela en ordre. Est-ce que tu ne peux pas me rendre ce service, petite sœur ?

Comment refuser ?

— Bien sûr que si, répondit finalement Fabia.

Quand Cara lui eut fourni tous les renseignements concernant Vendelin Gajdusek, l'heure était venue de se rendre à l'aéroport.

Pendant qu'elles attendaient impatiemment l'annonce de l'embarquement, Fabia suggéra de téléphoner à leurs parents afin de les mettre au courant de l'état de santé de Barney. Cara refusa catégoriquement. Elle ne voulait pas les inquiéter avant de savoir exactement de quoi souffrait son mari. Elle demanda aussi à Fabia de ne pas leur dire qu'elle partait seule.

— Ils essaieraient de t'influencer pour que tu renonces à ce voyage, expliqua-t-elle.

— Mais je ne peux tout de même pas leur mentir !

— Ecoute, Fabia, c'est pour la bonne cause. Et puis, il ne s'agit pas de leur mentir vraiment. Ils pensent que nous y allons toutes les deux. Ne les détrompons pas. Quand tu leur enverras une carte postale, ajoute mon nom au tien. Comme je suis censée être là-bas pour travailler, ils trouveront normal que ce soit toi qui t'occupes du courrier.

Cara fouilla dans son sac, en sortit quelques cartes imprimées qu'elle remit à sa cadette.

— Ce sont mes cartes professionnelles. Garde-les sur toi, juste au cas où M. Gajdusek voudrait une pièce prouvant que tu représentes *Verity*.

— « Cara Kingsdale, *Verity* magazine », lut Fabia.

Elle savait que Cara signait ses articles de son nom de jeune fille.

— Oh ! j'allais oublier... ! s'exclama la jeune journaliste.

Elle chercha de nouveau dans son sac, en extirpa une enveloppe avec un timbre tchèque.

— Prends ça aussi. C'est la précieuse lettre indiquant la date et l'heure de l'interview.

— M. Gajdusek ne verra-t-il pas d'un mauvais œil que ce ne soit pas une journaliste professionnelle qui fasse l'interview ? demanda Fabia en toute innocence.

Elle vit le visage de sa sœur arborer une expression de colère soudaine.

— Tu n'as tout de même pas l'intention de lui dire que tu n'es pas une professionnelle ! Il faut que tu te présentes sous mon nom à *moi* — Cara Kingsdale.

— Je ne peux pas faire ça !

— Pour l'amour du Ciel ! Cet homme ne nous a jamais vues et il ne nous reverra sans doute jamais.

Cara avait parlé d'une voix si forte que plusieurs personnes se retournèrent pour dévisager les deux jeunes femmes. Gênée, elle baissa le ton.

— Cela te coûterait vraiment de te faire passer pour moi pendant une petite heure ? quémanda-t-elle.

Comme sa sœur demeurait silencieuse, elle joua sa dernière carte.

— Tu me laisserais tomber… maintenant ?

En embarquant sur le ferry, à Douvres, Fabia se reprochait encore de s'être fait tirer l'oreille avant de céder. Mais, finalement, Cara avait pris l'avion pour rejoindre Barney, l'esprit tranquille. Ne lui avait-elle pas donné sa parole de jouer le jeu qu'elle lui demandait ?

Le voyage jusqu'à Ostende laissa le temps à la jeune femme de s'habituer à l'idée que les jours suivants seraient placés sous le signe du mensonge.

Elle traversa la Belgique, puis franchit la frontière germanique en souhaitant de tout son cœur être déjà à samedi et en avoir terminé avec cette maudite interview.

Elle roulait sur une route d'Allemagne, lorsqu'elle s'aperçut qu'elle n'avait pas posé à Cara la question essentielle : quand était-elle censée rentrer en Angleterre ? Sa sœur avait évoqué la possibilité d'envoyer une carte postale à leurs parents. Sans doute prévoyait-elle que Fabia resterait absente de la maison pendant quinze jours, comme prévu initialement ?

A force de ressasser ces pensées, la jeune femme en avait le vertige. Elle jeta un coup d'œil à sa montre qu'elle avait mise à l'heure continentale, et constata qu'il était plus de 18 heures. A part un bref arrêt dans une station-service et un autre tout aussi bref pour avaler une tasse de café à Aachen, elle avait conduit sans relâche depuis 9 heures du matin.

Peu après, elle gara sa voiture devant un hôtel, dans la vieille ville de Bamberg, où elle passa la nuit.

Le lendemain, elle reprit la route dès l'aube, après avoir fait le plein d'essence. Si Cara avait été là, elles auraient visité la cathédrale et le site sur lequel se dressait, autrefois, Castrum Babenberg, le château de Bamberg. Mais, dans les circonstances actuelles, sachant que sa sœur vivait des moments difficiles auprès d'un mari malade, elle ne se sentait pas d'humeur à jouer les touristes.

La frontière tchèque, enfin... Fabia se soumit aux formalités d'usage, échangea quelques livres anglaises contre des couronnes tchèques, et poursuivit sa route en direction de Marienbad qu'elle atteignit jeudi, en début d'après-midi. Elle déjeuna dans sa chambre d'hôtel d'un plat froid accompagné d'une salade, tout en se concentrant sur la liste des questions préparées par Cara et qu'elle devrait poser à M. Vendelin Gajdusek, le lendemain matin.

L'exercice ayant ranimé son anxiété, elle décida d'aller marcher un peu dans Hlavni Trida, la rue principale, avec l'espoir que cette promenade la détendrait. Hélas ! lorsqu'elle rentra, son angoisse s'était encore accrue.

Fabia dîna sans appétit et se coucha tôt afin d'effacer par une bonne nuit de sommeil la fatigue du voyage.

Le lendemain matin, elle s'accorda le temps d'admirer, de sa fenêtre, les collines boisées qui entouraient Marienbad, avant d'aller boire un café dans la salle réservée au petit déjeuner.

Une fois qu'elle eut regagné sa chambre, elle revêtit sa plus belle tenue — robe de lainage vert tendre, à encolure ronde, veste trois-quarts — puis coiffa soigneusement ses cheveux d'or pâle. Elle passa un long moment à contempler son image dans le miroir, en se répétant mentalement qu'elle n'était plus, momentanément, Fabia Kingsdale mais Cara Kingsdale.

M. Gajdusek habitait en lisière de la forêt. Suivant les instructions fournies par le réceptionniste de l'hôtel, la jeune femme traversa la ville, quitta les faubourgs hérissés de grands immeubles, puis s'engagea sur une route en lacet. Après avoir parcouru quelques kilomètres, elle bifurqua à droite et arriva bientôt en vue d'une élégante propriété.

Là, Fabia le savait, vivait l'homme qu'elle allait devoir interviewer.

Elle jeta un coup d'œil à sa montre et constata qu'elle avait quinze minutes d'avance. Seigneur ! jamais elle ne s'était sentie aussi nerveuse.

Elle inspira profondément à plusieurs reprises pour rassembler son courage et, au prix d'un énorme effort de volonté, s'extirpa de sa voiture et se dirigea lentement vers l'entrée principale de l'imposante demeure.

Me voilà au pied du mur, se dit-elle en pressant d'un doigt tremblant le bouton de la sonnette. Impossible de reculer, maintenant !

Son cœur s'emballa dans sa poitrine lorsque la porte s'ouvrit. Ce n'était pas Vendelin Gajdusek qui se tenait devant elle, mais une femme robuste, âgée d'une cinquantaine d'années, qui la dévisagea avec curiosité.

Fabia s'efforça de sourire.

— Bonjour.

La femme la salua à son tour dans sa propre langue.

— *Dobry den.*

De toute évidence, cette dame — fût-elle l'épouse de l'écrivain ou sa femme de ménage — ne parlait pas anglais, constata Fabia. Et elle n'attendait manifestement pas sa visite.

— Je m'appelle Fa…

Elle toussa pour masquer sa première bévue et s'empressa de rectifier en rougissant :

— Je m'appelle Cara Kingsdale.

La femme resta impassible.

— J'ai rendez-vous avec M. Gajdusek.

A part une petite étincelle qui anima le regard de son interlocutrice quand elle entendit prononcer le nom de l'écrivain, Fabia n'obtint pas plus de réaction. Comment se faire comprendre ? s'interrogea-t-elle avec angoisse. Elle se souvint alors des cartes professionnelles que Cara lui avait remises. Vite, elle en sortit une de son sac, la tendit à la femme. Celle-ci y jeta un rapide coup d'œil.

A l'évidence, les noms qui y figuraient n'évoquaient rien pour elle.

— *Prosim za prominuti*, dit-elle d'un ton courtois avant de disparaître.

Les connaissances de Fabia en langue tchèque étaient pratiquement nulles. Cependant, elle savait que « *prosim* » signifiait « s'il vous plaît ». Elle en déduisit que son interlocutrice lui demandait de l'excuser, le temps qu'elle aille remettre la carte à Vendelin Gajdusek.

La femme ne tarda pas à revenir. Une autre personne l'accompagnait. Cette fois, il s'agissait probablement de l'employée de maison. Tablier noué à la taille, chiffon à poussière à la main, elle venait sans aucun doute d'interrompre ses tâches ménagères. Elle salua la visiteuse avec un fort accent étranger :

— Bonjour.

Fabia réitéra ses explications et s'entendit répondre dans un anglais très approximatif que le maître de maison n'était pas là.

— Il est sorti pour l'instant ? demanda-t-elle.

La femme parut ne pas saisir le sens de sa question. Alors, elle la répéta plus lentement. Après un moment, le visage de son interlocutrice s'éclaira.

— Prague, annonça-t-elle soudain.

— Prague ! Vous voulez dire que M. Gajdusek va partir à Prague ?

— Lui là-bas.

Fabia n'en croyait pas ses oreilles.

— Il est là-bas ? s'exclama-t-elle.

— *Ano* — oui.

— Mais… j'ai rendez-vous avec lui !

La femme au tablier demeura muette. Preuve que le mot « rendez-vous » échappait à sa compréhension.

— Quand revient-il ? reprit Fabia, nourrissant l'espoir fou que l'écrivain serait de retour chez lui dans la journée.

Hélas ! ses illusions s'évanouirent lorsqu'elle entendit l'employée dire :

— Une semaine.

— Une semaine ? répéta la jeune femme.

Ce n'était pas possible ! Son interlocutrice n'avait pas dû saisir le sens de sa question. Mais elle eut beau la réitérer sous d'autres formes en s'appliquant à parler lentement, la réponse restait la même, tranchante comme un couperet : « une semaine ».

Tout à coup, Fabia se souvint de Milada Pankracova avec qui sa sœur avait communiqué.

— Et la secrétaire de M. Gajdusek ? s'enquit-elle.

— Secrétaire ?

— Milada Pankracova.

— Ah !

Cette fois, le nom évoquait quelque chose dans l'esprit de l'employée, constata Fabia avec un regain d'optimisme. Elle déchanta bien vite quand la femme ajouta :

— Milada Pankracova partie.

Sans doute la secrétaire avait-elle accompagné l'écrivain à Prague. Quoi de plus naturel ? Fabia n'avait plus rien à faire sur le seuil de cette porte.

Une demi-heure plus tard, elle était de retour à l'hôtel. Là, elle s'installa dans le salon, commanda une tasse de café, et prit le temps de réfléchir à la situation.

Sa démarche s'était révélée infructueuse, certes. Néanmoins, Cara ne pourrait lui reprocher de ne pas avoir tenté de contacter Vendelin Gajdusek. Elle avait fait ce qu'elle avait pu… La première idée qui lui vint à l'esprit fut de reprendre le chemin de l'Angleterre dès le lendemain. Mais sa conscience la rappela à l'ordre. Cette interview représentait une chance unique pour sa sœur à qui elle avait promis son aide ! De plus, elle était censée être en vacances, bon sang ! Ses parents ne comptaient pas sur son retour avant quinze jours. Marienbad ne manquait pas de charme. Pourquoi n'y passerait-elle pas la semaine qui la séparait du retour de M. Gajdusek ?

Il ne fallut pas longtemps à Fabia pour décider de rester. Ce problème étant réglé, d'autres pensées commencèrent à mener la sarabande dans sa tête. De fil en aiguille, elle en vint à s'interroger sur la personnalité de l'auteur que sa sœur l'avait chargée d'interviewer. Un homme courtois ne se serait pas absenté en sachant que quelqu'un venait spécialement d'Angleterre pour le rencontrer. Bien sûr, le rendez-vous avait été fixé deux mois plus tôt. Peut-être l'écrivain avait-il laissé un message téléphonique au magazine *Verity* pour prévenir qu'il avait été appelé à Prague ? Après tout, il ignorait que la journaliste avait choisi de voyager en voiture plutôt que de prendre l'avion.

Zut ! Au diable Gajdusek ! Elle se préoccuperait de lui au moment de l'affronter. En attendant, elle comptait profiter pleinement de ces sept jours, comme l'aurait fait n'importe quel touriste.

Forte de ces résolutions, elle quitta l'hôtel et, en marcheuse invétérée, explora à pied les quartiers commerçants de Marienbad.

Le samedi matin, Fabia sortit de nouveau pour une promenade de plusieurs heures à travers les rues de la ville — des rues larges, impeccables, bordées d'arbres — admira son élégante colonnade et ses thermes. Elle avait découvert, en feuilletant les guides mis à la disposition de la clientèle par l'hôtel, que Marienbad appartenait à ce que l'on appelait le triangle des stations thermales de la Bohême occidentale, avec Karlovy Vary et Frantiskovy Lazne.

Elle flâna dans le quartier des immeubles datant du dix-neuvième siècle, dont l'architecture, les couleurs — murs blancs, jaunes, jaunes et blancs, toitures rouges, vertes — l'enchantèrent, puis regagna l'hôtel. Il lui restait encore cinq journées entières avant de retourner chez Vendelin Gajdusek.

Si elles n'étaient pas trop éloignées, elle pourrait visiter les autres stations thermales. Avec amabilité, le réceptionniste de l'hôtel lui fournit les renseignements qu'elle souhaitait. Puisque le voyage se révélait réalisable, la jeune femme décida de commencer son périple dès le lendemain.

Elle s'éveilla tôt, en se demandant comment allaient Cara et Barney. Par association d'idées, elle pensa ensuite à l'homme qu'elle n'avait pas encore rencontré mais qu'elle devrait affronter bientôt. Repoussant le sentiment d'anxiété qui l'assaillait à cette perspective, elle s'intima l'ordre de se concentrer uniquement sur l'excursion qu'elle avait projetée.

Frantiskovy Lazne se trouvait à moins de trente-deux kilomètres. Il ne fallut pas très longtemps à la Polo pour l'atteindre.

Pendant près d'une heure, la jeune femme déambula dans le parc de la station thermale, si romantique avec ses grands arbres, ses bancs, son kiosque à musique… Comme elle aurait aimé disposer de plus de temps pour visiter cette partie du pays que Goethe avait autrefois comparée à « un paradis sur terre » !

En regagnant sa voiture, elle se sentait d'humeur légère pour la première fois depuis son arrivée. Elle roula pendant quelques kilomètres sur une charmante petite route, puis s'arrêta afin de consulter sa carte routière. Lorsqu'elle voulut remettre son moteur en marche, celui-ci refusa d'obéir.

Pendant un instant, Fabia resta assise, ne parvenant pas à croire qu'elle se trouvait en panne, seule au milieu d'une voie étroite ressemblant plus à un sentier qu'à une route. A part essayer de remettre le contact, elle n'avait pas la moindre idée de ce qu'elle pourrait faire. Après plusieurs tentatives infructueuses, elle sentit la panique la gagner.

Elle jeta un coup d'œil dans son rétroviseur, et s'aperçut avec soulagement qu'une Mercedes noire venait de s'arrêter à quelques mètres, attendant patiemment qu'elle libérât le passage. Elle allait s'excuser auprès du conducteur et lui expliquer que sa voiture ne voulait plus avancer. Sans doute celui-ci pourrait-il l'aider. Au moment où elle s'apprêtait à descendre de voiture, elle le vit mettre pied à terre et s'avancer vers elle.

Fabia baissa sa vitre. L'homme, brun, grand, d'une élégance aristocratique, se pencha vers elle et demanda, dans un anglais irréprochable :

— Vous avez des ennuis ?

— Je... c'est ma voiture. Elle ne veut plus démarrer, répondit-elle tandis que son cœur battait la chamade devant les yeux sombres qui la dévisageaient.

— Vous avez tout essayé, je suppose ? s'enquit l'inconnu d'un ton amusé.

— Je... je ne sais pas comment on ouvre le capot, avoua Fabia. Et, de toute façon, je n'y connais rien en mécanique.

L'homme — il devait avoir dans les trente-cinq ans, estima-t-elle — répliqua avec humour :

— Moi non plus.

Le rythme cardiaque de la jeune femme s'accéléra encore. Décidément, l'élégant étranger ne manquait pas de charme.

— Braquez à droite, reprit-il. Je vais vous pousser sur le côté pour pouvoir passer devant vous et vous tracter jusque chez un mécanicien.

Fabia n'aurait jamais imaginé voir un jour sa Polo remorquée par une Mercedes ! Et pourtant, une demi-heure plus tard, la puissante et luxueuse voiture noire la déposait devant un garage.

— Merci beaucoup de m'avoir amenée jusqu'ici !

Puis, réalisant que l'aimable inconnu avait peut-être des choses urgentes à faire, elle s'empressa d'ajouter :

— J'espère que je ne vous ai pas trop retardé.

— J'ai tout mon temps. Je suis en congé.

Laissait-il entendre qu'il ne travaillait pas aujourd'hui parce que c'était dimanche, ou bien qu'il se trouvait en vacances dans la région ? Poser la question aurait été indiscret, aussi se contenta-t-elle de lui exprimer de nouveau sa gratitude.

— De toute façon, c'est très aimable à vous de m'avoir dépannée.

Elle éprouva un sentiment de gêne soudain lorsque les yeux noirs de l'étranger se posèrent brièvement sur ses lèvres.

Heureusement, juste à cet instant, le mécanicien qui s'occupait de sa voiture vint vers eux. Fabia ne comprit pas un traître mot des paroles que les deux hommes échangèrent, et ne put qu'interroger du regard son séduisant sauveteur.

— Les nouvelles ne sont pas très bonnes, annonça-t-il. L'alternateur de votre voiture a besoin d'être changé.

— Oh ! mon Dieu ! marmonna Fabia.

Naturellement, elle n'avait aucune idée de ce qu'était un alternateur ni de son utilité, mais devait tenter de sauver la face.

— Est-ce que… on peut le remplacer tout de suite ? demanda-t-elle.

L'homme avait déjà dû se renseigner auprès de l'ouvrier car il répondit :

— On pourrait, si le garage disposait de la pièce défectueuse correspondant à la marque de votre véhicule. Malheureusement, il faut la commander.

— Ah ! Et combien de temps est-ce que cela demandera ?

Fabia s'attendait au pire. Un accès de panique s'empara d'elle. Comment retournerait-elle à Marienbad si sa voiture se trouvait immobilisée ici ? La réponse qu'elle reçut confirma ses craintes.

— Cela pourrait prendre plusieurs jours, dit son sauveteur.

— Je ne peux pas reprendre ma voiture aujourd'hui ?

— Où résidez-vous ?

— Je ne suis pas à Frantiskovy Lazne. Je viens de Marienbad.

L'inconnu, bien que charmant et courtois, n'était pas prodigue de sourires, Fabia l'avait remarqué. Cependant, son visage s'éclaira comme s'il avait voulu la rassurer.

— Je me rends justement à Marienbad, déclara-t-il. Je vais vous ramener.

Il se tourna ensuite vers le mécanicien à qui il donna

quelques instructions puis s'adressa de nouveau à la jeune femme :

— Ils vont faire le maximum pour se procurer l'alternateur le plus vite possible mais, en attendant, vous devrez laisser votre véhicule ici.

Quelques instants plus tard, Fabia prenait place dans la Mercedes, à côté du conducteur. Tandis que la puissante voiture roulait à travers la forêt, la jeune femme essaya de se remettre de ses émotions.

Certes, elle remerciait le Ciel d'avoir mis sur sa route cet homme qui la ramenait à bon port après avoir tracté la Polo jusqu'au garage, mais elle pouvait dire adieu, maintenant, à son projet de visiter Karlovy Vary. Cependant, elle ne s'attarda pas trop longtemps sur cette déception. Après tout, elle n'allait pas faire tout un drame d'une excursion manquée, alors que Vendelin Gajdusek et cette interview toujours suspendue au-dessus de sa tête lui causaient des soucis autrement plus importants.

L'étranger brisa le silence.

— Vous êtes ici en vacances ?

Fabia lui fut reconnaissante d'interrompre des pensées peu réjouissantes.

— Oui.

— Le pays vous plaît ?

— Beaucoup.

— Vous êtes venue seule ?

— Oh oui !

La jeune femme faillit ajouter qu'elle aurait dû venir avec sa sœur, mais préféra garder le silence là-dessus. Si elle commençait à se lancer dans des explications, cela risquait de l'amener à dévoiler certaines choses qu'elle aimait mieux garder secrètes.

— Toute seule, ajouta-t-elle avec une gaieté feinte.

— Vos parents vous ont laissée partir ainsi, sans personne pour vous accompagner ?

— Mais j'ai vingt-deux ans ! s'exclama Fabia.

Cet homme la prenait-il pour une gamine ? songea-t-elle, outrée.

Il s'excusa :

— Pardonnez-moi. Vous paraissez plus jeune.

Tant de charme émanait de sa personne, de sa voix, que Fabia lui pardonna instantanément.

— Vous ai-je demandé votre nom ? reprit-il.

Elle sourit intérieurement en pensant qu'il n'était pas le genre d'homme à oublier quoi que ce fût.

— Non. Je m'appelle Fabia K…

Un cerf, surgi d'une haie, traversa la route devant la voiture, effrayant la jeune femme au point qu'elle ne parvint pas à terminer sa phrase. La bête et la Mercedes s'évitèrent de justesse au prix d'une embardée.

— Eh bien, on l'a échappé belle ! murmura-t-elle en voyant l'animal disparaître dans un fourré.

— C'est le moins qu'on puisse dire, acquiesça son voisin. Vous allez bien ?

Elle eut un rire nerveux et hocha la tête. L'homme se tourna vers elle, comme si ce son avait été doux à ses oreilles.

Ils ne tardèrent pas à atteindre la banlieue de Marienbad. Fabia indiqua à son chauffeur l'adresse de son hôtel. Quand il la déposa devant la porte, elle eut conscience que l'un des plus agréables épisodes de sa vie — en omettant l'incident de l'alternateur — prenait fin. Bien sûr, elle aurait pu demander à son sauveteur comment il s'appelait. Mais l'attitude cérémonieuse de l'étranger — debout sur le trottoir, sa haute silhouette aristocratique dressée devant elle — mettait de la distance entre eux et lui interdisait de se montrer trop familière.

— *Na shledanou*, Fabia.

— Merci infiniment pour votre aide, répondit-elle en souriant. Au revoir.

*
* *

Au revoir… Jamais ces mots n'avaient exprimé à ce point leur véritable sens. En prenant congé de l'inconnu, Fabia n'avait eu qu'une idée en tête : le rencontrer de nouveau. D'ailleurs, l'image du séduisant Tchèque l'avait hantée le reste de la journée. Sans conteste, il connaissait la région. Il n'avait eu aucune peine à trouver un garage, avec un employé qui travaillait un dimanche, de surcroît ! Et quel charme… !

Le soir, elle était descendue au restaurant, dans l'espoir de le croiser. Il ne résidait pas dans cet hôtel, sinon il le lui aurait dit, mais il aurait pu décider de venir y dîner… En tout cas, il y avait de grandes chances pour qu'il fût en vacances à Marienbad et qu'il eût l'intention lui aussi de visiter le triangle des stations thermales.

Elle dut se rendre à l'évidence : il ne figurait pas parmi les clients. Lorsqu'elle monta se coucher, une grande consternation s'ajouta à sa déception car elle s'aperçut d'une chose primordiale : elle ne connaissait ni le nom ni l'adresse du garage où se trouvait sa voiture. Comment saurait-elle, dans ces conditions, si celle-ci était réparée ?…

Le sommeil la surprit, la libérant de cette angoissante question. Un sommeil agité, peuplé de cauchemars dans lesquels Barney s'enfuyait en ricanant avec sa Polo, pendant que Cara reprochait à sa sœur de lui avoir laissé prendre le volant et que Fabia elle-même reprochait à Cara de l'avoir abandonnée lâchement dans un pays hostile.

En fin de compte, elle ne fut pas fâchée de voir poindre les premières lueurs de l'aube. Elle lézarda encore un peu, écouta le bruit de la circulation de la rue. Puis elle se souvint qu'on était lundi et qu'elle avait mieux à faire que de traîner au lit. Elle se leva donc et fila dans la salle de bains.

Revigorée par la douche, Fabia décida de considérer ses problèmes d'une manière positive. En commençant par celui de sa voiture.

Avec un peu de chance, il n'y avait peut-être pas un nombre trop important de garages dans un rayon, disons, de… quinze kilomètres autour de Frantiskovy Lazne. Mais, même si elle parvenait à trouver le nom et l'adresse de celui qu'elle recherchait, il ne servirait à rien de le contacter aujourd'hui. Il fallait leur laisser le temps de se procurer l'alternateur.

Quant à l'autre problème majeur — cette interview de malheur ! — que pouvait-elle faire, sinon attendre comme hier et avant-hier ? A moins qu'elle n'eût mal compris les propos de son employée de maison, Vendelin Gajdusek ne serait pas chez lui avant jeudi.

Ces interrogations continuèrent de la tarauder alors qu'elle entamait son petit déjeuner dans la salle à manger de l'hôtel.

Elle beurrait une tartine de pain grillé lorsque, soudain, elle s'immobilisa pour se concentrer de nouveau sur les paroles de la femme au tablier. Celle-ci avait mentionné « une semaine », Fabia en était certaine. Mais son interlocutrice possédait un anglais très approximatif…

Déjà, l'esprit de la jeune femme entrait en ébullition, comme toujours à l'évocation de l'interview.

Elle envisagea un instant de téléphoner chez l'écrivain pour vérifier s'il était rentré, mais y renonça aussitôt. Au cas où il serait toujours absent, elle n'obtiendrait pas plus de renseignements. Et, s'il était revenu, elle aurait plus de chances d'obtenir un autre rendez-vous en se rendant sur place.

Fabia hésita encore pendant un long moment, une fois de retour dans sa chambre, avant de décider qu'elle pourrait très bien marcher jusqu'à la résidence de M. Gajdusek. Quatre ou cinq kilomètres à pied représentaient, en outre, un excellent exercice. De toute façon, sans voiture, elle ne pouvait envisager de quitter Marienbad.

Cinq minutes plus tard, la jeune femme avait pris deux décisions supplémentaires. Définitives, cette fois. La première concernait sa tenue vestimentaire. Puisqu'elle risquait fort de se déplacer pour rien, il était inutile qu'elle se mît sur son trente et un. Laissant sa plus belle robe dans la penderie, elle revêtit un pantalon, une liquette par-dessus laquelle elle passa un chandail, puis compléta sa tenue par de confortables chaussures de marche. Néanmoins, et même si les probabilités étaient minimes, elle devait tenir compte du fait que, peut-être, M. Gajdusek serait là. Dans cette perspective, mieux valait se présenter chez lui fraîche, et non à bout de souffle. Elle se rendrait donc à son domicile en taxi et redescendrait la colline à pied.

Fabia décrocha le téléphone, composa le numéro de la réception. Un peu avant 10 heures, on la rappela pour lui annoncer que son taxi l'attendait. Elle enfila une veste et quitta sa chambre, l'estomac noué par l'appréhension.

Celle-ci atteignit son comble lorsque la voiture s'arrêta devant l'élégante résidence de Vendelin Gajdusek. A peine fut-elle descendue du véhicule que la tentation lui vint d'y remonter illico. Mais le chauffeur avait déjà redémarré.

Elle inspira profondément, considéra la façade de la demeure, et redressa les épaules. Voilà, cette fois, elle se sentait prête à affronter le dragon dans sa tanière. Au moment où elle s'avança pour sonner à la porte d'entrée, un sourd grondement attira son attention vers le coin du bâtiment. A la seconde suivante, elle vit surgir un magnifique doberman.

Jusqu'à cet instant, elle ne s'était pas aperçue à quel point les pensionnaires de ses parents lui avaient manqué depuis son départ. Une bouffée de nostalgie l'envahit soudain.

— Bonjour, mon toutou, murmura-t-elle.

En un bond, l'animal fut sur elle, emprisonnant sa cheville entre ses crocs. Elle avait trop l'habitude des chiens pour être effrayée. La réaction de celui-ci équivalait à un avertissement, rien de plus. Elle aurait dû faire preuve de plus de circonspection, ne plus bouger dès l'apparition du doberman.

Ses oreilles captèrent un autre bruit, rassurant cette fois. Quelqu'un venait. Le maître de l'animal, sans doute. Le sentiment de soulagement de la jeune femme se transforma en stupéfaction.

Rendue muette par la surprise, les yeux écarquillés, elle fixa le nouveau venu, n'arrivant pas à croire que, pour la seconde fois en deux jours, cet homme venait à son aide. En même temps, une autre idée lui traversa l'esprit : si elle l'avait reconnu, il l'avait forcément reconnue aussi.

En tchèque, il rappela son chien. L'animal obéit instantanément et alla rejoindre son maître, l'étranger dont le charme avait conquis Fabia la veille mais qui, aujourd'hui, paraissait très en colère.

— Avez-vous perdu l'esprit ? demanda-t-il en anglais d'un ton mauvais.

Oh non ! Seigneur, faites que ce ne soit pas vrai ! pria-t-elle secrètement. Hier, elle aurait tout donné pour connaître l'identité de cet homme. Aujourd'hui, elle devinait de qui il s'agissait. Si elle ne se trompait pas, elle se trouvait en face de Vendelin Gajdusek. Dans ce cas, l'interview se présentait sous de bien mauvais auspices !

2.

L'homme tenait la laisse du chien. Il revenait de promenade avec le doberman ou bien était sur le point de partir, en déduisit Fabia. L'animal se tenait à présent tranquillement assis aux pieds de son maître. Toutefois, la jeune femme savait qu'elle n'avait aucune excuse pour s'être conduite aussi sottement.

Elle essaya pourtant de se justifier.

— Je…, commença-t-elle.

Il l'interrompit, ses yeux sombres luisant de colère.

— Etes-vous toujours aussi stupide ? N'avez-vous pas vu que le chien n'avait aucune intention amicale lorsqu'il a foncé sur vous ?

— Cela ne s'est pas passé comme ça.

Chercher à discuter ne servait à rien, la jeune femme le comprit. Aussi fit-elle amende honorable.

— C'est ma faute. Pas la sienne. J'aurais dû rester tranquille dès qu'il est arrivé, mais…

Encore une fois, l'élégant Tchèque ne la laissa pas terminer sa phrase.

— Montrez-moi votre cheville !

— Il n'y a aucun m…

Les mots moururent sur les lèvres de Fabia. A l'évidence, l'homme n'avait aucune envie d'entendre ses protestations. D'un geste autoritaire, il lui intima de poser son pied sur le rebord d'un muret et attendit, sans cacher son impatience.

Elle obéit, retroussa légèrement sa jambe de pantalon, découvrant une socquette de coton beige intacte.

— Il n'y a aucune marque, commenta-t-elle comme il se penchait pour l'examiner.

— Enlevez votre socquette, ordonna-t-il d'un ton sec.

— Oh ! ce n'est vraiment pas la peine ! protesta-t-elle.

Le regard sombre qu'elle reçut en réponse l'obligea à rendre les armes.

— D'accord, d'accord, acquiesça-t-elle.

Après tout, si le maître du chien était bien l'écrivain dont elle espérait obtenir une interview, mieux valait user de diplomatie. Sans discuter davantage, Fabia baissa sa socquette de coton.

A sa grande surprise, elle vit que l'emprise pourtant dépourvue de violence du doberman avait laissé des hématomes et des griffures sur sa peau. Elle s'étonna aussi de la douceur de la main de son maître tandis qu'il tournait son pied d'un côté puis de l'autre. Après avoir grommelé quelques mots en tchèque — des jurons, sans doute — il termina son inspection. Elle s'empressa alors de remonter sa socquette et de se redresser.

Au moment où ils se retrouvèrent tous deux face à face, l'idée vint à Fabia de mentionner la raison de sa présence en ces lieux. D'une manière ou d'une autre, elle devrait tôt ou tard se jeter à l'eau. Alors autant le faire tout de suite. Avec précaution, elle commença :

— Est-ce que, par hasard, vous ne sauriez pas si Mlle Milada Pankracova est rentrée de…

Avant qu'elle ne pût terminer sa phrase, l'homme rugit :

— Vous êtes une de ses amies ?

Grand Dieu ! Qu'était-il advenu de son charme d'hier ? L'avait-elle paré d'une aura qui n'existait pas ? s'interrogea Fabia. Au prix d'un immense effort, elle parvint à conserver son sang-froid.

— Je ne l'ai jamais rencontrée, répondit-elle.

Puis, s'armant de courage, elle continua :

— Elle… je veux dire, Mlle Pankracova a arrangé un rendez-vous entre moi et… euh… M. Vendelin Gajdusek, pour vendredi dernier, seulement, il…

Un juron encore plus féroce que ceux proférés tout à l'heure déchira l'air. Puis l'homme se rappela qu'ils devaient converser en anglais.

— Vraiment ? commenta-t-il d'un ton glacial. Une interview ?

Il plissa les yeux.

— Pourquoi voudriez-vous l'interviewer ?

— Je... je travaille pour le magazine *Verity*, mentit Fabia.

— Vous êtes journaliste ?

Il savait bien qu'elle — ou plutôt Cara — était journaliste, bon sang ! songea la jeune femme, de plus en plus convaincue que le maître du chien et l'écrivain étaient une seule et même personne.

— Oui.

Enhardie par ce nouveau mensonge, elle ajouta :

— Est-ce que, par hasard, vous connaîtriez M. Gajdusek ?

— On peut dire cela comme ça. Quoique connaître me semble un mot un peu faible.

Le cœur de Fabia manqua un battement. Si un doute persistait encore dans son esprit, il s'envola. A cette minute exacte, devant cette résidence élégante, elle discutait avec le célèbre Vendelin Gajdusek ! C'était le moment ou jamais de lui demander cette interview. Mais, déjà, il revenait à l'incident causé par le doberman.

— Venez chez moi, ordonna-t-il. Il faut désinfecter votre blessure.

— Puisque vous me le proposez si gentiment...

Etourdiment, la jeune femme enchaîna :

— Mais, vous savez, dans mon métier, j'ai l'habitude de récolter quelques égratignures de la part de chiens un peu trop exubérants.

Comme son interlocuteur lui décochait un regard aigu, elle se souvint qu'elle était censée être journaliste. Vite, elle expliqua :

— Mes parents s'occupent d'un gardiennage de chiens en plus de leur exploitation agricole. Je les aide quand je vais chez eux. Et mon père veille toujours à ce que je n'oublie pas mes rappels de vaccin antitétanique.

A son grand soulagement, son commentaire parut satisfaire Vendelin Gajdusek.

— Par ici, indiqua-t-il.

Son chien sur les talons, il la guida jusqu'à la porte arrière de la propriété. Là, l'animal s'esquiva pour rejoindre sans doute l'un de ses coins favoris, pendant que son maître conduisait la jeune femme dans la cuisine.

— Ma gouvernante sait où se trouve la trousse d'urgence, déclara le maître de maison.

Fabia reconnut immédiatement la femme qui lui avait ouvert la porte vendredi dernier. Celle-ci écouta les remarques que son patron lui adressa en tchèque, alla chercher dans un tiroir une grande boîte métallique et la lui apporta. Seulement alors, il présenta son employée :

— Mme Edita Novakova.

— Enchantée, murmura Fabia, sachant que la femme ne pouvait pas la comprendre.

En réponse, elle reçut un sourire chaleureux avant que la gouvernante ne quitte la pièce.

Vendelin Gajdusek tira une chaise.

— Asseyez-vous.

Elle obtempéra. D'office, il posa le pied blessé sur un tabouret, désinfecta les égratignures, massa la peau avec une pommade. Comme si elle n'avait pas pu faire cela elle-même !

— Quel est votre nom ? demanda-t-il en se redressant.

— Cara Kingsdale.

Bien qu'il ne parût pas se souvenir qu'elle s'était présentée la veille sous le nom de Fabia, la jeune femme se sentit très gênée de l'abuser une fois encore.

— Merci beaucoup, c'était très aimable de votre part, murmura-t-elle.

Elle remit sa socquette en place pendant qu'il se lavait les mains à l'évier. Puis elle sortit de son sac la lettre envoyée par Milada Pankracova et qui constituait une preuve de sa bonne foi. Elle la tendit à M. Gajdusek quand il revint près d'elle.

— Vous devez en avoir un double dans vos dossiers, naturellement, commença-t-elle d'un ton léger, mais…

Elle s'interrompit pendant qu'il lisait le document.

Soudain, le front de l'écrivain se rembrunit. Il leva la tête, fixa Fabia d'un regard perçant.

— D'après cette lettre, vous auriez dû vous présenter chez moi vendredi dernier, constata-t-il d'un ton peu aimable.

— Je suis venue, rétorqua-t-elle, s'abstenant de faire remarquer que c'était lui, et non elle, qui n'avait pas honoré son rendez-vous.

Sans doute Vendelin Gajdusek n'était-il pas homme à présenter des excuses, car il se contenta d'émettre un grognement avant de lui rendre la lettre.

Sans la quitter des yeux, il rappela soudain :

— Vous m'avez bien dit hier que vous vous appelez Fabia, n'est-ce pas ?

Le cœur de la jeune femme s'affola.

— Oui. C'est parce que… ma famille, mes amis m'appellent Fabia.

— Ainsi, vous attendez une interview de moi ?

— Je suppose que le moment ne s'y prête pas, monsieur Gajdusek, avança la jeune femme avec prudence.

— Non.

La réponse, laconique, réduisit en miettes les espoirs de Fabia.

— Non, reprit l'écrivain, j'emmène Azor en promenade.

— Oh !

Comprenant que l'entretien était terminé, la jeune femme se leva, prit son sac et se dirigea vers la porte.

La voix de son hôte l'arrêta avant qu'elle n'eût atteint le seuil.

— Voulez-vous m'accompagner ?

Vendelin Gajdusek lui demandait si elle souhaitait l'accompagner en promenade ? Fabia n'en croyait pas ses oreilles.

Elle fit volte-face, le visage radieux.

— Vous êtes sérieux ?

Le regard de l'écrivain fixa un instant sa bouche charnue, remonta à ses yeux puis redescendit jusqu'à ses pieds.

— Vous avez de bonnes chaussures de marche, constata-t-il, l'air satisfait. Tant mieux, parce que je préfère vous prévenir : ma sortie n'aura rien d'une flânerie de cinq minutes.

— Oh ! cela ne me fait pas peur ! J'ai l'habitude. Certains des chiens que j'ai à la maison… je veux dire qui sont chez mes parents et que je sors quand je vais là-bas ont besoin de courir pendant des kilomètres.

Vendelin Gajdusek considéra Fabia pendant quelques secondes encore, l'air énigmatique, puis il la rejoignit, prenant au passage la laisse du chien.

Ils sortirent ensemble. Azor avait dû reconnaître les pas de son maître, car il attendait à la porte.

Ils quittèrent la maison par le chemin qu'ils avaient emprunté pour y entrer. Vendelin Gajdusek s'arrêta, échangea quelques mots avec un homme occupé à quelques travaux de bricolage près des communs.

— C'était Ivo, le mari de ma gouvernante, expliqua-t-il à la jeune femme quand il la rejoignit.

— Ah ! M. Novakova ! dit-elle, fière de se rappeler le nom de l'employée.

— M. Novak, rectifia Vendelin Gajdusek d'un ton amusé. Ici, dans la majorité des cas, quand une femme se marie, on ajoute « ova » au nom de son époux pour la désigner.

— Il faudra que je m'en souvienne, commenta Fabia joyeusement.

A mesure que la promenade progressait, elle se sentait de plus en plus légère. Marcher dans la nature, respirer l'oxygène frais, lui procurait un plaisir immense.

Pourtant, après un kilomètre et demi environ, ses préoccupations au sujet de Cara reprirent. Comment sa sœur, qui prenait sa voiture pour aller acheter son lait à la boutique au coin de sa rue, se serait-elle tirée de cette situation ? A peine la question l'eut-elle effleurée que Fabia la trouva ridicule. Cara ne se serait jamais aventurée chez Vendelin Gajdusek en chaussures de marche ! Aussi, l'écrivain ne lui aurait-il pas proposé de l'emmener faire une randonnée aussi longue.

Après cette mise au point, une autre idée perturba la jeune femme. Elle était censée être journaliste. Et une vraie journaliste, mise dans les mêmes conditions, ne perdrait pas une seconde avant de commencer son interview, sans en avoir l'air, naturellement.

— Vous emmenez Azor faire une longue promenade tous les jours, monsieur Gajdusek ? s'enquit-elle.

Au lieu de répondre, il constata :

— Vous paraissez aimer la marche.

Comme il la considérait avec attention, son teint habituellement d'une pâleur de porcelaine s'empourpra.

— J'ai grandi à la campagne, murmura-t-elle.

— Dans quelle région de l'Angleterre ?

— Dans le Gloucestershire.

Quel mal y avait-il à satisfaire la curiosité de cet homme, après tout ? se dit Fabia. Mais elle se souvint aussitôt que c'était à elle, et non à lui, de poser les questions.

— Dites-moi, monsieur Gajdusek, commença-t-elle alors qu'ils atteignaient une clairière ensoleillée, est-ce que… ?

Il l'interrompit :

— Il fait beaucoup trop beau pour que vous continuiez à me casser les oreilles avec vos « monsieur Gajdusek ».

Elle le regarda, surprise, et son cœur se mit à battre plus fort lorsqu'elle aperçut une lueur amusée dans les yeux noirs posés sur elle.

— Dois-je comprendre que vous m'invitez à vous appeler… Vendelin ? se risqua-t-elle à demander.

Il la gratifia d'un sourire franc.

— Mes amis m'appellent Ven.

Puis, d'un ton solennel, il ajouta :

— Fabia.

Elle partit d'un éclat de rire joyeux. Finis les moments sombres ! La vie reprenait des couleurs chatoyantes.

L'écrivain qu'elle devait interviewer lui suggérait de l'appeler Ven. Comme le faisaient ses amis. Une bouffée d'euphorie envahit la jeune femme.

Sa gaieté ne dura qu'un bref instant, hélas ! Déjà ses soucis reprenaient le dessus. D'abord, elle était ici en mission. Sa sœur l'avait chargée d'accomplir un certain travail. Ensuite, elle ignorait comment allait Barney, dont l'état avait peut-être empiré. Sans mentionner sa voiture. Grand Dieu, comment avait-elle pu oublier sa voiture ! Elle…

Fabia s'aperçut soudain que Vendelin Gajdusek la fixait toujours. Le poids des yeux sombres la troubla tellement que le fil de ses pensées se rompit. Vite, elle détourna la tête sans pour autant recouvrer ses esprits. L'espace de quelques secondes, elle éprouva même la sensation désagréable que tout lui échappait.

Heureusement, elle parvint à se ressaisir et à faire le point. Sans conteste, l'écrivain produisait sur elle un effet déstabilisant. Ce qui, en soi, n'avait rien d'extraordinaire. Quelle journaliste, fût-elle la plus chevronnée, serait restée de marbre dans ces conditions ? Se promener sous le soleil, dans un cadre romantique, en compagnie de l'homme qu'on était venue interviewer et qu'on n'espérait plus rencontrer avait de quoi vous tournebouler les neurones, non ? Mais ce n'était pas une raison pour s'abandonner à une léthargie totale.

Fabia décida de tenter une nouvelle question.

— Monsieur Gajdusek…

Elle commit l'imprudence de le regarder. L'expression de son visage — il la considérait, les sourcils froncés — l'arrêta.

— Euh… V… Ven… bégaya-t-elle.

— Dites-moi, Fabia, y a-t-il d'autres spécimens comme vous à la maison ?

— Pardon ?

— Vous avez vingt-deux ans, si je me souviens bien.

Quelle idée de lui avoir donné cette information ! s'admonesta secrètement la jeune femme. Vendelin Gajdusek insinuait-il qu'à son âge, elle ne pouvait être une journaliste expérimentée ? Cependant, sa remarque s'avéra fortuite car il enchaîna :

— Etes-vous enfant unique ?

Rassurée, elle répondit en toute honnêteté.

— J'ai une sœur aînée.

Après une légère pause, elle ajouta :

— Elle est aux Etats-Unis, en ce moment.

Elle voulut orienter la conversation sur un autre sujet, mais il la devança.

— Je suppose que votre travail vous amène à voyager beaucoup.

Encore une fois, c'était lui qui posait les questions !

Usant de prudence, la jeune femme répliqua :

— Pas assez à mon gré. Et vous ? Vous voyagez beaucoup ?

Au lieu de répondre, Vendelin Gajdusek rappela Azor parce qu'un autre chien venait d'apparaître au loin, accompagné d'un couple de promeneurs. Ensuite, il décréta :

— On retourne à la maison, mais par là.

Il indiqua un itinéraire différent de celui qu'ils avaient emprunté pour venir.

Ils avaient marché pendant des kilomètres. Fabia s'en rendit compte sur le chemin du retour. N'importe quel journaliste digne de ce nom serait rentré de cette randonnée avec une mine de renseignements sur l'écrivain, constata-t-elle avec morosité.

Quelques secondes plus tard, pourtant, elle n'avait plus la même certitude en se rappelant que Ven Gajdusek avait montré beaucoup plus d'intérêt pour la nature que pour ses : « Est-ce que ceci ? » « Est-ce que cela ? »

Certes, il n'avait pas rejeté l'idée de cette interview. Seulement, il préférait sans doute que le cérémonial se déroulât en dehors de ses heures de loisirs.

D'ailleurs, il avait raison, décréta Fabia par-devers elle. Il faisait si beau ! Elle décida de respecter son désir de tranquillité.

Ils atteignaient les premiers immeubles du quartier,

lorsque le problème concernant sa voiture revint à l'esprit de la jeune femme.

— Au fait, est-ce que vous pourriez me dire le nom du garage où j'ai laissé ma voiture ? demanda-t-elle.

— Pourquoi ? s'enquit Ven Gajdusek.

— Pourquoi ? répéta-t-elle, interloquée. Mais pour que je puisse leur téléphoner, bien sûr, et leur demander...

— Pardonnez-moi. Je ne savais pas que vous parliez tchèque !

Qu'insinuait-il encore ? s'interrogea Fabia, dont l'impatience allait croissant.

— Je ne parle pas tchèque.

— Dans ce cas, comment pensez-vous vous faire comprendre ?

— Ils ne parlent pas anglais ?

— Je crains que non.

Peut-être l'écrivain aurait-il ajouté quelque commentaire si une voiture, une Skoda, ne s'était garée, juste à cet instant devant chez lui.

Un homme brun, âgé d'environ trente ans, de stature moyenne, en descendit au moment où ils arrivaient à sa hauteur. Ven Gajdusek s'arrêta pour échanger quelques mots avec lui dans sa langue. Ensuite, revenant à l'anglais, il fit les présentations :

— Lubor Ondrus, Mlle Kingsdale, qui vient d'Angleterre.

Le visage du nouveau venu s'éclaira.

— Ah ! mademoiselle Kingsdale ! dit-il en enveloppant la jeune femme d'un regard admiratif et en lui serrant la main.

— Vous connaissez Mlle Kingsdale ? s'étonna l'écrivain.

— Seulement de nom, répondit-il dans un excellent anglais. J'ai trouvé sa carte professionnelle sur mon bureau. C'est Edita qui l'avait posée là.

Fabia retira sa main de celle de Lubor Ondrus qui ne paraissait pas pressé de la libérer.

— Je suis venue vendredi dernier, expliqua-t-elle.

Si le bureau de cet homme se trouvait dans la maison de l'écrivain, sans doute s'agissait-il de son assistant ? Et, en l'absence de Milada Pankracova, Edita Novakova avait jugé bon de lui laisser la carte.

— Je suis désolé de vous avoir manquée, déclara-t-il. J'avais pris quelques jours de vacances et je ne suis rentré qu'hier soir.

Il adorait flirter, cela sautait aux yeux, songea la jeune femme tandis que, déjà, il enchaînait :

— Mais peut-être, malgré votre carte professionnelle, êtes-vous en vacances dans notre pays ?

— J'espère visiter un peu le pays pendant mon séjour, naturellement, répliqua-t-elle. Mais à présent, il faut que je retourne à mon hôtel.

— Etes-vous venue en taxi ? Si c'est le cas, me permettrez-vous de vous reconduire ? proposa Lubor Ondrus, continuant à jouer les jolis cœurs.

Fabia cherchait une formule diplomatique pour décliner son invitation lorsque Ven Gajdusek la tira d'embarras. Mettant sans cérémonie la laisse du chien entre les mains de l'homme, il ordonna :

— Faites rentrer Azor. Il faut que j'aille en ville. Je vais en profiter pour raccompagner Mlle Kingsdale.

La jeune femme les regarda l'un après l'autre, très embarrassée.

— Je peux marcher…, commença-t-elle.

Une fois de plus, l'écrivain fit preuve d'autorité.

— Vous avez suffisamment marché ! Suivez-moi.

Lui laissant à peine le temps de saluer Lubor Ondrus, il la guida jusqu'à sa propre voiture.

A aucun moment, Fabia n'avait imaginé avoir l'occasion de monter une fois encore dans la Mercedes. Bien sûr, les manières autoritaires de Ven Gajdusek ne lui plaisaient pas. Loin de là ! Mais comme elle ne voulait pas prendre le risque qu'il remît en question cette maudite interview, elle se garda de faire le moindre commentaire.

La puissante voiture s'engagea dans la rue principale de la ville. Au premier carrefour, elle marqua un arrêt pour laisser passer un trolley. La jeune femme en profita pour demander, d'un ton détaché :

— Est-ce que Lubor Ondrus est votre assistant de recherches ?

— Non.

La Mercedes redémarra. Seulement alors, le conducteur daigna préciser :

— C'est mon secrétaire.

— Oh !

Elle attendit quelques secondes avant d'oser ajouter :

— Ainsi, vous avez deux secrétaires ?

— Non.

— Mlle Pankracova ne travaille plus pour vous ?

— Grâce à Dieu, non !

— Vous l'avez congédiée ?

Ven Gajdusek ne répondit pas. Après tout, qu'il eût mis à la porte sa secrétaire ne concernait Fabia que dans la mesure où c'était elle qui avait fixé le rendez-vous. Aussi s'empressa-t-elle d'ajouter :

— Le fait qu'elle ne travaille plus pour vous ne change rien, n'est-ce pas ?

— Qu'est-ce que cela ne devrait pas changer ? rétorqua-t-il sans aucune amabilité.

— Je veux dire… vous êtes toujours disposé à m'accorder l'interview que vous m'avez promise ?

Ils étaient arrivés devant son hôtel. L'écrivain gara sa voiture devant l'entrée puis se tourna vers la jeune femme.

Il la considéra, la mine sévère, comme s'il avait deviné qu'elle mentait en se faisant passer pour une journaliste. Peut-être aurait-elle dû prendre des notes durant leur longue promenade ? Peut-être s'étonnait-il aussi qu'elle n'eût pas posé de questions plus pertinentes ? En fait, elle s'était montrée trop polie, et sa réserve avait dû la trahir.

Une fois encore, il ne daigna pas répondre. En revanche, il quitta son siège, alla ouvrir la portière de sa passagère, l'aida à sortir du véhicule. Quand elle se trouva debout, face à lui, il la toisa de la tête aux pieds avant de déclarer :

— Je vous attends pour dîner, demain.

Une telle invitation, venant de la part de Vendelin Gajdusek, même formulée sans aucune courtoisie, ne se refusait pas.

— A quelle heure ? s'enquit Fabia.

Il s'apprêtait déjà à reprendre sa place au volant.

— J'enverrai Ivo vous chercher vers 19 heures.

Surtout qu'il n'aille pas s'imaginer qu'elle n'attendait que cela ! se dit la jeune femme en s'empressant de tourner les talons. Avant même qu'elle n'eût atteint l'entrée de l'hôtel, la Mercedes démarra. Un sourire, alors, illumina le visage de Fabia. Ce sourire ne traduisait-il que sa joie d'avoir la certitude, maintenant, de pouvoir interviewer cet homme insaisissable ? En toute sincérité, elle n'aurait pu l'affirmer.

3.

La jeune femme dormit beaucoup mieux, cette nuit-là. Lorsqu'elle s'éveilla, ce mardi matin, elle pensa à Ven, à Cara, à Barney aussi. Elle aurait aimé pouvoir téléphoner à ses parents, leur demander s'ils avaient reçu des nouvelles de sa sœur. Mais cela n'aurait servi à rien, puisqu'ils ignoraient tout et les croyaient ensemble. Fabia devrait donc se contenter de leur envoyer une carte postale.

Aussitôt son petit déjeuner terminé, elle sortit acheter une vue de Marienbad dans une galerie commerciale, puis flâna jusqu'à la colonnade abritant les sources. Elle s'amusa de voir les curistes déambuler en sirotant l'eau bienfaisante dans de petits pots à bec en porcelaine. De là, elle se rendit dans le parc tout proche. Après avoir marché pendant un long moment, elle s'assit sur un banc pour rédiger sa carte. Lorsqu'elle eut donné ses impressions du voyage et ajouté quelques mots affectueux, il restait à peine assez de place pour apposer sa signature et celle de Cara.

La jeune femme quitta ensuite le parc et déambula à travers la ville. Dans le quartier résidentiel, elle remarqua, étonnée, un tas de charbon devant une maison cossue. On avait déposé là le combustible en vrac et sans doute le propriétaire se chargerait-il de le descendre, seau par seau, dans sa cave. Elle décida de consigner ce détail dans ses notes. Tout ce qui concernait la ville où vivait Vendelin Gajdusek intéresserait très certainement les lecteurs de *Verity*.

Fabia poursuivit sa promenade jusqu'au gymnase local,

passa devant l'office du tourisme régional et se retrouva à son point de départ, la galerie commerciale.

Bien qu'il fût l'heure de déjeuner, elle ne résista pas à la tentation d'entrer dans un magasin dont la vitrine exposait de splendides articles en cristal de Bohême.

Vingt minutes plus tard, elle en sortait les bras chargés d'un magnifique vase destiné à ses parents. En descendant sur le trottoir, elle heurta un passant et faillit lâcher son précieux paquet qu'elle rattrapa de justesse. Lorsqu'elle leva les yeux pour s'excuser, elle reconnut immédiatement Lubor Ondrus qui arborait un grand sourire.

— Bonjour ! s'exclama-t-il. Je vois que vous avez fait des courses !

Il paraissait heureux de la revoir. De son côté, elle trouvait agréable de rencontrer un visage connu dans une ville étrangère.

— Un cadeau pour mes parents.

Il consulta sa montre, puis demanda :

— Avez-vous déjeuné ?

— Pas encore.

— Moi non plus ! Permettez-moi de vous inviter.

En souriant, Lubor Ondrus attendit la réponse de Fabia qui n'eut qu'une brève hésitation. Le secrétaire de Vendelin Gajdusek lui était plutôt sympathique. Un peu trop séducteur, sans doute, mais il jouait ouvertement de son charme et cela n'avait rien de désagréable. Comme elle ne voyait aucune raison de le décevoir, elle accepta sa proposition.

Le sourire du Tchèque s'élargit encore. Il déchargea Fabia de son paquet et lui indiqua sa Skoda garée un peu plus loin.

— Ma voiture est là.

— On ne reste pas à Marienbad ? s'enquit la jeune femme.

— Si. J'ai du courrier à traiter, cet après-midi. Je devrai donc retourner à mon travail.

Lubor Ondrus aida galamment Fabia à prendre place dans la voiture avant de poser le paquet sur le siège arrière et de s'installer au volant.

Quelques minutes plus tard, il se garait en haut d'une colline, devant un élégant restaurant.

Ils commandèrent des omelettes accompagnées de salade et Fabia ne tarda pas à découvrir en Lubor un convive charmant. Dès qu'on les eut servis, il demanda :

— Nous pourrions nous appeler par nos prénoms, à moins que cela ne vous ennuie… Le vôtre est Cara, n'est-ce pas ?

— Cela ne m'ennuie pas du tout, bien sûr, mais…

La jeune femme s'interrompit. S'entendre appeler Cara ne l'enchantait pas. Elle culpabilisait déjà assez d'avoir dû usurper l'identité de sa sœur !

— Je vais trop… trop loin ? s'inquiéta son compagnon.

— Il ne s'agit pas de cela, répondit-elle avec un sourire rassurant. En fait, presque tout le monde — ma famille, mes amis — m'appelle Fabia.

— Fabia…

Prononcer ces syllabes sembla procurer à Lubor un plaisir extrême. Et, comme s'il n'avait pu résister à la tentation de les savourer une fois encore, il enchaîna :

— Je suppose que vous êtes venue en République tchèque à la fois pour votre travail et pour y passer des vacances, Fabia ?

— En effet. Je devais interviewer M. Gajdusek vendredi dernier, mais…

— M. Gajdusek a accepté une interview ?

La surprise manifestée par le secrétaire de l'écrivain étonna Fabia.

— Oui, acquiesça-t-elle. Vous ne le saviez pas ?

— Je n'ai trouvé aucune note dans mes dossiers concernant cette interview, et je sais qu'il n'en donne jamais.

— C'est ce qu'on m'avait dit. Mais…

La jeune femme s'interrompit. Il s'en était fallu de peu qu'elle ne se trahisse en évoquant sa sœur. Vite, elle se reprit :

— C'est pourquoi je suis d'autant plus heureuse qu'il ait accepté de me recevoir.

— Vous êtes sûre qu'il… ?

— Milada Pankracova ne vous a pas laissé un mot pour vous tenir au courant ?

Le doute de Lubor commençait à la gagner.

— Non, mais…

Laissant sa phrase en suspens, il parut réfléchir puis, tout à coup, son visage s'éclaira comme s'il venait de trouver la réponse à une question qui le tracassait.

— Hier, M. Gajdusek m'a demandé de contrôler le travail de Milada Pankracova, reprit-il. Cela m'a semblé étrange. Maintenant, je crois avoir compris pourquoi…

— Elle a commis des erreurs ?

— Oh oui ! Et plus d'une.

Lubor sourit.

— Et si nous parlions un peu de vous, à présent ? suggéra-t-il.

— Mais, mon rendez-vous de vendredi dernier… il était bien inscrit dans l'agenda de M. Gajdusek ? s'enquit Fabia, en proie à un début de panique.

— Bien sûr. Malheureusement, il est passé aux oubliettes.

Le ton léger avec lequel le secrétaire prononça ces paroles la désarçonna. La taquinait-il ? Tandis qu'elle s'interrogeait, il détourna la conversation sur un sujet moins stressant.

— Voulez-vous encore du vin ?

— Juste une goutte.

L'alcool et la nourriture délicieuse aidant, l'accès de panique de Fabia finit par s'évanouir. Elle goûta pleinement le plaisir de partager un repas savoureux, dans un cadre agréable, avec un homme charmant.

Lorsqu'ils sortirent du restaurant, une fine bruine tombait.

— Moi qui voulais vous faire admirer le panorama, je crains qu'il ne soit plus aussi beau ! regretta Lubor. Mais allons tout de même y jeter un coup d'œil.

Il prit la jeune femme par le bras, lui fit traverser l'espace devant le restaurant et la guida vers un belvédère surplombant la ville. La vue se limitait à des toits et à quelques échappées sur la forêt, noyés dans la brume et la pluie.

— On aurait dû commencer par cela, commenta-t-il,

manifestement déçu. Nous pourrions peut-être revenir demain ?

En formulant sa suggestion, Lubor posa un bras sur l'épaule de Fabia.

— Je ne sais pas encore ce que je ferai demain, répondit-elle avec prudence.

Elle trouvait cet homme plutôt sympathique, mais sa familiarité la rendit méfiante. Elle recula d'un pas afin de mettre un peu de distance entre eux avant qu'il ne s'aventure trop loin. Il dut mal interpréter le signal, car sa main étreignit son épaule tandis qu'il murmurait :

— Vous me plaisez *tellement*, Fabia.

En d'autres circonstances, cette déclaration à peine voilée de la part d'un homme qu'elle connaissait à peine l'aurait plongée dans l'embarras. Pourtant, en cet instant, là, debout sous la pluie à côté d'un amoureux transi attendant un mot ou un geste d'encouragement, la situation lui parut si incongrue qu'elle éclata de rire.

— Lubor ! Je vais être trempée !

Il arbora un air contrit et l'entraîna vers la Skoda.

La voiture redescendit la colline. En bas, à l'embranchement du chemin et de la route, le conducteur marqua un arrêt pour regarder à gauche, alors que sa passagère, la mine encore réjouie, tournait la tête vers la droite. Son sourire se figea immédiatement lorsqu'elle aperçut, roulant vers eux, une Mercedes conduite par… Ven Gajdusek ! Un Ven Gajdusek qui avait reconnu — elle en prit conscience tout de suite — non seulement la Skoda mais ses occupants. D'après l'expression courroucée de son visage, l'écrivain n'était pas heureux de les voir.

A l'évidence, Lubor ne s'était pas rendu compte que son patron venait de passer devant eux. Il se tourna vers la jeune femme et déclara :

— Vous êtes encore plus belle avec vos cheveux mouillés.

Contrairement à tout à l'heure, le compliment ne lui donna pas envie de rire, car l'inquiétude commençait à la gagner. Pourquoi Ven Gajdusek paraissait-il si furieux ? Aussi se contenta-t-elle de répondre :

— Merci, Lubor.

Cinq minutes plus tard, son admirateur la déposait devant son hôtel. Il l'aida à descendre de voiture, lui remit son paquet. Comme elle le remerciait pour le déjeuner, il affirma :

— Tout le plaisir fut pour moi, Fabia.

Puis, sans perdre un instant, il ajouta :

— Peut-être pourrions-nous dîner ensemble ce soir ?

— C'est malheureusement impossible. J'ai un rendez-vous professionnel, s'excusa-t-elle.

Après avoir adressé à Lubor, manifestement déçu, un petit signe d'adieu, elle poussa la porte de l'hôtel et se dirigea vers la réception pour récupérer sa clé.

Tout en enlevant ses vêtements mouillés, Fabia s'interrogea avec anxiété. Lorsqu'il l'avait invitée, Vendelin Gajdusek aurait-il confondu « dîner » et « déjeuner » ? Après tout, l'anglais n'était pas sa langue maternelle. Cette hypothèse suffirait à expliquer sa réaction. Personne, dans ces circonstances, n'aurait apprécié de se trouver dans une telle situation.

Mais sa théorie s'effondra lorsque les paroles de Ven lui revinrent à la mémoire : « J'enverrai Ivo vous chercher vers 19 heures ». Il n'y avait donc aucune confusion possible.

Pourquoi, dans ce cas, l'écrivain arborait-il cette mine renfrognée, alors ? Aurait-il décidé de remettre en question leur rendez-vous de ce soir ? L'incertitude commença à ronger la jeune femme. Elle essaya tant bien que mal de penser à autre chose en se dirigeant vers la salle de bains.

Après avoir pris un bain, Fabia enfila un pantalon et un chemisier propres, puis descendit acheter un timbre à la réception. Ensuite, elle alla poster la carte destinée à ses parents. Comme il lui restait encore plusieurs heures avant d'affronter Ven Gajdusek, elle aurait largement le temps d'inventorier sa garde-robe et de choisir sa tenue pour le dîner. Si toutefois dîner il y avait…

A 18 h 50, elle était prête depuis vingt minutes et tournait en rond dans sa chambre. A 18 h 55, elle estima que ses longs cheveux blonds avaient besoin d'un ultime coup de peigne. Au moment où elle allait saisir sa brosse, la sonnerie du téléphone la fit sursauter. Elle décrocha et entendit le réceptionniste annoncer qu'une voiture l'attendait.

Vendelin Gajdusek avait tenu parole. Mécontent ou non, il maintenait son invitation. A elle de jouer, maintenant ! D'endosser la personnalité de Cara, c'est-à-dire d'une journaliste professionnelle !

Ivo patientait dans le hall. Fabia avança vers lui en souriant. Par miracle, elle se rappela comment on disait bonsoir en tchèque :

— *Dobry Vecer.*

Autre miracle, elle parvint à afficher un air détendu tandis que la voiture traversait la ville, zigzaguait pour sortir des faubourgs, avant de s'engager sur la route en lacet menant au domicile de Ven Gajdusek. A mesure qu'ils approchaient, un espoir fou naquit dans l'esprit de la jeune femme. Si vraiment l'auteur n'avait jamais accordé d'interview à aucun journaliste, il ne remarquerait probablement pas son manque d'expérience.

Lorsqu'ils furent arrivés, Ivo escorta sa passagère jusqu'à l'entrée de la résidence de son patron. Après l'avoir gratifié d'un : *Dekuji mnohokrat*, elle salua la gouvernante qui venait l'accueillir :

— *Dobry Vecer, Slecno Kingsdale*, répondit la femme aimablement.

— Bonsoir, Fabia, dit une voix masculine.

Ven Gajdusek se tenait derrière son employée qui s'esquiva immédiatement.

— Bonsoir, monsieur Ga… euh… Ven, bredouilla la visiteuse.

Le maître de maison la détailla de la tête aux pieds. Elle sentit son regard sombre détailler son visage, s'attarder sur les courbes de son corps que soulignait sa robe de lainage tilleul, descendre le long de ses jambes fuselées. Elle-même ne pouvait détacher les yeux de la bouche sensuelle de son hôte. Quand il sourit, elle éprouva une soudaine impression d'apaisement. Il posa une main sur son épaule et la guida vers le salon.

C'était une pièce élégante, d'un raffinement exquis. Haut plafond, meubles de chêne ciré, sièges profonds…

— Asseyez-vous. Je vais nous préparer quelque chose à boire. Que voulez-vous ?

— Un gin tonic, s'il vous plaît.

Fabia prit place sur l'un des canapés dont elle apprécia immédiatement le confort. Ven ne tarda pas à la rejoindre, avec deux long drinks qu'ils burent à petites gorgées en discutant de tout et de rien. Bien sûr, Fabia mourait d'envie de poser les fameuses questions préparées par Cara. Mais il lui répugnait d'engager la conversation sur un terrain professionnel dans un si joli cadre. Si bien que, lorsque Mme Novakova vint annoncer que le dîner était servi, l'interview n'avait toujours pas commencé. En revanche, Ven Gajdusek avait réussi — de quelle manière ? Elle l'ignorait — à lui soutirer quelques confidences concernant ses goûts artistiques. Au moment où ils prirent place dans une ravissante salle à manger, il savait qu'elle aimait particulièrement certaines œuvres de Janacek alors qu'elle ignorait tout de ses préférences en matière de musique.

La gouvernante servit l'entrée, une savoureuse préparation à base d'œufs et d'anchois appelée *plnena sardelova vejce*.

— C'est délicieux, dit Fabia.

Aucune trace de contrariété ne subsistant sur le visage de son hôte, elle se risqua à ajouter :

— Je l'apprécie d'autant plus que j'ai pris un déjeuner très léger, aujourd'hui.

Il la considéra, l'air impassible, et déclara :

— Vous avez déjeuné avec mon secrétaire, je crois.

— Nous nous sommes rencontrés par hasard en ville. Il a eu la gentillesse de m'inviter. C'est quelqu'un de très courtois.

Le commentaire de Ven tomba, tranchant :

— Vous êtes-vous regardée dans un miroir, récemment ?

Sans doute faisait-il allusion au fait que Lubor Ondrus avait la manie de flirter systématiquement avec toutes les femmes qu'il rencontrait ? songea Fabia. Elle regretta d'avoir évoqué leur repas en tête à tête.

— Il s'est montré très correct, affirma-t-elle. Nous avons discuté sérieusement. Il m'a dit que, du belvédère du restaurant, on dominait un magnifique panorama mais quand nous y sommes allés, il pleuvait et…

— Que vous a-t-il dit d'autre ?

Le ton sec avec lequel Ven l'interrompit surprit la jeune femme. Mais — elle en prit conscience aussitôt — sans doute la soupçonnait-il d'avoir soutiré à son secrétaire des renseignements concernant sa vie privée. Les joues rouges de confusion, elle s'exclama :

— Rien !

Voilà donc la raison de sa colère lorsqu'il les avait vus ensemble ! se dit-elle. Et elle poursuivit, outrée :

— Grand Dieu ! Jamais je ne lui aurais posé des questions indiscrètes sur vous.

— Vraiment ? rétorqua-t-il en l'observant attentivement, l'air énigmatique.

Que pensait-il en la regardant ainsi ? Fabia aurait donné cher pour le savoir.

A cet instant, la gouvernante revint. Elle servit le plat principal, échangea quelques paroles avec son patron puis disparut de nouveau.

La jeune femme commença à déguster sa côtelette de porc farcie de champignons. Comme le silence devenait embarrassant, elle demanda :

— Comment s'appelle ce plat ?

— Je me doutais que vous me poseriez la question, répondit Ven d'un ton courtois. Je me suis donc renseigné auprès d'Edita. En fait, il s'agit de quelque chose de très simple : *veprove rizki plene zveprove plene zampiony.*

Simple ou non, il lui faudrait au moins une quinzaine de jours pour apprendre à le dire correctement, estima Fabia. Cependant, sans ciller, elle fixa son hôte.

— Et le vin qui va avec ?

— *Rülander*, un cru de Moravia. Vous l'appréciez ?

— Beaucoup.

Elle eut beau s'appliquer à concentrer son attention sur la nourriture, l'idée que Ven eût pu la soupçonner de se servir de son secrétaire pour glaner des renseignements ne la quittait pas et la blessait profondément. Si bien que, tout à coup, elle explosa :

— Je n'ai prononcé votre nom qu'une seule fois au cours du déjeuner : quand j'ai expliqué à Lubor Ondrus que j'étais venue pour vous interviewer.

— Je ne sais pas si je dois m'en montrer flatté ou non.

Ignorant le commentaire mi-figue mi-raisin de son hôte, la jeune femme reprit :

— En tout cas, Lubor a d'abord paru très surpris que vous ayez accepté une interview. Ensuite, il a fini par laisser entendre que mon rendez-vous avec vous figurait bien sur votre agenda de bureau mais qu'on l'avait oublié.

Encore une fois, Ven la considéra d'un air énigmatique. Et, comme tout à l'heure, elle se demanda ce qu'il pensait. A sa grande déception, il se contenta de remarquer :

— Lubor Ondrus est un secrétaire émérite. Et vous, Fabia, je suis sûr que vous êtes une journaliste émérite.

Si elle ne saisissait pas cette occasion pour poser sa première question, elle perdrait à jamais l'estime d'elle-même. Hélas ! Ven la devança.

— Au fait, il y a longtemps que vous exercez ce métier ?

La panique recommença à la gagner. Comment se tirer de ce piège ? Il savait qu'elle n'avait que vingt-deux ans !

— Euh… depuis que j'ai terminé mes études.

— Vous utilisez la sténo ?

— Disons que j'ai ma sténo personnelle.

— Et, naturellement, vous savez vous servir d'un ordinateur ?

L'affolement de la jeune femme s'accrut. Pourvu que Ven ne lui propose pas d'utiliser un de ces monstres de sophistication, sinon elle était perdue !

— Naturellement, mentit-elle avec aplomb.

Mais, très vite, elle ajouta :

— Toutefois, je préfère rédiger d'abord mon travail à la main.

— Vous êtes mariée ?

Cette question la prit de court.

— Non, répondit-elle spontanément.

Aussitôt, elle comprit qu'elle avait commis une erreur. Elle avait emprunté l'identité de Cara et Cara était mariée. Trop tard ! Impossible de rectifier. Et puis zut ! son lapsus ne portait peut-être pas à conséquence, puisque sa sœur signait toujours ses papiers de son nom de jeune fille. Sans s'attarder plus longtemps sur sa bévue, Fabia retourna à Ven sa question :

— Et vous, êtes-vous marié ?

Il secoua la tête.

— Le mariage ne m'a jamais tenté, reconnut-il.

Sans doute son amour du célibat devait-il laisser des regrets à bon nombre de femmes, ne put-elle s'empêcher de penser. Cependant, déjà, il enchaînait :

— Des petits amis ?

— Personne en particulier, rétorqua-t-elle d'un ton léger.

— C'est pour cette raison que vous pouvez vous permettre de venir en République tchèque seule à la fois pour votre travail et pour vos vacances ?

Fabia, qui l'observait attentivement, constata que l'écrivain avait tout à coup recouvré son charme du premier jour.

— Vous avez dit à mon secrétaire, hier, que vous espériez connaître d'autres régions de mon pays, reprit-il. Vous avez planifié un circuit ?

Ainsi, il avait parlé d'elle avec Lubor, songea la jeune femme. Finalement cet homme n'était pas si intimidant qu'elle l'avait d'abord cru. Mise soudain en confiance, elle répondit :

— J'ai l'intention d'aller à Prague, naturellement. Mais avant, je voudrais visiter Karlovy Vary...

Elle laissa sa phrase en suspens. Comment avait-elle pu oublier quelque chose d'aussi important ?

— Ma voiture ! s'exclama-t-elle.

A cet instant, la gouvernante entra. La conversation s'interrompit le temps qu'elle change les assiettes. Ven en profita pour adresser quelques mots aimables à son employée. Lorsque celle-ci quitta la pièce, un sourire réjoui aux lèvres, Fabia attendit poliment d'avoir goûté au dessert, un superbe pudding que Ven désigna sous le nom de *svestkovy kolac na plech*, pour revenir au sujet de sa préoccupation :

— Justement, en ce qui concerne ma voiture..., commença-t-elle.

— Ah oui ! votre voiture. J'ai téléphoné de votre part au garage, aujourd'hui.

Comme il marquait une pause, elle s'impatienta :

— Et ?

— Et il se trouve qu'ils n'auront pas la pièce avant une semaine au moins.

Quelle catastrophe ! pensa la jeune femme. Ses projets d'aller à Prague, à Karlovy Vary, s'envolaient en fumée. Elle réussit toutefois à masquer sa déception derrière une gaieté apparente.

— Eh bien, cela me permettra de savourer les charmes de Marienbad plus longtemps, voilà tout !

Ven la regarda plus intensément et elle crut discerner une lueur d'admiration dans ses yeux. Mais sans doute s'était-elle méprise, car, d'un ton tout à fait impersonnel, il l'invita à retourner dans le salon pour prendre le café.

Ils dégustèrent le breuvage odorant assis l'un en face de l'autre, elle sur le canapé, lui dans un fauteuil droit, tout en bavardant de choses et d'autres jusqu'au moment où Ven demanda :

— Ainsi, vous appréciez Marienbad ?

— Oh oui ! Beaucoup !

— Qu'est-ce qui vous plaît le plus, dans notre ville ?

— L'architecture, les forêts qui l'entourent, l'air qu'on y respire… Et puis, il y a quelque chose de particulier ici, je ne sais pas si cela tient aux jonquilles en boutons, aux marronniers dont les feuilles sont prêtes à éclore, à la colonnade si bien intégrée dans la nature… mais tout me semble magique.

Le visage empreint d'une expression à la fois chaleureuse et légèrement moqueuse, le maître de maison fit remarquer :

— Et vous n'avez pas encore vu notre fontaine chantante !

— Une fontaine chantante ?

— Elle se trouve dans un parc, près de la colonnade, mais elle ne fonctionne pas avant le mois de mai, je crois. En tout cas, pas avant la fin avril.

— Oh ! quel dommage, je serai rentrée en Angleterre !

Fabia posa sa tasse vide sur la table basse puis ajouta :

— Elle chante vraiment ?

— Chanter, non, répondit Ven. Il s'agit d'un mécanisme qui synchronise les jeux d'eau avec de la musique classique. En fait, la fontaine danse au rythme de symphonies ou autres morceaux.

— Ce doit être merveilleux, murmura Fabia.

Tandis qu'elle imaginait le spectacle enchanteur évoqué par son hôte, elle s'aperçut que celui-ci l'observait, l'air grave. Elle en éprouva un trouble tel qu'elle se sentit obligée de dire quelque chose — n'importe quoi — afin de cacher son embarras.

— Euh… où est Azor, au fait ? demanda-t-elle.

— Vous avez une passion pour les chiens, constata Ven qui, pour sa part, semblait jouir de tout son sang-froid.

— Cela se voit tant que cela ?

— Ce n'est pas tous les jours que quelqu'un se fait charger par mon doberman et continue son chemin en se contentant de dire : « Bonjour, mon toutou ! » A propos, comment va votre cheville ?

Sans laisser à la jeune femme le temps de répondre, l'écrivain se pencha, tendit la main, toucha la cheville où ne subsistait aucun hématome.

Le contact des longs doigts — aussi doux que dans son souvenir — affola immédiatement le cœur de Fabia. C'était absurde, ridicule, elle le savait. Mais elle devint, tout à coup, aussi timide qu'une écolière devant son professeur, le premier jour de classe. Vite, elle détourna la tête, chercha où poser les yeux sans paraître trop idiote, puis finit par regarder sa montre.

— Oh ! mais il est presque minuit ! s'exclama-t-elle alors, sincèrement étonnée.

Jamais elle n'aurait pensé qu'une soirée pût s'écouler aussi vite. Elle se leva, confuse.

— Je n'avais aucune idée de l'heure…

Ven quitta son fauteuil à son tour.

— Cela veut dire que vous ne vous êtes pas ennuyée, j'espère, commenta-t-il, l'air amusé.

Jouant la carte de la sincérité, elle affirma :

— J'ai passé une soirée délicieuse.

Elle prit son sac et se dirigea vers la porte.

Ven ne fit pas un geste pour l'empêcher de partir — non qu'elle s'attendît à ce qu'il la retînt. Il la pria de l'excuser quelques instants, le temps qu'il aille demander à Ivo de la reconduire à l'hôtel. Puis il l'accompagna jusqu'à l'entrée principale.

La Mercedes où elle avait pris place, sur le siège arrière, atteignait la vallée lorsqu'il vint à l'esprit de Fabia qu'elle n'avait pas posé à son hôte une seule des questions préparées par Cara ! Après avoir eu le privilège de passer une soirée entière en compagnie du célèbre écrivain, elle n'avait pas glané le moindre détail concernant sa vie, à part le fait qu'il n'était pas marié.

Quelques minutes plus tard, au moment où Ivo la déposa devant son hôtel, elle réalisa aussi que Vendelin Gajdusek en savait beaucoup plus sur elle qu'elle n'en savait sur lui.

Ce constat la laissa effarée.

4.

Le lendemain matin, Fabia fit le point sur la situation. Elle avait dîné avec Vendelin Gajdusek dont elle avait apprécié le charme — ah ! ces superbes yeux noirs, cette bouche voluptueuse ! — et la compagnie mais, en ce qui concernait l'interview, elle n'avait pas progressé d'un pouce. Autre élément négatif, elle ne disposerait pas de sa voiture avant une semaine au moins. Ses projets de visiter Karlovy Vary et Prague se trouvaient donc fortement compromis.

En somme, l'avenir proche ne s'annonçait guère brillant, conclut la jeune femme. Afin de ne pas céder à la morosité, elle décida d'aller se promener en ville. Hélas ! pour une fois, la magie de Marienbad n'opéra pas. Ni les parcs paisibles ni les quartiers animés n'arrivèrent à la distraire de ses sombres pensées. Elle ne tarda pas à regagner l'hôtel. Là, dans sa chambre, elle continua de ruminer ses soucis jusqu'au moment où elle décida de téléphoner en Angleterre. Car une chose en particulier la tracassait : ses parents avaient-ils reçu des nouvelles de Cara ? Si sa sœur ne les avait pas contactés, cela signifierait que l'état de Barney s'était amélioré.

Le cœur battant, elle attendit que la réception basculât la communication dans sa chambre.

Elle reconnut immédiatement la voix de sa mère.

— Allô ? Maman, c'est moi, Fabia, annonça-t-elle.

— Fabia, ma chérie, comme je suis heureuse de t'entendre ! Tu vas bien ? Cara aussi ?

— Tout se passe parfaitement bien, affirma la jeune femme.

La réponse à la question qu'elle se posait se trouvait dans l'interrogation de sa mère. Barney devait aller mieux.

— J'avais juste envie de vous dire un petit bonjour.

— C'est très gentil de ta part, je te reconnais bien là. Est-ce que Cara est près de toi ?

— Pas pour le moment, répondit Fabia, morte de honte.

— Tu l'embrasseras pour nous. Vous êtes contentes de votre voyage ?

— C'est merveilleux !

— Je suis tellement heureuse pour vous ! Où êtes-vous, en ce moment ?

— Toujours à Marienbad.

La jeune femme bavarda encore pendant quelques minutes avec sa mère, jusqu'au moment où cette dernière déclara avec enthousiasme :

— Vous serez de retour juste dans une semaine. On vous attend avec impat…

Fabia l'interrompit :

— En fait, maman…

Pour être rentrée mercredi prochain, il faudrait qu'elle quitte Marienbad mardi au plus tard — en supposant que sa voiture fût prête, ce qui n'était pas certain.

— Oui, ma chérie ?

— Eh bien, tu vois, maman, c'est que… Marienbad est une ville tellement belle que je pense y rester quelques jours de plus. A condition, naturellement, que papa et toi vous n'y voyiez pas d'inconvén…

— Bien sûr que non, ma chérie ! Au contraire, nous nous réjouissons pour toi. Et Cara ? Elle reste aussi ?

Zut ! pensa la jeune femme, consternée. A tous ses mensonges, il lui fallait en ajouter d'autres !

— Ça dépend… euh… de Barney, expliqua-t-elle. On ne sait pas encore s'il en a terminé avec ses affaires ou pas.

— S'il n'est pas libre tout de suite, Cara pourra passer

quelques jours encore avec toi et prendre l'avion directement pour New York, suggéra sa mère.

Puis, un accent d'inquiétude dans la voix, elle ajouta :

— Mais… tu penses pouvoir rentrer seule en voiture ?

— Bien sûr, affirma Fabia avec force. Ne t'inquiète pas. D'ailleurs, on n'en arrivera peut-être pas là. De toute façon, je te tiendrai au courant.

Quand elle eut raccroché, elle s'aperçut avec stupéfaction que l'idée de quitter Marienbad mardi prochain ne l'enchantait pas. Loin de là !

Le soir, lorsqu'elle se coucha, son horizon lui paraissait aussi sombre qu'à son réveil. A part le fait que Barney allait sans doute mieux, elle n'avait aucune certitude. Ni sur la durée de son séjour ni sur la manière dont elle arriverait à réaliser enfin son interview. En outre, la conversation téléphonique avec sa mère avait suscité en elle un profond sentiment de culpabilité. Elle détestait mentir et berner les gens. Même, comme c'était le cas en la circonstance, pour les meilleurs motifs.

La jeune femme dormit très mal et se réveilla de mauvaise humeur. Après avoir pris une douche, elle s'habilla, descendit déjeuner sans appétit, puis remonta dans sa chambre.

Alors qu'elle s'interrogeait sur la façon dont elle utiliserait son temps, le téléphone sonna. Elle porta l'écouteur à son oreille.

— Ven Gajdusek, annonça une voix forte, froide, qu'elle aurait reconnue entre mille. Est-ce que je vous dérange ?

— Pas du tout.

Tempérant aussitôt l'enthousiasme avec lequel elle répondit, Fabia ajouta :

— Je suis une lève-tôt. Cela fait des heures que je suis debout.

— Parfait. Il faut que j'aille à Karlovy Vary, ce matin. Et

je me demandais, puisque cette ville figurait parmi les lieux que vous comptiez visiter, si vous aimeriez m'accompagner.

Une bouffée de plaisir gonfla le cœur de la jeune femme. Encore une fois, elle freina son exaltation et laissa s'écouler une seconde et demie avant de répondre :

— J'aimerais beaucoup, oui.

En quelques minutes, elle fut prête : jupe de flanelle de couleur vive, chemise et chandail clairs, maquillage discret... La réception ne tarda pas à appeler pour la prévenir de l'arrivée de M. Gajdusek. Le temps d'enfiler une veste et elle dévalait l'escalier, trop impatiente pour attendre l'ascenseur.

Dès qu'elle vit l'écrivain dans le hall, elle se sentit rougir sottement mais parvint néanmoins à le saluer sans bafouiller.

— Au moins, vous n'appartenez pas à la catégorie de ces femmes qui se croient obligées de faire attendre les hommes, constata-t-il, la mine satisfaite.

Ce qui se voulait sans doute un compliment agaça Fabia. Elle n'avait pas besoin de l'appréciation de cet homme ! De quel droit s'autorisait-il à la gratifier de bons ou de mauvais points ?

Quand elle monta dans la Mercedes, la nervosité avait remplacé son accès de timidité. Dans sa situation, elle ne pouvait que mettre son amour-propre de côté. Le problème de cette redoutable interview n'étant toujours pas résolu, mieux valait oublier son exaspération et se montrer aimable.

— C'est très gentil à vous de vous être souvenu que je souhaitais visiter Karlovy Vary, dit-elle.

— Dommage que la pluie fasse partie du voyage, regretta Ven, désignant le ciel où les nuages commençaient à s'amasser.

— Il faut bien qu'il pleuve de temps en temps !

La remarque pleine de sagesse de sa passagère sembla amuser Ven. Il rit.

Le rire faisait paraître sa bouche encore plus sensuelle, constata-t-elle. Aussitôt, elle s'aperçut qu'elle n'avait jamais accordé autant d'importance à la bouche d'un homme jusqu'à présent. Elle s'efforça alors de penser à autre chose.

— Avez-vous des frères et sœurs ? demanda-t-elle soudain.

La question, qu'elle n'avait pas préméditée, la surprit autant qu'elle dut surprendre l'écrivain.

Pourtant, lorsqu'elle tourna la tête vers lui, Fabia ne vit qu'un visage impassible. Comme il demeurait silencieux, elle se dit qu'une fois encore elle en serait pour ses frais. Mais, finalement, il consentit à répondre.

— J'ai un frère qui vit à Prague.

Etait-il plus jeune ? Plus vieux ? Marié ? Célibataire ? Les interrogations se bousculaient dans la tête de la jeune femme. Malheureusement, un obstacle sur la route sous forme d'un engin agricole nécessita l'attention entière du conducteur de la Mercedes. Bien sûr, Fabia se garda de le distraire de sa conduite.

Lorsqu'ils arrivèrent à Karlovy Vary, la pluie avait cessé. Ven s'arrêta pour déposer un paquet dans une boutique.

— Voilà, mission accomplie, dit-il en remontant dans la voiture. Si nous prenions un café avant de visiter la ville ?

— Excellente idée, acquiesça la jeune femme.

Un peu plus tard, l'écrivain gara sa Mercedes devant un élégant hôtel.

Tous les yeux se tournèrent vers eux quand ils entrèrent dans le salon et Fabia ne put s'empêcher d'éprouver un sentiment de fierté qu'elle se reprocha à la seconde suivante.

Elle était là non pour parader en compagnie d'un homme célèbre et séduisant, mais pour accomplir une mission bien précise ! Il fallait d'urgence trouver la bonne question pour commencer enfin cette interview.

Dès qu'on leur eut servi le café, Fabia demanda :

— Je suppose que Lubor a beaucoup de travail ?

L'expression de Ven s'assombrit. Il arqua un sourcil.

La jeune femme comprit alors qu'elle avait fait une fausse manœuvre.

— Vous intéresseriez-vous tout particulièrement à mon secrétaire ? répliqua l'écrivain d'un ton arrogant.

— Mon Dieu, non ! et je ne voudrais pas interférer dans son travail.

— Tant mieux. De toute façon, comme il est absent pour deux jours, vous auriez du mal à le faire.

Espèce de grossier personnage ! pensa Fabia. Avec quelle volupté elle lui aurait écrasé le pied d'un coup de talon ! Elle détourna le regard de son visage aristocratique et s'obligea à fixer le ciel par la fenêtre de l'hôtel. Qu'il aille au diable ! S'il prenait les choses ainsi, elle ne lui adresserait plus la parole de sitôt. Croyait-il vraiment que le sort de Lubor l'intéressait ? Elle n'avait évoqué le secrétaire que pour amorcer la conversation.

Elle se passerait des services de ce malotru, se jura la jeune femme. Même pour retourner à Marienbad. Elle rentrerait en taxi ! Et... Sa fureur intérieure retomba soudain. Des tas de bonnes raisons justifiaient qu'elle refusât désormais tout contact avec Vendelin Gajdusek. Mais il y avait Cara...

Elle jeta un coup d'œil prudent vers le désagréable personnage assis en face d'elle, et s'aperçut qu'il l'observait. Son amour-propre et l'amour qu'elle portait à sa sœur se livrèrent bataille pendant quelques instants, puis sa fierté capitula. Arborant une mine des plus glaciales, elle demanda d'un ton tranchant :

— Etes-vous prêt à m'accorder cette interview ou non ?

Grand Dieu ! et dire qu'elle le trouvait arrogant avant ! Jamais aucun homme ne l'avait toisée comme il le faisait en cet instant. Il allait répondre « non », elle en avait la certitude. Il ne lui restait plus qu'à appeler un taxi... Fabia s'apprêtait à prendre son sac et à se lever lorsqu'elle vit la bouche de Ven — sa belle bouche voluptueuse — esquisser le début d'un sourire. Le mufle ! Il avait le toupet de se moquer d'elle, par-dessus le marché.

Il inclina la tête légèrement dans sa direction puis, l'air sarcastique, déclara :

— Vous au moins, Fabia, on peut dire que vous savez charmer un homme !

D'abord interloquée, elle éclata soudain de rire avant de s'excuser entre deux hoquets :

— Désolée !

Lorsque Ven se mit à rire à son tour, elle se sentit beaucoup mieux. C'est vrai qu'il y avait manière et manière de poser des questions, et elle n'avait pas employé la meilleure pour arriver à ses fins, il fallait bien l'admettre.

— Je vous pardonne, affirma-t-il, magnanime.

— Et l'interview ?

Cette fois, elle usa de sa voix la plus suave pour revenir à la charge.

— Mmm..., murmura l'écrivain.

Après avoir étudié sa requête pendant quelques instants, il livra le fruit de sa réflexion :

— Mon dernier ouvrage, que je considère comme le plus achevé, m'a demandé presque deux années de travail sans un jour de relâche. Je l'ai terminé la semaine dernière et l'ai porté personnellement à mon éditeur, à Prague. En rentrant, je me suis juré d'oublier tout ce qui a rapport à mon travail pendant un mois — peut-être plus. Et voilà que vous, mademoiselle Kingsdale, arrivez avec vos manières directives...

Ses manières directives ? songea Fabia outrée, tandis que Ven continuait :

— Et vous voulez que je retarde mes projets de farniente pour répondre à vos questions !

Elle ne le quittait pas des yeux, souhaitant de tout son cœur pouvoir laisser en paix cet homme qui, après deux années de travail acharné, aspirait à un repos légitime. Mais elle avait une mission à accomplir, une promesse à tenir...

— Vous voulez dire que vous refusez de m'accorder cette interview ? demanda-t-elle, la mort dans l'âme.

— Disons que pour vous et vos beaux yeux verts, je veux bien réfléchir à la question.

La sincérité qu'elle décela dans la voix de Ven lui rendit un peu d'optimisme.

— Vous au moins, on peut dire que vous savez charmer une femme ! dit-elle, le parodiant.

Elle le vit sourire. Instantanément, l'espoir renaquit en elle. Une onde joyeuse l'envahit. Elle ne s'était pas sentie aussi légère depuis longtemps. Aussi, lorsqu'il suggéra d'aller marcher en ville, accepta-t-elle avec enthousiasme.

Bien que la pluie eût cessé, Fabia se dit que même sous l'averse, elle aurait apprécié de découvrir Karlovy Vary en compagnie d'un guide aussi cultivé que Ven. Il lui montra les sites les plus intéressants — thermes, jardins fleuris de jasmin d'hiver, vieilles rues pavées, la colonnade Mlynska… — expliqua que la cité devait son nom à Charles IV (au XIVe siècle, celui-ci avait découvert les sources d'eaux brûlantes à l'occasion d'une chasse), puis termina la visite par le quartier commercial.

Là, en passant devant un magasin de produits du terroir, Fabia demanda :

— Est-ce qu'il existe une boisson typique dans la région ? Je voudrais rapporter quelque chose à mon père.

— Il y a la *Becherovka*, une liqueur faite à partir de l'eau de la ville et d'herbes variées, répondit Ven.

— C'est bon ?

— C'est assez particulier. Avec des glaçons, ça se déguste bien.

— Je vais en acheter.

Ils entrèrent dans la boutique. Quand ils en ressortirent, la jeune femme avait fait l'emplette d'une bouteille de *Becherovka*, d'une fiasque d'eau-de-vie de prune appelée *Slivovitz* et d'une boîte d'*Oplatky*, sortes de gaufrettes traditionnelles.

Entre-temps, la pluie s'était remise à tomber. Ven considéra le ciel.

— Il y en a pour la journée, maintenant, décréta-t-il. Il serait sage de rentrer.

Il prit le bras de la jeune femme, la guida jusqu'à la voiture alors qu'elle aurait volontiers prolongé la promenade, même au risque de revenir à Marienbad trempée comme une soupe ! Que lui arrivait-il ? s'interrogea-t-elle en prenant place dans la Mercedes. La ville de Karlovy Vary exerçait-elle sur elle un effet magique ou bien était-ce Ven qui la troublait ?

Cette dernière question l'alarma. Tandis que la voiture s'engageait sur le chemin du retour, Fabia s'efforça de regarder la route, devant elle. Peine perdue, sa pensée revenait sans cesse à Ven Gajdusek. Cette fixation devenait agaçante. Il était séduisant, certes, mais bon sang, elle connaissait des tas d'hommes séduisants ! Enfin… un ou deux…, rectifia-t-elle par souci d'honnêteté.

Si elle persistait dans cette voie, elle risquait de voir s'allonger la liste de ses soucis, songea-t-elle, se rappelant soudain que le problème de sa voiture et celui de l'interview n'étaient toujours pas réglés.

Au même moment, Fabia sentit son estomac gargouiller et s'aperçut qu'elle avait faim. Naturellement, la bienséance recommandait la discrétion sur un sujet aussi intime. Ven devina-t-il ses pensées, ou bien son propre estomac le rappela-t-il à l'ordre ? Toujours est-il qu'il déclara tout à coup :

— L'heure du déjeuner est largement dépassée. Je ne peux pas vous ramener à votre hôtel le ventre vide.

Peu après, il arrêta la Mercedes sur le bas-côté de la route. Ven descendit, alla ouvrir la portière de sa passagère. Elle mit pied à terre, inspecta les alentours et vit, de l'autre côté de la nationale, parmi quelques rares bâtiments, une petite auberge. Surprise, elle leva la tête, rencontra les yeux sombres, indéchiffrables de Ven. Il se tenait près d'elle. Trop près. Ses pommettes s'embrasèrent. Elle chercha quelque chose à dire afin de masquer son trouble, et finit par demander :

— Où sommes-nous ?

Vendelin Gajdusek, quant à lui, ne paraissait pas le moins du monde embarrassé. Loin de là !

— A Vecov.

Avec une aisance parfaite, il la prit par le bras, la conduisit vers le restaurant.

Le lieu était simple, accueillant. L'atmosphère familiale qui y régnait l'aida à recouvrer son sang-froid.

Tandis que Ven consultait le menu rédigé en tchèque, elle s'enquit :

— Vous venez souvent ici ?

— C'est un endroit très agréable.

Malgré elle, la jeune femme éclata de rire.

— J'ai dit quelque chose de drôle ? interrogea Ven.

Il fixait intensément la bouche de Fabia.

— Le jour où vous me donnerez une réponse directe à une question directe, le plafond s'effondrera sur nos têtes.

Il sourit et demanda :

— Alors, qu'aimeriez-vous manger ?

Mon Dieu ! comme elle aimait voir des paillettes danser dans ses yeux sombres !

— Quelque chose qui vous rappelle l'Angleterre ? poursuivit-il.

— Certainement pas. Je préférerais un plat typique, si toutefois c'est possible.

— Vous voulez goûter à nos *knedliky* ?

— Volontiers ! Euh… au fait, qu'est-ce que c'est ?

— Attendez ! Vous verrez.

Le serveur ne tarda pas à apporter les *knedliky* sous forme de petites boulettes. Associées au goulash de porc que Ven avait commandé, elles se révélèrent succulentes. Fabia dévora le tout sans laisser une miette dans son assiette.

— Vous voulez du fromage ? proposa son compagnon. Un dessert ?

— Oh non ! merci. C'était délicieux, mais copieux. Je serais incapable d'avaler quoi que ce soit d'autre.

— Si vous êtes sûre…

Voyant Ven prêt à demander l'addition, la jeune femme s'exclama :

— Surtout, je ne voudrais pas que vous vous priviez de dessert à cause de moi !

— J'ai suffisamment mangé, moi aussi, affirma-t-il.

Quelques instants plus tard, ils reprenaient place dans la Mercedes.

Il leur fallut vingt minutes pour atteindre la banlieue de Marienbad. Pendant le trajet, Fabia flotta sur un nuage rose en se remémorant les différents moments de cette demi-journée splendide partagée avec Vendelin Gajdusek. A part le bref épisode au cours duquel elle avait eu la maladresse — pour ne pas dire l'impolitesse — d'évoquer Lubor puis l'interview, aucune ombre n'avait obscurci le voyage. L'écrivain s'était révélé un compagnon charmant, doté d'un sens de l'humour formidable. En outre, il n'avait pas compté son temps ! constata la jeune femme lorsque la puissante voiture s'arrêta devant son hôtel. Après tout, il ne devait aller à Karlovy Vary que pour déposer un paquet et, à 16 heures passées, il n'était pas encore rentré chez lui !

Il ouvrit la portière de sa passagère. Elle sortit à son tour, voulut le remercier. Avant qu'elle ne pût dire un mot, il la saisit par le bras, l'escorta jusqu'à la réception de l'hôtel, attendit qu'elle récupère la clé de sa chambre. Ensuite il prit, avec elle, la direction de l'ascenseur.

— J'ai passé un moment merveilleux, affirma-t-elle avec sincérité après avoir appuyé sur le bouton d'appel.

Ven plongea son regard sombre dans le sien. Le cœur de Fabia s'accéléra.

— Moi aussi, murmura-t-il.

Ces paroles, le ton grave avec lequel il les avait prononcées la stupéfièrent. A cet instant, la porte de l'ascenseur s'ouvrit. L'écrivain se pencha lentement, déposa un léger baiser sur la joue de la jeune femme.

— *Ahoj.*

Après avoir formulé le salut traditionnel en langue tchèque, il recula d'un pas.

Telle une somnambule, elle entra dans la cabine et parvint à articuler d'une voix rauque :

— Au revoir.

L'ascenseur s'éleva sans même qu'elle en prît conscience. En fait, plus rien n'existait que l'impact brûlant laissé sur sa peau par l'incomparable, l'extraordinaire bouche de Ven.

Elle se trouvait encore sous l'effet magique de ce baiser lorsqu'elle longea le couloir menant à sa chambre. Mais, en mettant les pieds dans la pièce, la réalité se rappela à Fabia. Cruellement. L'interview ! Pourrait-elle la réaliser ou non ? Elle l'ignorait toujours. Quoique… un sourire apparut sur ses lèvres. Elle retira ses chaussures, s'allongea sur le lit. Vendelin Gajdusek avait affirmé qu'il réfléchirait à la question. Il la contacterait donc forcément de nouveau. Cette pensée la rasséréna totalement.

5.

Le vendredi, Fabia s'éveilla de bonne humeur. Ses pensées s'orientèrent tout de suite vers Vendelin Gajdusek. Elle se prépara, descendit déjeuner, l'esprit toujours hanté par l'image de l'écrivain.

Elle avait mangé un yaourt, des tartines de pain accompagnées de fromage et sirotait tranquillement son café quand une question commença à la tracasser. Pourquoi accordait-elle autant d'importance à cet homme ? Certes, il y avait l'interview et la promesse faite à Cara, mais ces raisons suffisaient-elles à expliquer son désir obsessionnel de le revoir ?

De retour dans sa chambre, la jeune femme reconnut ce qu'elle avait — pour une raison ou une autre — refusé d'admettre hier. Oui, Ven l'attirait. Oui, il la fascinait.

Et alors ? se dit-elle. Qu'y avait-il d'extraordinaire à cela ? Il émanait de l'écrivain un magnétisme rare. A partir de là, elle ne pouvait pas ne pas le trouver plus… euh… intéressant que les autres représentants du sexe masculin, non ?

Vingt minutes au moins s'écoulèrent ainsi. Tout à coup, Fabia s'arracha à ses réflexions, chassa l'importun de sa tête, et réfléchit à la manière dont elle pourrait occuper sa journée. Le ciel gris n'encourageait guère à sortir. Tout de même, elle n'allait pas rester confinée dans sa chambre à ne rien faire. Bon sang ! si seulement elle avait eu sa voiture…

Son regard se posa sur le téléphone. Devait-elle appeler Ven pour lui demander… ? Non. Il avait expliqué clairement que la pièce de remplacement ne serait pas disponible avant au moins une semaine. Il ne servirait donc à rien de le déranger.

Arrivée à ce stade de ses pensées, Fabia prit conscience d'une chose qui la choqua profondément. Elle cherchait n'importe quelle excuse pour entrer de nouveau en contact avec Vendelin Gajdusek ! Sa fierté se réveilla. Elle tourna résolument le dos au combiné, décidée à exclure cet homme de son esprit. D'autant que, si elle se fiait aux apparences, il n'éprouvait aucune attirance pour elle.

Elle saisit son sac, s'apprêta à sortir. La sonnerie du téléphone retentit. Pendant deux secondes, elle resta immobile, figée sur place. Puis, le cœur battant la chamade, elle alla décrocher. A sa grande déception, elle découvrit qu'il ne s'agissait pas de Ven mais de son secrétaire.

— Bonjour, Lubor ! dit-elle néanmoins d'un ton joyeux.

Après tout, elle n'avait aucune raison pour ne pas se montrer aimable à son égard.

— Comme vous n'aviez pas pu dîner avec moi mardi, je suis allé chez mes parents à Plzen et je suis revenu hier soir. Si j'avais su que vous manifesteriez tant de plaisir à m'entendre, je serais rentré plus tôt !

Voilà qui s'appelait ne pas perdre de temps… songea la jeune femme. Ignorant son commentaire, elle demanda :

— Comment allez-vous ?

— A part le fait que je suis très occupé, je vais bien. M. Gajdusek s'est absenté…

Ces paroles accrurent la déconvenue de Fabia. L'âme en berne, elle entendit Lubor continuer :

— … et il m'a laissé un travail monstre. Je crains de ne pas avoir une minute pour souffler, cette fin de semaine.

— Je pense que M. Gajdusek vous permettra de récupérer vos jours de congé.

— Oh ! là-dessus, je ne me fais aucun souci ! Mon patron est une personne très équitable.

— Tant mieux, murmura la jeune femme.

Puis, mettant son sacro-saint amour-propre de côté, elle ajouta :

— Vous avez dit qu'il s'était absenté ?

— Il est parti pour Prague, ce matin. Et il a insisté sur le fait que, si vous aviez n'importe quel problème, je devrais tout mettre en œuvre pour vous aider.

— Comme c'est aimable de sa part !

A l'idée que Ven avait eu une pensée pour elle avant de partir, son cœur carillonnait de joie.

— Avez-vous des problèmes ? s'enquit le secrétaire.

Certes, il y avait sa voiture, mais puisque la pièce de remplacement ne serait pas arrivée avant mardi prochain, à quoi bon ennuyer Lubor avec ce sujet ?

— Aucun, répondit-elle.

Puis elle osa demander :

— Pendant combien de temps M. Gajdusek restera-t-il absent ?

— Dieu seul le sait ! Une semaine ? Peut-être plus…

Un sinistre pressentiment envahit Fabia : elle repartirait en Angleterre sans avoir revu Ven ! Ce n'était pas tellement la question de l'interview manquée, d'ailleurs, qui la tourmentait mais…

— Voulez-vous dîner avec moi, ce soir, Fabia ?

La voix de son correspondant interrompit le cours de ses sombres réflexions.

Avec stupeur, elle s'entendit répliquer :

— Est-ce que M. Gajdusek vous a demandé de m'inviter ?

Sa question, cependant, ne parut pas choquer Lubor.

— Non. En fait, il m'a notifié que nos relations devaient rester impersonnelles, expliqua-t-il. C'est moi qui vous invite de ma propre initiative. Je pense que sa restriction concernant nos rapports se limite au cas où j'aurais à vous rendre service. Car il est évident, n'est-ce pas, que moins on est impliqué émotionnellement dans un problème, plus efficacement on le règle. Vous êtes d'accord ?

— Oui, admit la jeune femme.

Mais une chose était encore plus évidente à ses yeux : Ven tenait à ce que son secrétaire garde ses distances pour qu'elle n'eût pas l'occasion de poser des questions indiscrètes le concernant *lui*. Preuve qu'il se méfiait toujours d'elle. Alors que l'idée de réaliser cette fichue interview par l'intermédiaire de Lubor ne lui avait jamais — au grand jamais ! — traversé l'esprit.

— Vous n'avez pas répondu à ma question, rappela Lubor. Je vous emmènerai dans une *koliba*. Vous vous amuserez beaucoup, vous verrez.

— Je…

Fabia hésita jusqu'au moment où l'image de Ven, buvant et dansant dans une boîte de nuit de Prague en compagnie d'une ravissante Tchèque, s'imposa à son esprit. Bien qu'elle n'eût aucune idée de ce qu'était une *koliba*, elle accepta avec enthousiasme :

— D'accord pour la *koliba* ! A quelle heure viendrez-vous me prendre ?

Lubor se présenta à l'hôtel à 18 h 45, comme convenu. Dès qu'il la vit, il la salua, le visage empreint d'une expression admirative.

— Vous êtes superbe !

Sans doute montrait-il autant d'empressement à l'égard de toutes les femmes avec lesquelles il sortait, songea-t-elle. Elle n'en accepta pas moins le compliment avec grâce.

— Merci, Lubor.

— J'ai commandé un taxi, expliqua-t-il en l'escortant vers la sortie. Ici, il faut choisir entre boire et conduire.

La *koliba* se révéla être un chalet-restaurant situé dans une pinède. Avec ses fenêtres garnies de rideaux à petits carreaux rouge et blanc, son atmosphère feutrée, la salle conquit tout de suite Fabia.

— C'est la première fois que je viens dans une *koliba*, déclara-t-elle quand ils furent assis à la table que Lubor avait réservée.

— Cela vous plaît ? demanda-t-il en lui pressant la main.

— Beaucoup.

Comme elle se libérait de l'étreinte de ses doigts, il murmura, désireux sans doute de se faire pardonner son geste impétueux :

— Vous avez de si jolies mains !

— Oh ! Lubor !

Fabia prit le parti de rire. Que pouvait-elle faire d'autre ? Son compagnon était un homme très agréable et elle le trouvait sympathique. Mais, contrairement à Ven dont le charme opérait naturellement, il s'évertuait à vouloir la séduire avec une telle insistance qu'il en devenait comique.

Loin de s'offusquer de sa réaction, il la gratifia d'un regard d'adoration avant de reporter les yeux sur le menu. De son côté, elle étudia la carte. N'en saisissant pas un mot, elle chargea Lubor de choisir à sa place.

Il commanda pour chacun d'eux un *polovnicky biftek*, accompagné de *smazene hrabolky* et de *velka obloha* qui arrivèrent bientôt sous forme de beefsteak, frites et légumes. La bière aidant, la jeune femme dégusta le plat avec plaisir malgré son peu d'appétit.

Tout en mangeant, ils discutèrent amicalement de sujets divers. Mais, bien qu'elle brûlât d'amener la conversation sur Vendelin Gajdusek — elle aurait tant aimé connaître des détails intimes le concernant, non pour les transmettre à Cara, bien sûr, pour elle personnellement ! — Fabia ne se risqua jamais sur ce terrain. Eût-elle osé franchir le pas, d'ailleurs, Lubor Ondrus ne serait pas entré dans le jeu, elle en aurait mis sa main au feu. Parce que, tout beau parleur qu'il fût, il donnait l'impression de posséder les qualités d'honnêteté et de loyauté que l'on exige d'un secrétaire.

Cependant, s'il se montrait discret en ce qui concernait son patron, Lubor ne manifestait aucune répugnance à parler de lui-même. Fabia l'avait déjà remarqué quand ils avaient déjeuné ensemble. Aussi, lasse de voir la conversation s'éterniser sur des sujets superficiels, elle demanda :

— Il y a longtemps que vous vivez à Marienbad ?

— Seulement depuis que je travaille pour M. Gajdusek.

C'est comme si le destin m'avait conduit ici… pour vous attendre.

Si elle avait pris ses paroles au sérieux, Lubor se serait enfui, la jeune femme le savait. Elle savait aussi qu'il aurait été cruel d'éclater de rire comme elle en éprouvait l'envie. Aussi préféra-t-elle les ignorer et se contenter de dire :

— J'ai beaucoup apprécié cette soirée.

— Vous voulez que je vous raccompagne maintenant ?

— Cela ne vous ennuie pas ?

— Pas du tout.

Ils étaient presque arrivés lorsqu'une question vint à l'esprit de Fabia. N'aurait-elle pas dû prolonger leur sortie ? En acceptant de regagner son hôtel si tôt, n'avait-elle pas laissé entendre à Lubor que… ? Non, il savait qu'il n'avait rien à espérer d'elle. D'ailleurs, il s'était comporté d'une manière tout à fait correcte dans le taxi.

Il entra avec elle, patienta pendant qu'elle prenait sa clé à la réception puis l'escorta jusqu'à l'ascenseur. Quoi de plus naturel ? Ven en avait fait autant, hier.

A l'instar de son patron, Lubor attendit que la porte de la cabine s'ouvrît. Mais la similitude s'arrêta là. Car, au moment où Fabia se tourna pour lui souhaiter bonne nuit, le secrétaire la saisit dans ses bras. Elle le repoussa, entra dans la cabine et pressa le bouton correspondant à l'étage de sa chambre. Loin de se décourager, Lubor se faufila derrière elle. Au moment où les portes se refermaient, il l'attira de nouveau contre lui, puis l'embrassa sur la bouche.

— Non ! se récria-t-elle, outrée.

Puis elle réitéra son refus successivement en tchèque, en anglais, même en russe.

— *Ne ! No ! Niet !*

Lorsque l'ascenseur s'arrêta, dans la crainte que son audacieux compagnon n'eût toujours pas compris le message, elle le repoussa d'un geste brutal avant de sortir précipitamment en vitupérant :

— Ne vous avisez jamais de recommencer ! *Jamais*, vous entendez ?

Sur ces paroles, elle tourna les talons et courut vers sa chambre.

En se couchant, Fabia s'étonnait encore de la violence de sa réaction face à Lubor. Maintenant que sa colère commençait à retomber, elle pouvait réfléchir calmement à la raison de son agressivité. Elle s'aperçut que sa pensée revenait sans cesse à Ven. Hier après-midi, il avait déposé un baiser sur sa joue. Un baiser d'une grande douceur qu'elle se remémorait avec une tendresse empreinte de nostalgie. Le geste de Lubor lui semblait une insulte à ce merveilleux souvenir. De toute manière, elle ne voulait pas qu'il l'embrasse. En fait, elle ne voulait être embrassée par personne. Sauf… Oh ! Seigneur ! qui la débarrasserait de cette obsession ?

Le matin suivant, alors qu'elle venait de prendre son petit déjeuner, le secrétaire lui téléphona. Penaud, il la pria d'excuser sa conduite, ce qu'elle fit volontiers, tant son accent de sincérité la toucha. Après tout, Lubor n'était pas un mauvais garçon. Un peu trop empressé, sans doute. Mais au moins, il savait reconnaître ses torts…

— Que faites-vous, aujourd'hui ? demanda-t-il après qu'elle lui eut accordé son pardon.

Ne s'était-elle pas montrée trop magnanime ? s'interrogea Fabia. Encore une fois, son amoureux éconduit ne perdait pas de temps ! Prudente, elle répondit à sa question par une autre question :

— Et vous ?

— Moi ? Je travaille.

— Ah oui ! c'est vrai, vous me l'aviez dit, se rappela la jeune femme.

Tout à coup, une idée lui traversa l'esprit.

— Est-ce que M. Gajdusek a emmené Azor avec lui ?

— Azor ?

Lubor parut surpris. Après une ou deux secondes, le temps sans doute d'examiner la question, il expliqua :

— Je crois que le chien n'apprécie pas tellement l'agitation de la capitale. Il est resté à la maison.

— Pensez-vous que... il serait possible que je l'emmène en promenade ?

— Vous voulez emmener ce fauve en promenade ?

A l'évidence, le secrétaire la prenait pour une folle, songea Fabia.

— Il est sensationnel ! protesta-t-elle.

— Si seulement vous pouviez en dire autant de moi ! dit-il en soupirant.

Son ton dépité la fit rire.

— Alors, vous croyez que je peux ? insista-t-elle.

— Vous avez l'habitude des chiens ?

— La maison de mes parents en est pleine.

— Bon. Je vais en parler à Ivo, c'est lui qui sort Azor quand son maître est absent.

— Je passerai chez M. Gajdusek dans la matinée, alors. Vous serez là-bas ?

— Naturellement, j'ai mon bureau chez lui.

Fabia fut reçue par la femme avec laquelle elle avait échangé quelques paroles en anglais lors de sa première visite, et qui s'occupait sans doute de l'entretien de la maison. Elle l'accueillit avec amabilité, la fit entrer dans le hall. Lubor se montra à cet instant.

— Merci, Dagmar, dit-il à l'employée.

Puis, tout sourires, il guida Fabia vers l'arrière de la maison.

Par chance, Ivo se souvenait qu'elle avait accompagné son patron lorsque celui-ci avait sorti Azor, quelques jours plus tôt. En outre, il put constater qu'elle se sentait parfaitement à l'aise avec le doberman. Aussi le lui confia-t-il sans réticence.

L'animal avait été parfaitement dressé. De ce fait, bien qu'elle ne lui donnât pas les ordres en tchèque, il obéissait au seul ton de sa voix. Dans ces conditions, la promenade se déroula d'une manière aussi agréable que celle de lundi dernier. Enfin, presque… parce que lundi, Ven était là. Zut ! encore cette obsession ! s'admonesta Fabia. Puis elle s'appliqua à se concentrer sur Azor pendant les deux heures suivantes.

Lubor devait guetter son retour depuis la fenêtre de son bureau, car elle le trouva sur le pas de la porte.

— Je suis libre, ce soir, annonça-t-il sans perdre une seconde. On dîne ensemble ?

— Je… désolée, mais… j'ai du courrier à faire.

— Vous me détestez à cause de ma conduite d'hier soir, n'est-ce pas ?

— Lubor ! Vous ne changerez jamais ! Qu'allez-vous chercher là ?

— Demain soir, alors ?

Il y avait tant d'espoir dans sa voix que la jeune femme finit par répondre en souriant :

— Appelez-moi demain.

Elle lui mit la laisse d'Azor dans la main et ajouta :

— Il a soif. Donnez-lui à boire.

Ensuite, se tournant vers le chien, elle susurra :

— Salut, mon beau toutou !

Elle regagna son hôtel, prit une douche, se changea. Comme le moment de déjeuner était arrivé, elle descendit au restaurant, commanda une omelette au fromage et une salade, qu'elle ne parvint pas à terminer, puis remonta dans sa chambre. Pendant tout ce temps, Fabia eut beau s'acharner à tenter de le rayer de ses pensées, Ven resta le centre de ses préoccupations. Il le demeura durant la promenade en ville qu'elle s'offrit l'après-midi, pendant le dîner et l'heure qui suivit le dîner. Quand l'image de cet homme consentirait-elle à la laisser en paix ? s'interrogea-t-elle tandis qu'elle tournait en rond dans sa chambre, incapable de se concentrer sur quoi que ce soit.

Soudain, le téléphone sonna. Lubor, sans doute, se dit-elle. Mais pourquoi l'appelait-il ce soir ? La jeune femme décrocha et articula prudemment :

— Allô ?

Ce n'était pas Lubor. Mais… Ven !

— Je n'étais pas sûr de vous trouver.

L'insinuation, le ton soupçonneux déplurent à Fabia.

— Si vous m'aviez appelée hier soir, effectivement, vous ne m'auriez pas trouvée, répliqua-t-elle avec un dédain calculé.

D'un ton encore plus hautain que le sien, il rétorqua :

— J'en déduis que vous dîniez avec un homme. Au fait, combien de représentants du sexe masculin connaissez-vous à Marienbad ?

— Deux. Et j'ai appris dernièrement que l'un de ces deux spécimens était parti à Prague.

— Il y est toujours. Avez-vous vu mon secrétaire, aujourd'hui ?

— Il était chez vous quand je suis allée chercher Azor pour l'emmener en promenade.

— Vous avez emmené mon chien en promenade !

— On a fait des kilomètres ensemble. Cela vous ennuie ?

Pour toute réponse, Fabia entendit le bruit du récepteur qu'une main furieuse raccrochait. Manifestement, cela ennuyait Ven. Et même beaucoup !

En reposant l'appareil, elle s'aperçut qu'elle tremblait. Alors, elle se laissa tomber sur le lit et il lui fallut un long moment avant de retrouver son calme. Pourquoi cet homme la rendait-il si nerveuse ? Si vulnérable ? Si elle n'arrivait pas à se contrôler, jamais elle ne parviendrait à mener à bien l'interview. Et Cara ne lui pardonnerait pas d'avoir saboté son travail, brisant ainsi une carrière qui s'annonçait brillante.

Mais sa sœur aurait-elle fait mieux en face d'un être aussi complexe que Vendelin Gajdusek ? se demanda Fabia afin de se réconforter un peu. Comment l'affirmer ? En tout cas, elle était certaine d'une chose : Cara ne se serait pas attiré les foudres de l'écrivain en emmenant son chien en promenade !

Toutes ces réflexions risquaient de la conduire au désespoir ; aussi la jeune femme décida-t-elle d'y mettre un terme. Elle se déshabilla, se coucha et finit par s'endormir.

A 2 heures du matin, la sonnerie du téléphone la tira d'un sommeil agité.

C'était Cara. Elle appelait de New York. Barney allait mieux mais il devait rester encore à l'hôpital parce qu'il commençait seulement à se remettre. Elle avait traversé des moments terribles et, maintenant que son mari était hors de danger, elle respirait enfin. Quand elle eut fourni toutes ces explications, affirmé qu'elle-même allait bien, elle demanda des nouvelles de Fabia. Celle-ci raconta la mésaventure qui lui était arrivée avec sa voiture et la conversation téléphonique qu'elle avait eue avec leur mère. Cara prit encore le temps de donner à sa sœur son numéro de téléphone avant de poser la question que celle-ci redoutait :

— Alors, cette interview, comment ça se passe ? Est-ce que tu as posé à Vendelin Gajdusek toutes les questions que j'avais préparées ? Est-ce que…

Fabia l'interrompit :

— Cara…

— Quoi ? demanda sa sœur d'une voix où perçait la panique. Tu n'as pas perdu la liste que je t'avais donnée ?

— Non, bien sûr que non !

— Ah ! j'ai eu peur ! Tu as demandé tout ce que j'avais noté ?

— Eh bien…

— Quoi eh bien ? Vas-tu parler, enfin ?

L'anxiété de Cara était tellement perceptible, à l'autre bout de la ligne, que Fabia hésita à avouer la vérité, surtout après les moments d'angoisse que sa sœur venait de vivre auprès de Barney. Un silence s'installa jusqu'au moment où, comme si tout à coup un déclic s'était produit dans sa tête, Cara reprit :

— Tu as perdu tes propres notes ?

— Non ! protesta Fabia avec d'autant plus de sincérité qu'elle n'avait jamais eu de notes à perdre.

De nouveau sa sœur s'affola :

— Tu as bousillé l'interview, n'est-ce pas ? Bon sang, Fabia, pour une fois que je te demandais un service…

— Je n'ai rien bousillé du tout, je t'assure… au contraire…

— Je te demande pardon, petite sœur. Je suis sûre que tu as fait une interview remarquable à ma place. Il ne faut pas m'en vouloir si je réagis un peu trop vivement. Je n'ai pas beaucoup dormi ces jours derniers et avec tout le souci que je me suis fait, j'ai les nerfs en pelote, tu comprends ?

Ces paroles chavirèrent le cœur de Fabia.

— Tu veux que j'aille te retrouver à New York ? proposa-t-elle immédiatement.

— Grand Dieu, non ! Je vais très bien. C'est juste cette interview qui me tracasse. Alors, je voulais m'assurer que tout se passait bien pour pouvoir l'oublier et concentrer toute mon énergie sur Barney.

— Je comprends, dit Fabia.

Elle se jura de taire ses difficultés concernant ses rapports avec Ven jusqu'à ce que son beau-frère fût entièrement guéri.

— Je te laisse, à présent, ma belle, déclara Cara. Je regrette que tu n'aies pas pu te rendre à Prague. Mais à part cette panne de voiture, tu es satisfaite de ton séjour à Marienbad ?

— C'est super ! affirma Fabia avec enthousiasme. Salut.

Ce ne pouvait pas être plus *super*, en effet ! pensa-t-elle avec amertume, après avoir raccroché. Sa Polo immobilisée dans un garage, les mensonges racontés à ses parents… Comme si cela ne suffisait pas, elle avait trouvé le moyen de se mettre à dos l'homme qu'elle aurait dû — par respect pour la carrière de sa sœur — le plus ménager au monde. Pis encore, elle avait pratiquement laissé entendre à Cara que la précieuse interview était dans le sac, alors qu'il ne lui restait aucune chance de la réaliser.

Oui, c'était vraiment super… Il n'y avait plus qu'à attendre l'aube pour voir quel nouveau désastre le jour à venir apporterait !

6.

Quelques heures plus tard, Fabia s'éveilla. A la lumière du jour, l'avenir lui parut moins sombre que cette nuit, après sa conversation téléphonique avec sa sœur. Comment avait-elle pu penser qu'elle n'avait plus aucune chance de réaliser son interview ? Certes, Vendelin Gajdusek ne paraissait pas particulièrement bien disposé à son égard, mais cela ne signifiait pas pour autant qu'il refuserait de répondre à ses questions lorsque sa colère serait retombée.

Quelle stratégie adopter pour regagner ses bonnes grâces ? La question absorba la jeune femme pendant tout le petit déjeuner et, quand elle eut rejoint sa chambre, elle y voyait un peu plus clair. Il lui était impossible d'entreprendre quoi que ce fût avant de connaître la date du retour de Ven. Au cas où son séjour dans la capitale s'éterniserait, eh bien, elle se rendrait à Prague. Elle devait donc commencer par se renseigner auprès de Lubor. Par bonheur, il travaillait ce dimanche. Fabia patienta jusqu'à 10 heures pour appeler la réception et demander qu'on fît son numéro.

Dès qu'on lui passa la communication, elle entendit une voix masculine dire :

— Allô ?

La surprise la rendit muette ; son cœur se mit à battre avec frénésie. Elle venait de reconnaître dans son correspondant non pas Lubor mais… Ven !

— C'est bien *vous* qui m'avez appelé ? reprit-il d'un ton flegmatique.

— Oui, répondit-elle, recouvrant ses esprits. En fait… euh… je voulais parler à Lubor.

— Vous voulez parler à mon secrétaire ?

Quelle froideur soudaine dans le ton de Ven !

Sans doute s'imaginait-il qu'elle espérait soutirer à son secrétaire quelques renseignements concernant sa vie privée, songea Fabia. Une bouffée de rage l'envahit. Mais, étant donné la situation, elle ne pouvait s'offrir le luxe de manifester sa colère. Elle inspira profondément et, d'une voix suave, expliqua :

— Plus précisément, je voulais demander à Lubor s'il avait une idée de la date de votre retour.

Le long silence qui suivit réveilla son anxiété.

— J'en déduis que vous désiriez me voir, dit enfin Ven.

— Oui.

S'armant de courage, la jeune femme continua :

— Comme vous aviez dit… au sujet de l'interview…

— C'est devenu soudain si urgent ? tempêta l'écrivain sans la laisser terminer sa phrase.

Avec quel plaisir elle l'aurait giflé ! Pourtant, encore une fois, Fabia contint son exaspération.

— En fait, j'avais l'intention de me rendre à Prague. Mais, si vous pouviez m'accorder quelques minutes de votre temps, cela ne me dérangerait pas de retarder mon départ.

Ni même de ne pas aller à Prague du tout, ajouta-t-elle secrètement.

Un nouveau silence accueillit ses paroles.

Elle s'attendait à une seconde explosion à l'autre bout de la ligne, mais Ven se contenta de s'enquérir avec condescendance :

— Et par quel moyen pensez-vous vous rendre à Prague ? Avez-vous récupéré votre voiture ? On vous l'a ramenée à l'hôtel ?

Tiens, il avait communiqué son nom et son adresse au garagiste… pensa Fabia avant de répondre :

— Pas encore. Mais je peux prendre le train. Il me suffit de…

— J'ai une meilleure idée. Je suis juste revenu chercher quelques papiers. Je retourne à Prague en voiture, cet après-midi.

Ven proposait-il de l'emmener avec lui ? s'interrogea la jeune femme. Prudente, elle dit simplement :

— Ah !

— Vous avez retenu une chambre d'hôtel, quelque part ?

— Euh… non, pas encore, mais…

— Vous ne trouverez rien dans un si court délai. Je dispose d'une chambre d'amis dans la suite que j'ai réservée pour ce mois. Elle est à votre disposition, si vous le souhaitez.

— Vraiment ?… Cela ne… vous dérange pas ?

Fabia en avait le souffle coupé. C'était trop ! Beaucoup trop ! Tout se bousculait dans sa tête. Cependant, une fois de plus, elle rassembla ses esprits. Et le sujet majeur de ses préoccupations émergea du chaos de ses idées. L'interview ! Elle eut, néanmoins, l'intuition que le moment serait mal choisi pour évoquer cette question. Aussi se contenta-t-elle d'ajouter :

— Merci, c'est très aimable à vous.

— Soyez prête à 14 heures, conseilla Ven.

Sur ces mots, il mit fin à l'entretien.

Pendant un moment, la jeune femme resta immobile, figée sur place par la stupéfaction. Elle allait à Prague ! Plus incroyable encore : elle y allait avec l'une des gloires de la littérature tchèque. Elle finit tout de même par bouger. Vendelin Gajdusek n'apprécierait pas qu'elle le fasse attendre.

Une fois ses valises bouclées, elle descendit à la réception pour régler sa note. Comme elle informait l'employé de service qu'elle reviendrait sous peu, sans toutefois pouvoir préciser la date de son retour, il lui suggéra de laisser les affaires dont elle n'avait pas besoin à la bagagerie de l'hôtel. Elle accepta sa proposition, remonta dans sa chambre où elle réorganisa le rangement de ses effets, de manière à n'emporter avec elle que le minimum nécessaire pour un bref séjour.

Dix minutes avant l'heure fixée par Ven, Fabia avait

déposé à la réserve la plus grande de ses deux valises, déjeuné d'un sandwich au fromage suivi d'une tasse de café et elle attendait, assise dans le hall, l'arrivée de son chauffeur. Naturellement, la pensée de l'interview s'imposa bientôt à son esprit. Elle en vint à se demander si elle ne devrait pas profiter du long trajet jusqu'à Prague pour glisser dans la conversation quelques-unes des questions figurant sur la liste de Cara.

Et puis, non ! Elle aurait tout le temps de s'occuper de ces choses sérieuses une fois installée à Prague. L'occasion de l'interviewer se présenterait forcément, puisqu'elle partagerait la suite de Ven.

Lorsqu'il entra dans le hall de l'hôtel, elle sentit les battements de son cœur s'accélérer à mesure qu'il s'approchait d'elle. L'aristocratique Tchèque la salua d'un signe de tête, prit sa valise et demanda :

— Vous n'emportez que ce bagage ?

— Je laisse l'autre valise ici, répondit-elle.

— Alors, allons-y.

Posant la main sur le bras de Fabia, il la guida jusqu'à sa voiture.

— Dans combien de temps arriverons-nous ? s'enquit-elle au moment où ils quittaient Marienbad.

— Deux heures au plus. Etes-vous déjà allée à Prague, pour vos vacances ?

— Non, jamais.

— Et pour votre travail ?

— Non plus.

Un sentiment de culpabilité commença à envahir Fabia qui, pour cacher son embarras, détourna la tête et contempla le paysage par la vitre.

Son malaise persista pendant presque tout le trajet. Elle n'aurait jamais dû accepter l'invitation de Ven ! se disait-elle. Ce n'était pas bien d'agir ainsi. De le tromper en se faisant passer pour quelqu'un d'autre. Mon Dieu ! comment réagirait-il s'il découvrait son imposture ? Elle ne le connaissait que depuis peu et seulement superficiellement, mais elle avait le sentiment qu'il détestait le mensonge, la duplicité. Restait à espérer qu'il ne percerait jamais à jour le jeu qu'elle jouait.

— Nous arrivons, annonça Ven tout à coup.

La jeune femme émergea de ses pensées, regarda autour d'elle et remarqua que les marronniers bordant la route avaient déjà revêtu leur parure de feuillage.

— La nature est en avance par rapport à Marienbad, commenta-t-elle.

— Le climat est beaucoup plus doux, ici, expliqua son compagnon.

La voiture s'arrêta bientôt devant leur hôtel.

Les formalités accomplies, ils prirent l'ascenseur, puis suivirent un long couloir jusqu'à la suite de Ven.

L'entrée, spacieuse, avec des penderies encastrées dans le mur de gauche, ouvrait, à droite, sur une luxueuse salle de bains et, au fond, sur un vaste salon dont le mobilier alliait l'élégance au confort. La pièce était dotée de deux portes-fenêtres réunies par un balcon. De part et d'autre de ces larges ouvertures, deux portes donnaient accès aux chambres.

— Voilà, vous êtes chez vous, déclara Ven en posant la valise de Fabia dans la pièce de gauche. Avec un peu de chance, quand vous aurez rangé vos affaires, le serveur nous aura apporté du thé.

— Du thé ? répéta-t-elle stupidement.

— Oui, dit-il en souriant. Il m'arrive de me conduire en être civilisé et de me souvenir qu'après un voyage, les gens ont besoin de se restaurer.

Il avait recouvré tout son charme. Une lueur joyeuse pétillait dans ses yeux. Fabia sourit, complètement détendue, soudain. Elle continua de sourire lorsque Ven eut quitté la chambre. Elle se sentait légère. Très légère. Après l'avoir amenée à Prague et installée dans son hôtel, Ven aurait pu disparaître sans plus se préoccuper d'elle. Au lieu de cela, il lui offrait le thé !

Elle défit son bagage, rangea ses effets dans la commode,

puis se refit une beauté devant la coiffeuse. Elle passait le peigne dans ses longs cheveux quand elle entendit un bruit de voix dans la pièce voisine. Sans doute le garçon d'étage venait-il d'apporter le plateau. La main de Fabia se mit à trembler. Aussitôt, elle s'admonesta : elle allait juste prendre le thé, bon sang, et il n'y avait vraiment pas de quoi se mettre dans un état pareil !

Après un dernier coup d'œil dans le miroir, elle se risqua à entrer dans le salon. Ven s'y trouvait déjà. Il l'invita à s'asseoir sur le canapé, devant la table basse sur laquelle étaient posés la théière, deux tasses, un plat de petits gâteaux.

— Dois-je faire le service ? demanda-t-elle.

Il se laissa tomber dans un fauteuil, en face d'elle, avant de répondre :

— Je vous en prie.

Fabia s'exécuta, tendit à Ven sa tasse et proposa :

— Un gâteau ?

— Non, merci.

— Eh bien, moi, je vais en prendre un. Ils ont l'air délicieux !

Ils l'étaient, en effet. Et la jeune femme ne put résister à la tentation d'en reprendre un autre, puis encore un. Comme son compagnon l'observait, une lueur amusée dans le regard, elle demanda :

— Vous me trouvez gourmande ?

— Pas du tout, protesta-t-il. Je me demandais seulement comment vous faites pour conserver une ligne aussi parfaite tout en vous régalant de pâtisseries dont la seule vue ferait fuir certaines femmes de ma connaissance.

Le compliment la toucha droit au cœur. Cependant, l'allusion à « certaines femmes de sa connaissance » la laissa perplexe. En fin de compte, se référant à la vie qu'elle menait à Hawk Lacey, elle expliqua :

— C'est sans doute parce que je marche beaucoup. Certains jours, il m'arrive de parcourir des kilomètres.

— Vous allez à votre bureau à pied au lieu d'utiliser votre voiture les jours où vous n'avez personne à interviewer ?

Fabia considéra le tapis.

Grand Dieu ! songea-t-elle, envahie par un nouveau sentiment de culpabilité. Il faudrait qu'elle veille à ne pas se trahir et se mette une chose dans la tête : même la plus innocente des conversations présentait des pièges !

— A propos d'interview…

Elle laissa sa phrase en suspens, leva les yeux, sourit, puis poursuivit :

— Eh bien, je sais que vous êtes en vacances et que vous avez envie d'oublier votre travail et… je ne voudrais surtout pas vous importuner mais… vous aviez dit…

— J'ai dit que j'y réfléchirai.

Il l'avait interrompue, mais sans aucune exaspération. Au contraire, il paraissait parfaitement décontracté, adossé contre son fauteuil, ses longues jambes étendues devant lui.

— Comme vous avez eu le bon goût de le rappeler, je suis en vacances, continua-t-il. Et considérez que vous l'êtes aussi. Nous discuterons de cette interview plus tard. En attendant, j'insiste pour que nous oubliions tous deux notre travail et que nous profitions au mieux de cette période de répit.

— Oh ! murmura la jeune femme.

Elle qui voulait savoir quand il répondrait enfin à ses questions ne se trouvait pas plus avancée. Elle devait cependant admettre que l'idée de passer quelques jours à Prague sans se soucier de sa mission ne manquait pas d'attrait. Et…

— Vous êtes d'accord ? demanda Ven, la tirant de ses réflexions.

Avait-elle le choix de le contredire ?

— Oui, bien sûr, affirma-t-elle, affichant un gracieux sourire.

— Vous m'en voyez ravi. Maintenant, j'ai encore une question : si nous dînions à 20 heures ?

La surprise la fit s'exclamer :

— Nous ?

— Vous voyez une objection à… ?

— Non, mais…

— Parfait. Je commanderai un taxi pour 19 h 30, et…

— Mais… Ce sont *vos* vacances, Ven. Vous n'êtes pas obligé de m'emmener dîner.

— Je sais, Fabia, je sais. Et croyez-moi, je ne me sens absolument pas obligé de vous emmener où que ce soit.

Pour avoir du tact, Vendelin Gajdusek avait du tact, reconnut la jeune femme par-devers elle. A dire vrai, elle planait sur un nuage rose.

— Euh… eh bien… merci, bredouilla-t-elle.

Bien qu'elle eût lavé ses cheveux la veille, elle décida qu'il lui fallait de nouveau les shampouiner et, sans perdre une minute, s'excusa :

— Si vous n'y voyez pas d'inconvénient, je vais devoir vous laisser. J'ai encore des choses à faire.

A 19 h 15, elle était prête. Nerveuse comme une collégienne se rendant à son premier rendez-vous, elle se contempla longuement dans le miroir afin de se rassurer. Une femme ne sortait pas en compagnie d'un homme aussi distingué que Vendelin Gajdusek habillée n'importe comment. Apprécierait-il la robe noire qu'elle avait choisie ? Et sa coiffure ? Avait-elle eu raison de rassembler ses boucles en chignon classique sur la nuque ?

Non pas qu'elle se souciât vraiment de son opinion. Du moins tenta-t-elle de s'en persuader. En tout cas, elle n'avait pas acheté cette tenue spécialement pour lui. D'ailleurs, elle ne le connaissait même pas lorsqu'elle l'avait essayée…

Et puis, zut ! Elle n'avait pas à se chercher de justifications, finit-elle par penser. Quoi de plus naturel que de vouloir faire honneur à l'homme qui l'avait invitée ?

Fabia jeta un coup d'œil à la montre dorée qu'elle portait au poignet et constata qu'il était temps de descendre dans le hall.

Ven s'y trouvait déjà, superbe dans un costume à la coupe impeccable.

— Bonsoir, murmura-t-elle, en proie à un accès de timidité inexplicable.

— Bonsoir, Fabia Kingsdale.

En silence, il parcourut du regard l'élégante robe noire, la coiffure sophistiquée, le fin visage — traits délicats, teint de porcelaine — avant de déclarer d'un ton sincère :

— Je vous trouvais belle, avant. Mais le terme est faible pour rendre hommage à la femme que vous êtes.

Elle chercha une réplique digne d'un compliment aussi excessif. Hélas ! son cœur menait une course tellement effrénée qu'elle put seulement dire :

— Merci, Ven.

L'espace d'un instant, les yeux de l'aristocratique Tchèque fixèrent les siens puis, avec une élégance qui la subjugua, il prit l'une de ses mains et la porta à ses lèvres. Quand il lui eut baisé le bout des doigts, il suggéra :

— On y va ?

Le taxi les déposa devant un restaurant de grande classe. Ven guida la jeune femme jusqu'à la table qu'il avait réservée.

La salle, vaste, haute de plafond, éclairée par d'antiques chandeliers de cristal, la séduisit immédiatement. Le service se révéla parfait, tout comme la nourriture : excellent caviar, délicieux velouté aux champignons, *varenie hovevi se zloutkovou syrovou omackou* — autrement dit du bœuf bouilli accompagné d'une sauce au fromage et à l'œuf — servi avec du riz, glace au chocolat… Au moment du café, Fabia était aux anges. Son ravissement ne devait rien, bien sûr, au verre de *Vavrinecke*, un vin originaire de la Moravie méridionale, qu'elle avait dégusté avec le plat principal, mais à Ven dont le charme, la bonne humeur, la conversation illuminèrent le repas.

Et, pour terminer cette soirée magnifique, après avoir demandé l'addition, il eut la générosité de la remercier. *Elle !*

— Grâce à vous, j'ai passé un moment inoubliable. Vous avez été une compagne adorable.

— J'ai beaucoup apprécié cette soirée moi aussi, répondit-elle.

Dans le taxi qui les ramena à l'hôtel, elle se demandait si elle n'avait pas rêvé.

Alors qu'ils franchissaient le seuil de la suite, Ven proposa :

— Voulez-vous boire quelque chose avant de vous coucher ?

Elle faillit accepter, pour prolonger la magie de cette soirée, mais la voix de la raison lui conseilla de répondre :

— Non, merci. Je crois que je vais aller au lit tout de suite. Merci encore pour cette agréable soirée.

— Tout le plaisir fut pour moi. Bonne nuit, Fabia.

— Bonne nuit.

Quand elle eut fermé la porte de sa chambre, la jeune femme s'appuya contre le chambranle et resta ainsi quelques minutes, souriant rêveusement.

En entendant Ven entrer dans sa propre chambre, elle en déduisit qu'il n'avait pas vraiment envie d'une boisson. Seulement alors, elle bougea, se dévêtit, enfila une fine chemise de nuit, un déshabillé, puis alla accrocher sa robe noire dans l'une des penderies de l'entrée. Ensuite, elle gagna la salle de bains et se doucha rapidement.

Quelques minutes plus tard, au moment où elle allait traverser le salon, elle s'arrêta net. La haute silhouette de Ven se dressait au centre de la pièce. Un livre dans une main, un verre de whisky dans l'autre, il s'apprêtait à s'installer dans l'un des fauteuils.

Avec sa tenue légère, son visage sans fard, ses cheveux flottant sur les épaules, Fabia se sentit horriblement gênée. Elle éprouva le besoin urgent de se mettre à l'abri du regard de Ven.

— Bonsoir, marmonna-t-elle en passant rapidement devant lui.

— Vous avez peur de moi, Fabia ?

La question horrifia la jeune femme. Comment pouvait-il penser une telle chose ? Elle s'arrêta, fit volte-face et planta son regard dans celui de Ven :

— Bien sûr que non !

Puis, aussitôt, elle s'interrogea : ne devait-elle pas justifier la précipitation avec laquelle elle filait vers sa chambre ? Sans être totalement convaincue de la nécessité de cette explication, elle marmonna toutefois :

— Je… euh… je suis un peu… timide. C'est tout.

Et elle se sentit stupide comme jamais.

— Timide ?

— Euh… oui… enfin… je sais que c'est idiot, mais je n'ai pas l'habitude de déambuler en chemise de nuit quand…

Il finit la phrase pour elle.

— Quand il y a un étranger dans la maison.

— C'est-à-dire… vous n'êtes pas vraiment un étranger pour moi… mais, enfin… vous comprenez, n'est-ce pas ?

— Je vois.

Une exclamation en tchèque ponctua le bref commentaire de Ven puis il enchaîna en anglais :

— Dois-je en déduire qu'aucun homme ne vous a jamais vue dans cette tenue ?

— Si, mon père, bien entendu.

Devant les yeux brûlants qui fouillaient les siens, Fabia décida de jouer la carte de la sincérité et, pour qu'il n'y eût aucune ambiguïté dans sa réponse, elle ajouta :

— Mais à part lui, personne.

— Vous êtes vierge ?

— Eh bien… je n'ai pas l'habitude de le clamer sur tous les toits, mais… euh… oui.

— Oh ! Fabia ! murmura Ven.

Il posa son verre et son livre sur une table basse proche, puis se pencha vers la jeune femme pour l'embrasser sur le front d'une manière presque respectueuse.

La douceur extrême de ce baiser la toucha profondément.

— Oh ! chuchota-t-elle.

— Bonne nuit, mon petit, dit-il d'un ton très tendre.

— Bonne nuit, Ven.

Spontanément, Fabia se dressa sur la pointe des pieds et pressa ses lèvres sur la joue de l'écrivain.

Alors, il se passa quelque chose d'étrange. Elle eut l'impression qu'une puissance implacable l'empêchait de se mouvoir et demeura figée sur place, incapable d'esquisser un pas. Même lorsque Ven posa la main sur son épaule pour l'écarter de lui avec délicatesse, elle ne bougea pas. De son côté, son compagnon renonça à l'éloigner. La jeune femme sentit ses doigts l'étreindre avec force et, aussitôt après, leurs lèvres se joignirent. Il l'embrassa avec ferveur, avec fièvre, suscitant en elle une vague de volupté intense. Des larmes lui brûlaient les paupières. Elle aurait voulu se fondre dans le corps serré contre le sien, ne plus exister par elle-même mais faire partie intégrante de cet homme envoûtant. Quand il libéra sa bouche, elle gémit :

— Oh ! Ven…

Il déposa une kyrielle de petits baisers sur son cou, puis captura de nouveau ses lèvres. Elle cambra la taille, lui offrit ses seins afin qu'il les enfermât dans ses paumes. Son cœur battait très fort, ses tempes palpitaient, son souffle s'affolait. Un feu fulgurant l'embrasait, la possédait. Un vertige merveilleux la grisait. Les mains viriles, impatientes, de Ven la débarrassèrent de son léger déshabillé, commencèrent à dénouer les rubans qui maintenaient les épaulettes de sa chemise de nuit. A cette seconde, elle prit conscience, malgré son exaltation, que le léger vêtement tomberait sur le sol et qu'elle serait alors entièrement nue. La panique la submergea.

— Non ! cria-t-elle en s'écartant.

Immédiatement, comme si son contact avait brûlé ses mains, Ven la relâcha.

— Ça va, Fabia. Ça va. Je ne vous ferai pas de mal.

Qu'il acceptât son « non » sans poser de questions alors qu'elle n'avait cessé de répéter « Oui, oui, oui » pendant les cinq minutes précédentes la déconcerta. Mais, déjà, il ramassait le déshabillé de coton sur le bras du fauteuil où il l'avait jeté et en recouvrait les épaules de la jeune femme. Puis, très vite, il s'éloigna d'elle de quelques pas.

— Malgré les apparences, Fabia, je ne vous ai pas amenée à Prague pour vous séduire, affirma-t-il.

— Je sais.

Ces mots lui étaient venus spontanément. Car en dépit de la confusion qui régnait dans sa tête, elle était sûre d'une chose : Ven n'avait pas planifié ce voyage pour faire d'elle sa maîtresse.

Sa réponse parut le satisfaire. Il sourit.

— Alors il vaudrait mieux, désormais, dans la mesure du possible, que vous gardiez une certaine distance par rapport à moi, dit-il.

Elle accueillit ses paroles avec un immense soulagement. Tout à l'heure, lorsque Ven l'avait laissée mettre fin à leur étreinte sans la moindre protestation, elle avait pensé qu'il ne la désirait pas vraiment. Maintenant, en lui conseillant de garder ses distances si elle ne voulait pas que l'irrémédiable se produise, il prouvait le contraire.

Après avoir souhaité bonne nuit à Ven pour la quatrième fois, Fabia regagna sa chambre, le cœur en fête.

7.

Etrangement, la jeune femme ne se sentit pas du tout gênée lorsqu'elle rencontra Ven dans le salon, le lendemain matin. Il portait un peignoir de bain et, à en juger d'après ses cheveux mouillés, sortait de la douche.

— Je vous vois au petit déjeuner, dans une demi-heure, dit-il dès qu'il la vit.

— D'accord, acquiesça-t-elle.

Et, très fière de se rappeler la formule de salutation matinale tchèque, elle ajouta, tout en se dirigeant vers la salle de bains :

— *Dobre rano!*

Il ne répondit pas. Cependant, elle aurait juré qu'il avait émis un petit rire juste avant de refermer la porte de sa chambre derrière lui.

Fabia sourit. Au moment où elle commençait sa toilette, elle se surprit à fredonner un fragment de l'une des *Humoresques* de Dvorak.

Après ses ablutions, elle retourna dans sa chambre, riche d'une énergie nouvelle, pour en ressortir quelques instants plus tard vêtue d'un pantalon et d'un chemisier clairs, ses longs cheveux soigneusement brossés répandus en boucles soyeuses sur ses épaules.

Un petit déjeuner complet l'attendait sur une table d'appoint que le garçon d'étage avait installée contre l'un des murs du salon.

Ven tira une chaise, invita Fabia à y prendre place. Tandis qu'elle s'asseyait, il demanda :

— Vous avez faim ?

— J'ai honte de le dire après le dîner somptueux d'hier soir, mais oui, j'ai faim.

En fait, la jeune femme se souciait peu de la nourriture en cet instant. Son attention restait centrée sur Ven. Elle ne pouvait s'empêcher de penser que, même vêtu d'un simple pantalon de toile, d'une chemise et d'un chandail, il demeurait d'une séduction époustouflante. Il s'assit à son tour. Sans plus de cérémonie, ils entamèrent le premier repas de la journée.

— Qu'avez-vous l'intention de faire, aujourd'hui ? s'enquit Ven tandis que Fabia versait le café dans les tasses.

— Voir le plus de choses possible, répondit-elle en riant. Mais je ne sais pas trop par quoi commencer. Si vous pouviez m'indiquer les endroits les plus intéressants…

— Je peux vous servir de guide, si vous voulez, proposa-t-il.

Elle en resta médusée, au point qu'il lui fallut quelques secondes pour réagir.

— Je ne voudrais pas abuser…

Il arqua un sourcil, l'air hautain, comme si le fait qu'on se permît de discuter l'une de ses offres l'offensait profondément. Immédiatement, elle poursuivit :

— Je sais que votre temps est précieux… mais, si vraiment, vous…

Fabia s'interrompit. Ven n'avait-il pas décrété, mot pour mot, hier : « Croyez-moi, je ne me sens absolument pas obligé de vous emmener où que ce soit » ?

— Ce sera un plaisir pour moi, affirma-t-il.

Il y avait une telle conviction dans sa voix qu'elle ne douta pas de la sincérité de ses paroles.

Après le petit déjeuner, ils regagnèrent leurs chambres respectives, Ven pour enfiler une veste, Fabia pour prendre un lainage et son sac.

Dix minutes plus tard, ils quittaient l'hôtel.

*
* *

Prague, vieille cité bâtie sur sept collines, ne manquait pas de sites intéressants. Ven emmena d'abord Fabia dans le quartier Hradcanske Namesti — une place célèbre pour son architecture médiévale remarquablement conservée.

Ils marchèrent dans les rues pavées, visitèrent le château dans la cour duquel se dressait la magnifique cathédrale Saint-Guy, admirèrent les richesses de la Galerie nationale. La présence de Ven à son côté, la beauté des lieux, des œuvres d'art, plongèrent la jeune femme dans une sorte d'euphorie, lui faisant oublier la foule des touristes massés autour d'eux et même les heures qui filaient.

Aussi, lorsque son compagnon déclara qu'à 12 h 10, il était temps de marquer une pause pour déjeuner, elle s'exclama :

— Mon Dieu ! Il est si tard ? Ce n'est pas possible…

— Nous continuerons cet après-midi, si toutefois ma compagnie ne vous déplaît pas.

Si sa compagnie ne lui déplaisait pas ? Quelle idée ! Le cœur de Fabia se gonfla de joie. Elle aurait volontiers sauté au cou de Ven, mais elle dit simplement :

— C'est très aimable à vous.

Il héla un taxi en maraude, indiqua une adresse au chauffeur. Celui-ci les déposa devant un petit restaurant bondé de clients. Le maître d'hôtel les conduisit directement vers une table libre que Ven avait probablement réservée.

— Eh bien, que pensez-vous de Prague ? demanda-t-il dès qu'ils se furent assis.

— C'est une ville fantastique !

Elle s'apprêtait à commenter les merveilles qu'elle avait découvertes mais, juste à cet instant, un serveur apporta les menus. Comme il posait le sien devant elle, elle le remercia en tchèque :

— *Dekuji.*

Elle lui sourit avant de consulter la carte.

— Vous avez choisi ? s'enquit Ven après quelques minutes.

— J'ai envie d'essayer le *spiz ze srnciho ci jelentho masa*, en espérant que j'aimerai, répondit-elle sans avoir aucune idée du plat qu'on lui servirait.

— Tiens, c'est curieux, j'avais justement envie de prendre la même chose.

Sans donner de détails, Ven passa la commande.

Quelques minutes plus tard, Fabia se félicita de son choix en se régalant d'un pâté de venaison accompagné de jambon fumé, de champignons et de tomates. A l'évidence, Ven partageait son plaisir. De temps en temps, elle levait les yeux sur lui et s'apercevait, alors, qu'il la regardait d'un air étrange. Elle le gratifiait alors d'un sourire un peu gêné puis replongeait le nez dans son assiette.

Une pensée la tracassait, toutefois. Ven était revenu chez lui dans la seule intention de prendre des papiers. Du moins était-ce ce qu'il avait expliqué. Sans doute s'agissait-il de papiers assez importants pour justifier un voyage éclair entre la capitale et Marienbad. Des documents que quelqu'un lui aurait demandés ? Or, elle ne l'avait pas vu remettre quoi que ce fût à quiconque. Peut-être avait-il chargé un coursier de porter ces dossiers à leur destinataire pendant qu'elle se trouvait dans sa chambre ou dans la salle de bains ? De toute façon, cela ne la concernait pas, finit-elle par se dire avec sagesse.

La voix de Ven interrompit le fil de ses réflexions.

— Que souhaitez-vous voir, cet après-midi ?

— Cela ne vous gêne vraiment pas de m'accompagner ?

— Au contraire, c'est un plaisir pour moi.

— J'ai lu, dans le guide, qu'il y a une horloge astronomique. J'aimerais…

— Dans ce cas, nous allons à Stare Mesto.

— Stare Mesto ?

— La vieille ville, traduisit Ven. C'est le plus vieux quartier de Prague. Il date du XIIIe siècle.

Ils arrivèrent à la célèbre place carrée juste un peu avant 15 heures, se mêlèrent à la foule massée devant l'hôtel de ville et attendirent que le mécanisme se mît en mouvement.

Tout à coup, il se déclencha. Emerveillée par le spectacle, Fabia ne s'aperçut pas que Ven la regardait, elle, tandis qu'elle contemplait la fabuleuse horloge astronomique en action. Au bas de l'ensemble renommé pour sa sophistication, un calendrier circulaire représentait le cours de la vie dans un village et les signes du zodiaque. Plus haut se trouvait une sphère compliquée mesurant le temps et montrant la Terre, la Lune, les étoiles, entre les signes du zodiaque. Plus haut encore, il y avait deux fenêtres qui s'ouvraient à chaque heure pour laisser apparaître une procession d'apôtres. Les yeux de la jeune femme s'écarquillèrent davantage lorsque, d'une niche située à la partie supérieure du dispositif, jaillit un jeune coq d'or battant des ailes et lançant un cocorico triomphant.

Elle se tourna vers Ven et s'exclama :

— Est-ce que ce n'est pas fantastique ?

Il la dévisagea en silence pendant un moment, les traits empreints d'une expression si douce qu'elle éprouva une sorte de vertige. Mais, déjà, il reprenait un air taquin pour répondre.

— Oui, vous avez trouvé le mot juste : fantastique.

Maintenant, ils allaient retourner à l'hôtel, songea Fabia. Aussi s'empressa-t-elle de lui témoigner sa gratitude.

— Merci de m'avoir amenée à Prague et de m'avoir montré tant de merveilles.

— Il y en a d'autres ! En tout cas, il y a un endroit que tout visiteur se doit de découvrir : le pont Saint-Charles.

— C'est… c'est loin ?

Ven secoua la tête.

— Nous en sommes si près qu'en moins de dix minutes à pied nous pouvons l'atteindre.

— On y va tout de suite ?

Fabia n'aurait pas hésité à se mettre à genoux pour qu'il accepte. Mais elle n'eut pas à le faire car il répondit avec un sourire :

— Bien sûr.

Des seize ponts jetés sur la Vltava, le pont Saint-Charles

était le plus vieux. Quand ils le traversèrent pour rejoindre Mala Strana — le quartier de la Petite ville — la jeune femme sut que ce moment resterait à jamais gravé dans sa mémoire. Si l'ouvrage lui-même, avec ses impressionnantes sculptures baroques, méritait l'admiration des visiteurs, la renommée dont il jouissait dans le monde entier tenait aussi à son site et aux personnages hauts en couleur qui le peuplaient : peintres absorbés par leur œuvre devant un chevalet, musiciens ambulants jouant de la flûte ou du violon, marionnettistes, camelots gouailleurs… sans compter les colonies de cygnes que l'œil ravi découvrait par-dessus le parapet.

Comme s'il avait voulu être de la fête, le soleil, tout à coup, décida d'apparaître. Au même moment, un merle se mit à chanter.

— Je n'ai pas besoin de vous demander ce que vous pensez de votre promenade, dit Ven lorsqu'ils reprirent le chemin de l'hôtel.

Fabia leva vers lui un regard brillant de plaisir.

— Fantastique n'est pas un mot assez fort, murmura-t-elle.

En cette seconde, elle se sentait en harmonie parfaite avec cet homme, avec le monde entier.

Cependant, sa béatitude prit fin une heure plus tard, quand ils furent de retour à l'hôtel.

Ils se tenaient dans le salon de la suite, debout l'un près de l'autre. Fabia s'apprêtait à remercier encore une fois Ven pour cette merveilleuse journée lorsqu'il la devança en demandant :

— Vous êtes fatiguée ?

Question sensée si l'on considérait qu'ils avaient parcouru bon nombre de kilomètres à pied depuis le matin. Pourtant, la jeune femme ne se sentait nullement épuisée.

— Je suis surtout ravie des moments extraordinaires que je viens de vivre, répondit-elle avec sincérité.

Leurs yeux se rencontrèrent. Tout à coup, Fabia eut l'impression que leurs regards ne pourraient jamais plus se détacher l'un de l'autre. Ce en quoi elle se trompait, car Ven se détourna brusquement d'elle et, d'un ton froid, annonça :

— J'ai un rendez-vous, ce soir. Cela ne vous ennuie pas de dîner seule ?

Un mélange d'émotions violentes envahit la jeune femme. Par miracle, elle parvint à répliquer d'une voix aussi glaciale que celle de Ven :

— Bien sûr que non !

Elle trouva même le moyen d'extirper de sa gorge une note joyeuse pour ajouter :

— Après le déjeuner pantagruélique que vous m'avez offert, une salade me suffira, ce soir. Merci encore pour votre gentillesse, Ven.

Sur ces paroles prononcées avec amabilité, Fabia fila dans sa chambre… furieuse !

Non pas qu'elle fût le moins du monde jalouse ! Que Ven eût un rendez-vous lui indifférait totalement. Et elle se moquait bien de savoir avec qui. En tout cas, ce n'était sans doute pas avec son frère qui résidait à Prague. Elle comprenait, maintenant, pourquoi il s'était inquiété de savoir si elle était fatiguée. Il avait posé la question, espérant qu'elle répondît « oui ». Ainsi, il aurait pu lui suggérer d'aller se coucher de bonne heure, sans avoir à parler de son rendez-vous. Et puis, zut ! qu'il aille au diable ! se dit-elle. Au lieu de se torturer l'esprit pour un homme qui ne méritait pas une seule de ses pensées, elle ferait mieux de téléphoner à la réception pour demander qu'on lui monte un dîner léger.

Fabia ne dormit pas bien, cette nuit-là. Elle entendit Ven rentrer un peu avant l'aube. Vu l'heure tardive à laquelle il se mettait au lit, il ne se lèverait pas très tôt, pensa-t-elle. Tant mieux, elle n'aurait pas à partager son petit déjeuner avec lui. De toute façon, un tête-à-tête avec cet homme ne la tentait absolument pas.

Un peu plus tard, la jeune femme alla prendre sa

douche en toute quiétude, certaine de ne pas le rencontrer. Effectivement, il n'y avait personne dans le salon au moment où elle le traversa pour se rendre dans la salle de bains. Mais, lorsqu'elle en sortit, vêtue de son mince déshabillé, ses cheveux humides plaqués sur ses épaules, elle le vit émerger de sa chambre. Il la regarda, parut aussi surpris qu'elle, et s'exclama :

— Mon Dieu ! une sirène !

Fabia rit, le salua, puis disparut dans sa propre chambre. Réaction somme toute normale, songea-t-elle en branchant le sèche-cheveux. Elle s'aperçut alors que toute son animosité envers l'aristocratique Tchèque avait disparu.

Une fois prête, elle oublia sa ferme intention de déjeuner seule et accepta de s'asseoir à table en face de Ven. Mieux encore, elle ne se fit pas prier quand il l'invita à l'accompagner en promenade dans les parcs de la ville.

Il l'emmena d'abord à la place Wenceslas, dédiée au saint patron du royaume de Bohême, puis à la colline Petrin, au sommet de laquelle on accédait par un funiculaire. Après avoir admiré le superbe panorama déroulé devant leurs yeux, ils suivirent des sentiers sinueux à travers un bois de bouleaux argentés.

— J'ai pensé que cet endroit vous plairait, commenta Ven.

Avait-il planifié cette promenade ? se demanda Fabia dont le cœur commença à battre plus fort. Pourtant, en lui proposant cette sortie, tout à l'heure, il avait paru improviser.

Soudain, un écureuil, jailli de nulle part, traversa l'espace herbeux devant eux, grimpa à un arbre et se percha sur une branche.

— Oh ! regardez ! chuchota la jeune femme.

Son regard dévia du petit animal roux vers Ven pour découvrir qu'il la regardait, elle !

— Je me doutais que vous étiez amoureuse de la nature, dit-il d'un ton taquin.

Ces mots la rendirent très heureuse.

A partir de cet instant, la matinée devint un enchantement pour les yeux, pour les oreilles, même pour le nez.

Les buissons de roses offraient leur floraison de mai, leurs parfums, les oiseaux leurs chants, les pelouses leurs pâquerettes serties dans un écrin vert, les plates-bandes leurs pensées mauves et or…

Comme la veille, Fabia ne vit pas le temps s'écouler.

L'heure du déjeuner arriva sans qu'elle s'en aperçût. Ils reprirent le funiculaire, descendirent à Nebozizk, le seul arrêt avant le terminus. Quelques marches de béton conduisaient à un restaurant dont Ven avait vanté la qualité.

La jeune femme eut à peine conscience de ce qu'on lui servit. Elle mangea machinalement, sans se préoccuper du contenu de son assiette. Peu importaient les nourritures terrestres quand on s'était gavée de tant de beautés et qu'on avait, à côté de soi, l'homme le plus séduisant du monde !

En sortant du restaurant, ils prirent le temps d'admirer l'étonnante vue de Prague, avec ses innombrables flèches d'église, ses bâtiments aux toits rouges, un dôme vert ici, le pont Saint-Charles là-bas…

— On fait le reste du trajet à pied ? proposa Ven.

— Avec plaisir.

Elle apprécia le fait que son compagnon lui laissât le temps de s'attarder quelques minutes encore devant le captivant spectacle.

Ils empruntèrent de nouveau un étroit sentier bordé de bouleaux. A chaque pas, la proximité de Ven troublait la jeune femme un peu plus. Elle s'efforça de concentrer son attention sur ce qui l'entourait. Ils marchaient depuis un moment déjà lorsque apparut un splendide magnolia en fleur. A la seconde suivante, une statue représentant un buste d'homme se dressa à leur droite, presque à portée de leurs mains. A la base du socle, sur lequel on pouvait lire un nom : *Karel Hynek Macha*, quelqu'un avait déposé trois tulipes : une rose, une jaune, une incarnat.

Fabia s'arrêta, impressionnée.

— De qui s'agit-il ? demanda-t-elle.

Ven marqua une pause lui aussi.

— Un poète. Un poète romantique. Son poème le plus

célèbre s'appelle *Maj*. Ce qui veut dire mai. Non pas qu'une traduction soit nécessaire…

— Mai… le mois ?

— Mmm… Macha y rend hommage à la beauté de la nature au mois de mai. En même temps, il souligne la différence entre le caractère paisible de l'amour dans la nature et le tumulte des passions humaines.

Un sentiment étrange commença à envahir la jeune femme. Elle considéra Ven. Le souffle lui manqua. Elle dut lutter pour le recouvrer et parvint à demander :

— Et… euh… il est très aimé dans votre pays ?

— Surtout de ceux qui se trouvent sous l'envoûtement de l'amour…

Sur-le-champ, Fabia s'interrogea : Ven subissait-il ou avait-il déjà subi cet envoûtement ?

Evidemment, la question ne franchit pas ses lèvres. Son regard dériva de son compagnon et tomba sur les fleurs, au pied de la statue du poète Macha. Elle comprit alors que ces tulipes avaient été déposées là par des amoureux, des amants. Au moment où ses yeux se reportaient sur Ven, une autre évidence s'imposa à la jeune femme. Une réalité qui existait depuis un moment déjà, mais qu'elle s'était toujours ingéniée à occulter. Ce n'était pas uniquement de l'amitié, de l'estime, de l'admiration qu'elle éprouvait à l'égard de Vendelin Gajdusek, mais de l'amour. Un amour profond. Sans partage. Dévastateur. Et sans espoir. Parce que même en déployant toutes les astuces de son imagination, elle ne voyait pas comment Ven pourrait jamais l'aimer !

8.

Fabia consulta sa montre. Quatre heures venaient de s'écouler depuis qu'elle avait reconnu être follement amoureuse de Ven. Celui-ci l'avait invitée à dîner et elle avait accepté. Maintenant que l'heure d'aller le rejoindre approchait, elle commençait à regretter sa décision. Non pas qu'elle ne souhaitât pas partager encore un repas avec lui. Au contraire, elle en mourait d'envie, d'autant que le temps leur était compté. L'heure des adieux sonnerait bientôt, mais l'idée qu'il pût lire ses sentiments sur son visage la terrifiait et elle appréhendait de se retrouver en tête à tête avec lui. Quoi qu'il en fût, il n'était pas envisageable qu'elle manquât à sa parole.

Ils se retrouvèrent comme convenu dans le salon et quittèrent l'hôtel.

Dans le taxi qui les conduisait au restaurant, la tentation vint à la jeune femme d'avouer à Ven que, depuis le début, elle l'avait trompé sur son identité. L'amour et le mensonge lui apparaissaient plus que jamais incompatibles. La pensée de Cara, cependant, l'empêcha de céder à cet élan de sincérité. Elle imaginait la déception de sa sœur si l'interview ne se réalisait pas. Car, naturellement, le hautain écrivain tchèque ne se prêterait jamais au jeu des questions et des réponses en connaissant sa supercherie.

Pendant le dîner, Fabia s'arrangea pour faire bonne figure en dépit du tumulte de son esprit. Néanmoins, elle vit arriver la fin du repas avec un vif soulagement. Et, tandis qu'ils rentraient à l'hôtel, malgré son désir de sentir l'homme qu'elle aimait à son côté, elle éprouva soudain le besoin d'être seule.

Son souhait se réalisa plus vite qu'elle ne l'avait pensé car, à peine le taxi les eût-il déposés devant la porte que Ven s'excusa :

— Pardonnez-moi, Fabia, mais je suis obligé de vous laisser. Je dois voir quelqu'un.

— Je vous en prie, répondit-elle en souriant.

En homme courtois, il l'escorta jusqu'à l'ascenseur.

Lorsqu'elle fut seule dans la cabine, elle eut l'impression douloureuse que Ven Gajdusek s'était débarrassé d'elle comme d'un objet encombrant. Certes, elle ne s'était pas montrée une compagne particulièrement agréable. Mais ce n'était pas elle qui l'avait supplié de sortir avec elle. L'invitation venait de lui. Et maintenant, il la congédiait sans ménagement !

La jeune femme regagna la suite, traversa le salon et s'enferma dans sa chambre. Là, elle s'assit au bord du lit, en proie au plus profond désarroi. L'amour était finalement synonyme d'enfer. Tomber amoureux équivalait à une malédiction. Elle voyait clair, maintenant, dans le jeu de Ven. En fait, il aurait préféré dîner avec une autre. A condition que cette « autre » fût libre…

Eh bien, dans ce cas, il ne restait à Fabia qu'à lui souhaiter bonne chance. Ce qu'elle fit, la rage au cœur, en allant dans la salle de bains.

Quand elle en ressortit, sa colère était retombée mais elle se sentait la femme la plus malheureuse de l'univers. L'âme en peine, elle se coucha et éteignit la lumière.

Le sommeil tarda à venir. Trop de pensées se bousculaient dans sa tête. Après avoir délibéré avec sa conscience pendant une éternité dans le silence et l'obscurité, la jeune femme prit, une nouvelle fois, la décision de confesser à Ven sa supercherie. Aussitôt, une petite voix intérieure lui rappela l'interview dont dépendait la carrière de sa sœur. Un sentiment d'angoisse et d'impuissance totale l'étreignit.

Tout à coup, un violent coup de tonnerre la fit sursauter.

De grosses gouttes de pluie s'abattirent contre les vitres et des éclairs déchirèrent l'obscurité. En quelques secondes, l'orage se déchaîna. Fabia tira le drap sur sa tête et finit par s'endormir, malgré le vacarme extérieur.

Elle rêva de Ven. Il était en danger. Elle devait se porter à son secours. Si elle ne courait pas vers lui, il allait mourir. Elle remua dans son sommeil et, au moment où elle émergeait de son cauchemar, un bruit de pneus et de freins écorcha ses oreilles. Ensuite, elle entendit un choc métallique. En une seconde, elle bondit de son lit, se précipita vers la porte. Ven ! Ven avait besoin d'elle !

Fabia se retrouva dans le salon, aveuglée par la lumière. Elle cilla et, seulement alors, reprit pied dans la réalité. Ven était là, sain et sauf. Il portait sa tenue de ville. Sans doute venait-il de rentrer ?

— Quelque chose ne va pas, Fabia ? demanda-t-il, étonné.

Il s'éloigna de la porte-fenêtre par laquelle il regardait au-dehors et se dirigea vers la jeune femme.

— Je… je… je crois que… j'ai dû rêver, bredouilla-t-elle avec la sensation de se comporter d'une manière ridicule.

Alors qu'elle cherchait le meilleur moyen de regagner sa chambre avec dignité, ses yeux brouillés par le sommeil rencontrèrent ceux de Ven. Dans son regard sombre, elle ne décela aucune trace d'ironie. Au contraire, il la considérait d'un air presque tendre. Il remonta la bretelle de la chemise de nuit qui avait glissé sur l'épaule de Fabia puis murmura :

— Pauvre *draha* !

Son contact, le son de sa voix la firent frissonner. Elle n'avait aucune idée de ce que *draha* signifiait, mais Ven avait prononcé ce mot d'un ton tellement doux qu'elle l'aima d'emblée. Et l'idée de retourner dans sa chambre déserta son esprit.

— Est-ce qu'il y a eu un accident de voiture, ou est-ce que j'ai rêvé ? demanda-t-elle.

— Ce n'était pas un rêve, répondit Ven.

Il posa un bras sur l'épaule nue de la jeune femme. Ce simple geste augmenta encore le trouble de Fabia.

— Pensez-vous que quelqu'un a été blessé ? s'inquiéta-t-elle.

Il la rassura.

— Si j'en juge à la manière dont les deux conducteurs sont sortis de leurs véhicules en vociférant, cela m'étonnerait. Maintenant, vous devriez retourner vous coucher.

Au lieu d'obtempérer immédiatement, elle commit l'imprudence de le regarder. La lueur brûlante qu'elle perçut dans ses yeux la tétanisa. Le « bonne nuit » qu'elle s'apprêtait à prononcer mourut sur ses lèvres. Elle crut sentir le bras de Ven étreindre son épaule. Lorsque son autre bras encercla sa taille, elle comprit qu'elle n'avait pas rêvé.

— Oh ! Ven…, murmura-t-elle.

Spontanément, elle l'enlaça à son tour, lui offrit ses lèvres.

Ils s'embrassèrent avec passion. Ven n'interrompit leur baiser que pour retirer sa veste et guider la jeune femme doucement vers la chambre de celle-ci. Là, il la fit asseoir sur le lit, s'installa à côté d'elle et commença à la dévêtir.

— Vous êtes belle, Fabia, si belle. *Moje mila*.

Après avoir déposé une kyrielle de petits baisers sur sa gorge, il l'écarta légèrement de lui, contempla ses seins gonflés de désir. Une exclamation en tchèque s'échappa de sa bouche, puis il chuchota :

— Ma chérie…

Du bout de l'index, il suivit le contour du sein gauche de Fabia, suscitant en elle une onde de volupté exquise. Ensuite, de ses paumes, il enveloppa les deux globes marmoréens, frémissants. Sous la caresse, elle gémit. Son corps entier brûlait. Elle aussi voulait sentir la peau de Ven sous ses doigts, le toucher. Avec des gestes fébriles, elle commença à déboutonner sa chemise. Il l'aida, avec la même fièvre, à venir à bout des derniers obstacles textiles qui les séparaient.

Quand ils furent entièrement nus, Ven fit allonger la jeune femme sur le lit et, de la pointe de la langue, traça une ligne incandescente depuis son ventre jusqu'à sa bouche.

— Ven, oh ! Ven, mon chéri, gémit-elle, sous l'emprise d'un flot d'émotions nouvelles.

Ven allait la prendre. Elle allait devenir sienne. A cette pensée, un sentiment d'euphorie extrême la submergea. Sa chair vibrait d'impatience de lui appartenir.

Pourtant, au moment où il s'allongea sur elle, lorsqu'il emprisonna ses jambes entre les siennes, la panique la saisit. Son corps n'avait jamais été au contact de la virilité à l'état brut. Fabia eut un mouvement de recul. Juste l'espace d'une seconde. Déjà, elle se pressait de nouveau contre Ven, l'enlaçait, murmurait :

— Je suis désolée…

Hélas ! le mal était fait. Son compagnon roula sur le côté, s'assit sur le bord du lit, la respiration encore haletante. Eberluée, elle le vit ramasser ses vêtements qu'il enfila à la hâte.

— J'ai dit que j'étais désolée, reprit-elle. Je vous en prie, Ven…

Il n'allait tout de même pas la laisser ainsi, alors que le désir la torturait !

Ven proféra un juron en tchèque avant de rétorquer :

— C'est sans importance.

— Sans importance ? répéta Fabia, stupéfaite. Mais est-ce que… est-ce que je me suis mal comportée ?

Son moment de panique ne pouvait justifier seul l'attitude de Ven. Il devait y avoir autre chose. Quelque chose de plus grave, elle le savait intuitivement.

En deux enjambées, Ven gagna le seuil de la chambre.

— Je déteste que les femmes me provoquent ainsi, déclara-t-il d'une voix que la colère étouffait.

La jeune femme resta hébétée, meurtrie, les yeux fixés sur la porte qu'il avait refermée derrière lui. Un peu plus tard, toujours sous le choc, elle l'entendit quitter la suite tranquillement. Comme si rien ne s'était passé !

Le sauvage ! Le malotru ! Comment osait-il la traiter de la sorte ? Il l'avait conduite jusqu'à l'entrée du paradis et là, il l'avait laissée tomber, tout simplement !

Une heure s'écoula pendant laquelle Fabia guetta le retour de l'ignoble Vendelin Gajdusek. En vain. Elle n'entendit pas un bruit. Sans doute était-il allé dormir entre des bras moins « provocateurs » ? songea-t-elle, folle de jalousie. Après tout, qu'il aille au diable ! Son amour-propre et elle se remettraient de cette désastreuse aventure ! se jura la jeune femme. Cette promesse lui donna la force de se lever, d'aller prendre une douche puis de s'habiller.

Ah ! il détestait que les femmes le provoquent ! Eh bien, elle ne le provoquerait pas plus longtemps. Et tant pis pour Cara et son interview. Cette fois, elle avait eu sa dose ! Fulminant de rage, Fabia sortit sa valise, commença à y entasser ses affaires.

Au lever du jour, elle était prête. Prête à se rendre à l'aéroport pour monter dans le premier avion à destination de n'importe où, pourvu que ce soit loin de ce pays ! Quant à Vendelin Gajdusek, il brûlerait en enfer avant qu'elle ne lui adresse de nouveau la parole.

Son exaltation ne dura pas car, bientôt, la voix de la raison lui rappela que sa deuxième valise se trouvait à l'hôtel de Marienbad et sa voiture dans un garage, quelque part, elle ne savait même pas où. Certes, elle pouvait abandonner son bagage. Mais sa Polo ? Le cadeau de ses parents pour ses dix-huit ans ! Ils seraient en droit de poser quelques questions… Or, sa fierté interdisait à Fabia de mettre quiconque — surtout pas son père et sa mère ! — au courant de l'humiliation qu'elle venait de subir. Si quelqu'un devait apprendre à quel point elle souffrait intérieurement, à quel point la douleur la dévorait, elle en mourrait de honte.

Elle s'affala sur le bord du lit, considéra sa situation avec le plus de sérénité possible, et arriva à une conclusion qui ne l'enchantait guère mais lui parut la seule envisageable. Elle n'avait pas d'autre solution que de retourner à Marienbad.

Heureusement, cela ne l'obligerait pas à revoir Ven Gajdusek pour autant. Ce constat lui apporta un immense soulagement. De toute façon, après la manière dont il l'avait fuie, il ne chercherait sans doute plus à la rencontrer, reconnut-elle avec un pincement au cœur.

En outre, avec un peu de chance — et il serait grand

temps que la chance, enfin, lui sourie ! — un message annonçant que sa voiture était prête l'attendrait à l'hôtel.

Cette dernière pensée l'incita à bouger. Elle se leva, ferma sa valise puis téléphona à la réception pour demander les horaires des trains à destination de Marienbad.

A 8 heures du matin, elle avait quitté l'hôtel. A 8 h 47, son train démarrait. En principe, il arriverait à Marienbad à midi. Fabia eut donc largement le temps de méditer sur sa mésaventure.

Ven l'avait accusée de l'avoir provoqué. Bien sûr, elle lui avait offert sa bouche, son corps. Quoi de plus naturel, puisqu'elle l'aimait ? Tandis que lui ne l'aimait pas. Le contraire l'eût étonnée, d'ailleurs. Cela n'avait pas empêché l'arrogant Tchèque de la désirer. Il était prêt à faire l'amour avec elle, non ? Alors, qu'attendait-il de sa part, bon sang ?

A force de ressasser ces idées, la jeune femme en avait la nausée. Elle tenta de se concentrer sur d'autres sujets. Tiens, pourquoi n'orienterait-elle pas son attention sur Lubor, plutôt ? Lui, au moins, ne l'avait pas jugée provocante. Ce constat ne la réconforta pas très longtemps car, déjà, ses pensées dérivaient de nouveau vers Ven. Elle comprenait d'autant mieux, maintenant, pourquoi elle avait réagi si violemment quand son secrétaire avait tenté de l'embrasser. Elle était déjà follement éprise de Ven sans le savoir, mais son subconscient l'avait avertie que les lèvres de Lubor n'étaient pas celles qu'elle espérait sentir sur les siennes.

Vendelin Gajdusek ne s'embarrassait pas de ce genre de considérations, bien sûr, qu'elles fussent conscientes ou non. Il se moquait d'elle comme de son premier cahier d'écriture. Sinon, il n'aurait pas quitté son lit pour se glisser dans celui d'une autre !

A cause de quelque incident sur la voie, le train entra en gare de Marienbad avec du retard. Il était presque midi et demi lorsque Fabia s'engouffra dans un taxi et donna l'adresse de son hôtel.

Bien que trois jours seulement se fussent écoulés depuis que Ven et elle avaient quitté les lieux ensemble, il sembla à la jeune femme qu'elle venait de s'absenter pendant un siècle !

Malgré sa tristesse, elle parvint à sourire en s'approchant de la réception.

— Est-ce qu'il y a un message du garage pour ma voiture ? s'enquit-elle.

L'employé l'avait reconnue.

— Non, je regrette, mademoiselle Kingsdale, s'excusa-t-il d'un ton sincèrement désolé. Nous n'avons toujours pas de nouvelles.

Machinalement, elle inscrivit son nom sur le formulaire qu'il posa devant elle et le lui rendit.

— Combien de temps resterez-vous avec nous ? s'enquit le réceptionniste.

Elle s'aperçut, alors, qu'elle venait de remplir une fiche de réservation. En fait, elle souhaitait seulement reprendre sa valise et n'avait pas envisagé de se réinstaller à l'hôtel. Finalement, l'idée ne lui parut pas mauvaise. De cette manière, elle disposerait au moins d'un lieu tranquille pour se reposer et réfléchir.

— Euh… juste une nuit, je pense.

On lui montra sa chambre. Là, Fabia s'assit près du téléphone et essaya de concentrer son attention sur ce qu'elle devait faire maintenant. D'abord ses parents. Il fallait qu'elle les appelle pour les prévenir qu'elle ne rentrerait pas aujourd'hui. Quoique… ne vaudrait-il pas mieux contacter le garage en premier lieu ? Peut-être aurait-elle ainsi une idée de la date de son retour ?

Ayant opté pour cette seconde possibilité, elle croisa les doigts avant de tendre la main vers le téléphone. Juste à cet instant, celui-ci sonna. Elle décrocha, reconnut tout de suite la voix du secrétaire de Ven.

— Ah ! je vous trouve enfin ! s'exclama-t-il.

Savait-il qu'elle s'était rendue à Prague avec son patron dimanche dernier ? Comme elle n'avait aucune envie de discuter de ce sujet avec lui, elle fit comme s'il n'avait pas été au courant de ce voyage. Affectant un ton joyeux, elle demanda :

— Comment allez-vous, Lubor ?

— Sans vous, je ne peux pas aller bien, vous le savez parfaitement, répondit-il.

Toujours aussi dragueur, décidément ! songea Fabia, d'autant plus exaspérée qu'elle n'avait pas du tout la tête à se prêter à son jeu.

— Je suppose que vous ne m'appelez pas pour me dire cela, répliqua-t-elle en essayant de cacher son agacement.

— Non, naturellement. Bien que je sois toujours heureux de bavarder avec vous, je vous appelle pour une raison précise : votre voiture vous attend chez M. Gajdusek. On vient de la…

— Ma voiture est ici ? J'arrive tout de suite !

Sept minutes plus tard, Fabia sautait dans un taxi. Son euphorie retomba lorsque le véhicule traversa la station thermale, passant près du quartier de la colonnade avec sa fontaine musicale dont elle ne verrait jamais les jeux d'eau parce qu'au mois de mai, elle serait loin de Marienbad. De la route qui serpentait à flanc de colline jusqu'à la maison de Ven, elle connaissait chaque courbe, chaque échappée sur la ville. Elle ouvrit grand les yeux, pour mémoriser la beauté de ces lieux magiques afin d'en conserver à jamais le souvenir.

La même nostalgie lui étreignit le cœur quand, après avoir réglé la course, elle se retrouva devant la maison de Ven. La gorge serrée, la jeune femme avança vers l'entrée. Soudain, Azor surgit à l'angle du bâtiment. Le doberman avait probablement échappé à la vigilance du Lubor et de la gouvernante, songea-t-elle. S'accroupissant pour le caresser, elle murmura :

— Azor ! Mon beau toutou…

Il faisait partie intégrante de la vie de l'homme qu'elle aimait. Sans doute était-ce pour cette raison qu'elle éprouvait le besoin impérieux de le toucher ?

— Tu vas t'attirer des ennuis, si tu te sauves, gros voyou !

Elle se tenait toujours accroupie, la tête nichée contre le flanc du doberman, quand elle perçut une présence près d'elle. Lubor sans doute, pensa-t-elle. Ses yeux découvrirent une paire de chaussures masculines. Les mêmes que celles de Ven. Après tout, rien n'empêchait le secrétaire de se chausser comme son patron ! Le regard de Fabia remonta légèrement, rencontra le bas d'un pantalon dont le tissu rappelait étrangement celui que Ven portait à Prague. Cette fois, elle se redressa. Sa bouche s'arrondit de stupéfaction.

Elle voulut parler, mais aucun son ne sortit de ses lèvres. En revanche, l'homme qui la toisait, l'air furieux, n'éprouva aucune difficulté à hurler :

— Qui êtes-vous ?

— Qui… qui je…, bégaya la jeune femme.

Se pouvait-il que Ven eût découvert qu'elle l'avait trompé sur son identité ?

— Je… je ne sais pas ce que… vous voulez dire, bafouilla-t-elle.

Et elle souhaita de toutes ses forces pouvoir conserver son calme lorsque l'accusation tomba, comme la foudre, sur sa tête :

— Vous n'êtes pas la journaliste répondant au nom de Cara Kingsdale ! Vous me devez une explication, *madame* ! Je vous écoute !

9.

Son cœur battait avec la frénésie d'un tambour africain. Fabia lutta comme une forcenée pour ne pas céder à la panique. Mille questions se bousculaient dans sa tête. Que savait Ven, exactement ? Qu'avait-il découvert ? Et comment ? Quand ? S'était-elle trahie ? Devant les signes d'impatience qu'il montrait, elle jugea préférable de renoncer aux vaines spéculations.

— Je m'appelle bien Kingsdale, affirma-t-elle.

— Vous en êtes sûre ? rugit-il.

— Naturellement.

— Mme Barnaby Stewart, ça vous dit quelque chose ?

Cette fois, la jeune femme demeura coite. Continuer de mentir ne la conduirait nulle part, elle en était consciente. Si seulement Ven pouvait avoir la bonne idée de lui rendre les clés de sa voiture, elle partirait sans demander son reste, bien que la perspective de cette séparation lui déchirât l'âme. Mais il nourrissait manifestement d'autres intentions.

— Nous allons poursuivre cette conversation à l'intérieur, déclara-t-il d'un ton qui n'admettait pas de réplique.

Il arrivait toujours un moment, dans la vie, où l'on était tenu d'assumer ses responsabilités. Pour Fabia, ce moment était venu. Elle le comprit en suivant Ven et son chien dans la maison.

Dans le hall, il donna un ordre à Azor qui fila sans demander son reste, puis il ouvrit la porte du salon.

— Entrez !

Quand elle eut obtempéré, il ajouta de la même voix réfrigérante :

— Asseyez-vous !

Elle n'avait pas envie de s'asseoir. Elle ne souhaitait qu'une chose : en finir au plus vite avec toute cette histoire. Elle resta donc debout et demanda :

— Comment avez-vous découvert… ?

— C'est moi qui pose les questions !

Un juron en tchèque ponctua ses paroles. Puis, Ven enchaîna :

— Par le diable, on peut dire que vous m'avez bien eu !

Là-dessus, Fabia ne pouvait le détromper. Elle avait prétendu être journaliste et il était bel et bien tombé dans le panneau. Persuadée qu'il faisait allusion à cela, elle ne broncha pas. Mais, à la seconde suivante, elle tomba des nues lorsqu'il ajouta :

— Vous teniez tellement à cette interview que vous étiez prête à tout, même à commettre un adultère pour…

— Un adultère ? répéta la jeune femme dont le visage était devenu livide. Vous êtes marié ?

— Pas moi ! rugit Ven. Vous !

— Mais… je ne suis pas mariée !

Il fallut quelques instants à Fabia pour rassembler ses esprits. Puisque Ven était célibataire — il le lui avait dit, d'ailleurs, mais, sous le coup de l'émotion, elle l'avait oublié — et qu'il parlait d'adultère, il avait dû penser qu'elle était… Mme Barnaby Stewart !

Soudain, il parut abandonner cette idée, car il réitéra sa toute première question :

— *Qui* êtes-vous ?

Dressé devant elle, l'air féroce, il ne lui laissait pas d'autre choix que de rétablir la vérité.

— Je m'appelle Fabia Kingsdale, répondit-elle dans un souffle. Cara Kingsdale — Mme Barnaby Stewart — est ma sœur.

Après cet aveu, elle s'attendit presque à ce que Ven Gajdusek se jetât sur elle pour l'étrangler sans autre forme de procès. Pourtant, à son grand étonnement, il ne fit rien de la sorte, se bornant à secouer la tête, l'air soudain désarmé.

— Je savais que je n'avais pas pu me tromper sur votre compte à ce point. Vous paraissiez si timide, si innocente, si virginale, quand nous étions au lit, ensemble…

Les couleurs revinrent d'un coup aux joues de Fabia. Evoquer ces instants d'intimité partagés avec Ven raviva tant son chagrin qu'elle n'eut pas la moindre envie de l'entendre épiloguer sur ce sujet. Elle ne put s'empêcher néanmoins de se demander s'il n'exagérait pas en évoquant sa prétendue timidité au moment de leurs effusions. Quoique… elle avait eu un moment de panique, et il ne l'avait pas oublié.

— Euh… je ne suis pas ici pour discuter de… Je suis seulement venue chercher ma voiture, expliqua-t-elle.

— Votre voiture ?

— Oui. Lubor m'a téléphoné. Vous ne le saviez pas ?

— C'est moi qui lui en ai donné l'ordre.

— Je vois, dit Fabia.

Elle ne voyait rien qu'une chose, en réalité : Ven avait abandonné un sujet embarrassant. Dans la crainte qu'il n'y revînt, elle ajouta très vite :

— Bon, si cela ne vous dérange pas, je vais récupérer ma voiture, maintenant, et me mettre en route pour regagner l'Angleterre et…

— Vous ne manquez pas de toupet, *miss* Kingsdale ! Vous n'allez nulle part et, puisque vous êtes tenue de rester ici pendant quelque temps encore, autant vous asseoir.

Cette fois, elle ne refusa pas son offre. Non par esprit d'obéissance, mais parce que ses jambes commençaient à faiblir. Dès qu'elle se fut installée sur le canapé, Ven poussa un fauteuil en face d'elle, s'assit et la regarda fixement. Elle comprit qu'il ne la laisserait pas sortir de cette pièce avant qu'elle n'eût dit tout ce qu'il voulait entendre.

Bien sûr, elle lui devait la vérité, admit Fabia *in petto*. Jusqu'à un certain point ! rectifia-t-elle aussitôt. Elle parlerait de Cara Kingsdale sans restriction, mais de Fabia Kingsdale

— l'idiote qui avait eu la bêtise de tomber amoureuse folle de lui — elle ne soufflerait mot.

— Je suis venue ici sous une fausse identité et je vous prie de m'en excuser, commença-t-elle, mais en dehors de cela, j'ai essayé de me tenir le plus près possible de la vérité.

— Vous avez vingt-deux ans ?

— Oui.

— Vous êtes journaliste ?

— Non, je suis désolée. Je travaille avec mes parents.

— Dans le Gloucestershire. Ils ont une ferme et ils accueillent des chiens ?

Ainsi, Ven se souvenait de ce qu'elle avait livré de sa vie, pensa la jeune femme. Elle éprouva un sentiment de gratitude à son égard pour cela.

— C'est exact.

Comme ses mains tremblaient, elle ajouta :

— Je… je suis un peu nerveuse.

— A cause de moi ? Ne craignez rien, je ne vous ferai jamais de mal.

— Je sais. Pas une fois je n'ai pensé que… il n'empêche que vous êtes très en colère contre moi, n'est-ce pas ?

— Je l'étais, mais cela n'avait rien à voir avec…

Ven s'interrompit. Fabia attendit qu'il précisât la raison de cette colère. Cependant, au lieu de terminer sa phrase, il demanda :

— Pouvez-vous me dire comment vous en êtes arrivée à prendre la place de votre sœur et à vous faire passer pour une journaliste, alors que vous n'avez aucun don pour exercer ce métier ?

— Aucun don ? répéta Fabia. J'ai été si mauvaise que ça ?

— Pire encore !

Le sourire tendre qui accompagna ces mots mit du baume au cœur de la jeune femme.

— Permettez-moi de vous dire, mademoiselle Kingsdale, continua Ven d'une voix devenue très douce, que votre technique d'interview est absolument consternante.

Elle protesta :

— Mais… je n'ai même pas commencé…

— Justement. Je connais les journalistes. Je sais que rien ne les arrête. Aucune question n'est trop intime ni trop personnelle pour eux. Pour arriver à leurs fins, ils sont prêts à soudoyer les proches, les employés de leur proie. Votre sœur, j'en suis sûr, n'aurait jamais laissé passer toutes les occasions que vous avez eues…

— C'est vrai que je suis nulle, reconnut Fabia. Cara m'avait préparé une liste de questions. Je repars sans une seule réponse…

— Ah bon ! Elle vous avait donné une liste…

— Cette interview représentait tant pour elle ! se hâta d'expliquer Fabia. Elle m'avait demandé de l'accompagner, pensant que nous visiterions le pays ensemble une fois qu'elle vous aurait vu. Ensuite, elle aurait rejoint son mari aux Etats-Unis où il séjournait pour affaires. Je devais aller la chercher à Londres. Mais quand je suis arrivée chez elle, Cara venait de recevoir un appel d'un hôpital de New York. Son mari était gravement malade. Alors, naturellement…

— Naturellement, elle a pris le premier avion pour être avec lui.

— Je voulais aller avec elle, ne pas la laisser seule dans ces moments difficiles, mais, comme je vous l'ai dit, elle considérait cette interview comme la chance de sa vie. Pas un instant elle n'a envisagé de l'annuler ou de charger quelqu'un d'autre — je veux dire un professionnel — de la faire à sa place !

— Alors, c'est vous qu'elle a choisie, dit Ven d'un ton posé.

— Je vous assure que je ne voulais pas vous mentir. Mais Barney était malade, gravement malade, et Cara se faisait tellement de souci que je ne pouvais pas lui refuser ce service. En fait, pour moi, il s'agissait seulement de sacrifier une heure de ma vie tandis que, pour elle, c'était terriblement important.

— Vous avez donc accepté et vous êtes allée jusqu'à emprunter son nom.

— Je ne voulais pas. Sincèrement, je ne voulais pas mais…

— Mais l'amour que vous portez à votre sœur l'a emporté sur toutes les autres considérations ?

— Vous ne pouvez pas comprendre cela ?

Les yeux de Fabia scrutaient anxieusement ceux de Ven, comme si elle cherchait à y déceler une lueur de sympathie.

— Si, répondit-il. C'est le contraire que je n'aurais pas compris, de votre part. J'ai appris à vous connaître, vous savez…

— Oh ! murmura-t-elle, décontenancée. Euh… vous avez dit que c'était vous qui posiez les questions et c'est votre droit, bien entendu, mais… quand avez-vous découvert que je n'étais pas journaliste… que Cara était Mme Barnaby Stewart ?

— Je ne vois pas pourquoi je devrais vous le dire. Enfin, puisque c'est vous… Cela sautait aux yeux, depuis le début, que si vous étiez journaliste, vous n'étiez pas du genre curieux !

— Je me suis trahie ?

— La facilité avec laquelle vous me laissiez détourner vos questions m'a mis la puce à l'oreille. Mais, de toute façon, dès l'instant où je vous ai vue, ou presque, vous m'avez intrigué.

— Oh ! murmura de nouveau la jeune femme.

Déjà son cœur commençait à s'emballer. Mais elle lui conseilla de ne pas réagir aussi stupidement et de revenir à un rythme modéré. Elle avait intrigué Ven seulement à cause de ses peu orthodoxes méthodes d'investigation journalistique. Et pour aucune autre raison.

— Euh… comment avez découvert que Cara était mariée ?

Il haussa les épaules.

— Rien de plus facile : j'ai téléphoné au magazine *Verity.*

Fabia en demeura bouche bée. La démarche semblait tellement évidente ! Pourquoi n'y avait-elle pas pensé ?

— Vous vouliez vous assurer que j'étais bien la personne que je prétendais être ?

— Pas vraiment. Vous étiez venue munie de la carte professionnelle de votre sœur, d'une lettre dactylographiée sur du papier portant un en-tête à mon nom… Je n'avais aucune raison de douter de votre identité.

— Mais alors… pourquoi avez-vous… ? Quand… ?

— Vous voulez savoir à quel moment j'ai téléphoné en Angleterre ? Aujourd'hui. Pourquoi ? Parce que vous m'avez fui et que je voulais avoir votre adresse personnelle.

Ven semblait avoir recouvré son agressivité. Quoique… non ! Il s'agissait plutôt de nervosité. A peine la jeune femme eut-elle émis cette idée qu'elle la rejeta. Ven Gajdusek n'était pas homme à montrer de la nervosité. Encore moins à cause d'elle !

— Oh ! je vois ! dit-elle.

Tout ce qu'elle voyait, c'était que Ven avait regagné sa suite à l'hôtel de Prague, ce matin, pour constater qu'elle ne s'y trouvait plus. Ensuite, il était rentré à Marienbad et, maintenant qu'il avait commencé son inquisition, il allait demander les raisons de ce qu'il considérait comme une fuite. Or, elle n'avait pas la moindre envie de répondre à ses « pourquoi » et à ses « comment » à ce sujet. En outre, puisqu'elle s'était excusée de l'avoir trompé sur son identité, elle n'avait plus rien à faire ici. Elle se leva donc.

— Vous avez été très bon avec moi…

Ignorant la main qu'elle lui tendait, il rugit :

— Où comptez-vous aller ?

Fabia laissa retomber son bras le long de son corps.

— En Angleterre, évidemment ! répondit-elle avec un calme qui l'étonna. Mes vacances sont terminées. En fait, mes parents pensaient que je rentrerais aujourd'hui.

— Asseyez-vous ! ordonna-t-il. Vous leur téléphonerez plus tard.

— Mais…

— Il n'y a pas de mais ! Je n'en ai pas fini avec vous.

— Mais… vous avez dit que… que vous n'étiez plus en colère contre moi.

— Je ne suis plus en colère, en effet. En ce qui concerne

l'usurpation de l'identité de votre sœur, je comprends... maintenant que vous m'avez expliqué... Mais il y a une chose que je ne saisis toujours pas. Pourquoi...

Le regard de Ven posé sur la jeune femme se fit plus intense.

— Pourquoi, alors que vous n'avez pas hésité à me mentir à des fins précises — bien qu'étant foncièrement honnête, je le sais — pourquoi, alors que c'est si important pour votre sœur que vous aimez, vous me l'avez dit, et pour laquelle vous seriez prête à faire n'importe quel sacrifice, vous l'avez prouvé en venant ici... pourquoi êtes-vous prête maintenant à tout abandonner sans arrière-pensée ?

Non ! protesta Fabia intérieurement. Son être entier se révoltait à l'idée que Ven pût soupçonner qu'elle l'aimait. Cependant, il continua, impitoyable :

— Que s'est-il passé, Fabia ? Il est arrivé quelque chose de plus important que l'affection que vous portez à votre sœur, n'est-ce pas ? Et c'est cet événement qui vous a fait perdre confiance en vous.

— Arrêtez, je vous en prie ! s'écria-t-elle, au bord des larmes.

Il refusa de l'écouter et poursuivit, impitoyable :

— Qu'est-ce qui a pris tant de place dans votre vie pour que vous renonciez à cette interview, alors que je ne me suis jamais opposé expressément à l'idée de répondre à vos questions ?

Cette fois, elle avait atteint les limites de sa résistance nerveuse.

— Quand on accuse une femme de « provocation », ne pensez-vous pas que c'est une raison suffisante pour qu'elle s'en aille ? rétorqua-t-elle avec violence.

— Oh ! *moje mila!* s'exclama Ven. Je vous ai blessée, je le reconnais mais... Fabia...

Il n'y avait plus aucune animosité dans l'attitude ni dans la voix de Ven. Il se leva, prit la jeune femme dans ses bras, la serra tendrement.

Comme c'était bon de se laisser aller contre lui, de sentir

sa chaleur, de respirer son odeur virile ! Mais il l'avait déjà étreinte ainsi, et Fabia savait où cela l'avait conduite. Elle le repoussa pour se libérer. Il ne la retint pas.

— Merci ! dit-elle. Je n'ai pas besoin de votre sollicitude. Je peux me débrouiller seule avec ma dignité…

— Je ne *voulais* pas blesser votre amour-propre. Il *fallait* que je le fasse.

— Et pourquoi donc, s'il vous plaît ?

— Vous ne vous rappelez pas les circonstances… ?

Il osait poser cette question alors que chaque seconde de ces « circonstances » avait laissé une marque indélébile en elle ! songea Fabia, outrée.

— Vous étiez toute chaude dans mes bras, reprit-il, complètement abandonnée, jusqu'au moment où, dans un accès de pudeur compréhensible, vous vous êtes écartée de moi. J'étais sur le point de perdre la tête et, tout à coup, ce changement dans votre attitude m'a fait recouvrer un tant soit peu de raison. J'ai compris que je devais vous protéger… de moi !

— De… vous ? Je ne comprends pas.

Elle le considérait, les yeux écarquillés. Il lui toucha le bras presque timidement.

— Asseyez-vous, Fabia, s'il vous plaît. Je vais tout vous expliquer.

La stupéfaction la cloua sur place. Elle avait pensé que Ven la mettrait plus bas que terre s'il apprenait qu'elle l'avait dupé et voilà qu'il se proposait de lui donner des explications. A *elle* !

Elle finit par bouger et retourna s'asseoir sur le canapé. De son côté, Ven reprit sa place dans le fauteuil après l'avoir rapproché de la jeune femme.

— Merci, Fabia. Je vais essayer de parler clairement pour que vous compreniez pourquoi j'ai jugé indispensable de me conduire d'une manière aussi brutale, alors que vous m'inspiriez les sentiments les plus…

Il s'interrompit, la regarda intensément, puis poursuivit :

— A vrai dire, j'ai réagi sans vraiment réfléchir. Mais

je savais, instinctivement, que je devais vous protéger de moi, de mon désir. Vous m'aviez dit que vous étiez vierge. Dans l'ardeur de la passion, je l'avais oublié. Votre geste de pudeur me l'a rappelé et…

— Mais je voulais vous appartenir ! A aucun moment je n'ai pensé me refuser à vous…

— C'était justement là que résidait le problème : vous m'offriez votre corps adorable sans réserve et moi je luttais comme un forcené pour me contrôler… parce que je ne pouvais accepter l'idée de prendre votre innocence et de vous laisser ensuite. Alors, ne trouvant pas d'autre moyen pour mettre un frein au débordement de nos sens, je vous ai blessée dans votre amour-propre. Oh ! Fabia, ce qu'il m'en a coûté de vous abandonner, de quitter l'hôtel et de ne rentrer qu'au petit matin !

— Vous avez passé la nuit ailleurs à cause de moi ?

— Mon frère a bien voulu m'héberger. Bon sang ! Vous ne pouvez imaginer ce que j'ai éprouvé lorsque je suis retourné à l'hôtel et que j'ai découvert que vous étiez partie !

Une émotion intense étreignit la jeune femme. Elle refusa d'y céder, cependant. Sans doute Ven évoquait-il la responsabilité dont il se sentait investi : l'ayant amenée à Prague en voiture, il se devait de la reconduire à Marienbad.

— Je… euh… j'avais un train à prendre, prétexta-t-elle.

— Un train à prendre ! Cela ne justifie pas le fait que vous ne m'ayez même pas laissé un mot !

— Vous attendiez un mot de moi, après ce que vous aviez dit ?

— Me pardonnerez-vous jamais ?

Un tel charme émanait de Ven, en cet instant, que le cœur de Fabia fondit de tendresse.

— Je pense que c'est envisageable, répondit-elle d'un ton qu'elle s'efforça de garder naturel.

Vite, afin d'oublier la langueur qui s'infiltrait dans son corps, elle ajouta :

— Le réceptionniste de l'hôtel savait que j'avais pris un taxi pour la gare, il aurait pu vous renseigner.

— Il l'a fait. Mais avant que je ne pense à décrocher le téléphone pour lui demander s'il savait où vous étiez passée, j'ai eu le temps d'imaginer une demi-douzaine de scénarios.

La jeune femme cilla.

— Vraiment ?

Jamais elle n'aurait pensé que son départ précipité eût déclenché un tel tumulte dans l'esprit de Ven.

— Bien sûr ! rétorqua-t-il avec véhémence. J'ai commencé par me dire que vous aviez seulement changé d'hôtel. Je doutais, cependant, que vous puissiez trouver une chambre disponible dans Prague. Etiez-vous retournée à Marienbad ? Je me souvenais que vous y aviez laissé des bagages. L'idée m'est venue aussi que vous étiez peut-être à l'aéroport afin de prendre un avion pour l'Angleterre. Mais votre voiture ? Vous n'alliez tout de même pas retourner chez vous sans votre voiture. Quoique… pourquoi pas, après tout ?

Il marqua une pause avant de poursuivre :

— L'humiliation que je vous avais infligée — par nécessité, mais vous l'ignoriez alors — pouvait expliquer votre décision de quitter mon pays sans avoir réalisé votre interview.

Fabia sentit, tout à coup, un accès de panique la gagner. Ven approchait dangereusement de la vérité. Il ne tarderait pas à découvrir que lorsqu'une blessure d'orgueil s'alliait à une blessure d'amour, plus rien n'avait d'importance. Par chance, au lieu de s'attarder sur ce terrain, il dévia la conversation vers un sujet moins délicat.

— Quoi qu'il en soit, j'ai fini par me dire que, de toute façon, étant donné vos difficultés à vous exprimer en tchèque, vous aviez besoin que quelqu'un vous aide, soit pour louer une voiture, soit pour prendre un taxi…

— C'est pourquoi vous avez appelé la réception, conclut la jeune femme. Je… je regrette de vous avoir causé tous ces soucis. Mais… je… je ne pensais pas que vous vous intéressiez tellement à…

— A vous ! s'exclama Ven. Sachez, mademoiselle, que depuis l'instant où ma voiture s'est trouvée bloquée derrière la vôtre, où votre regard s'est posé sur moi et où vous m'avez expliqué que vous étiez en panne, je me suis intéressé à vous.

Elle le considéra avec stupéfaction, n'osant croire l'incroyable. Il fallait qu'il précise sa pensée.

— Vous voulez dire… en tant que journaliste ?

Il la dévisagea en silence pendant une seconde, puis répondit posément :

— Vous oubliez une chose : j'ai découvert le lendemain seulement que la jeune Anglaise aux beaux yeux verts et aux cheveux d'or était « journaliste ».

— Ah ! ou… oui, bégaya Fabia.

Son cœur recouvrait soudain une vitalité nouvelle. Cependant, elle doutait encore de la véritable signification des paroles qu'elle venait d'entendre.

— Je ne comprends pas très bien, reprit-elle. Quand vous m'avez vue, le lendemain, vous ne vous êtes pas montré particulièrement aimable à mon égard. Et c'était avant d'apprendre que j'étais journaliste.

— Azor avait happé votre cheville et j'avais eu très peur. Cela m'a mis en colère. Mais à aucun moment je n'ai éprouvé d'hostilité envers vous. D'ailleurs, si vous n'étiez pas venue chez moi, je me serais arrangé pour provoquer une rencontre. Je savais à quel hôtel vous étiez descendue et j'avais un bon prétexte pour vous revoir : votre voiture.

— Ah oui ! bien sûr, murmura Fabia, ne sachant, une fois de plus, comment interpréter les paroles de Ven.

— Mais puisque le Ciel vous envoyait chez moi… Je n'avais à user d'aucun subterfuge. Et quand vous vous êtes présentée en tant que journaliste sollicitant une interview, je n'ai rien trouvé de mieux que de vous inviter à m'accompagner en promenade, alors que, d'habitude, je préfère les marches solitaires.

Cette fois, le cœur de la jeune femme s'emballa d'une manière alarmante. Pendant qu'il menait une folle sarabande, une question vint à l'esprit de Fabia : son amour insensé pour l'écrivain tchèque n'avait-il pas commencé à s'implanter en elle justement au cours de cette magnifique randonnée sous le soleil ?

— Ce fut une promenade… très… agréable.

Après tout, ce commentaire ne tirait pas à conséquence.

— Agréable ? s'exclama Ven. Pour moi, elle a signifié le commencement de la fin. A partir de ce jour, j'ai accumulé les actes aberrants. Je savais que je me comportais d'une manière illogique à cause de vous, mais rien ne m'aurait arrêté.

— Une manière illogique ? répéta Fabia, hébétée.

Ce n'était plus seulement son cœur qui montrait des signes de défaillance, mais aussi son cerveau !

Ven se pencha vers elle, saisit ses mains entre les siennes.

— Vous voulez un exemple ? Ce lundi, je vous ai présenté mon secrétaire. Il a proposé de vous ramener en voiture, alors que, pas un instant, je ne m'étais inquiété de savoir comment vous alliez rentrer à votre hôtel. Fallait-il que je sois troublé pour…

— Il n'empêche que c'est vous qui m'avez raccompagnée, rappela-t-elle. Comme vous deviez justement aller en ville…

— Je n'avais rien à y faire ! J'ai inventé ce prétexte parce que je ne voulais pas vous voir partir seule avec Lubor Ondrus.

Les lèvres de la jeune femme s'arrondirent de surprise. Ven, jaloux de Lubor ? Non, ce n'était pas possible. Ou alors, juste un tout petit peu.

— Autre preuve de ma conduite aberrante, continua Ven. Je vous ai invitée à dîner chez moi alors que je tiens à protéger le plus possible mon intimité de la curiosité des journalistes.

— J'ai bien cru que vous annuleriez ce dîner, en voyant la tête que vous faisiez quand vous m'avez aperçue dans la voiture de Lubor, à l'heure du déjeuner. Vous aviez l'air tellement en colère…

— En colère ? J'étais fou furieux, oui !

— Vous aviez peur que je lui soutire des renseignements vous concernant, n'est-ce pas ?

— Je n'ai jamais eu à douter de l'honnêteté professionnelle de mon secrétaire, malgré sa faiblesse à l'égard des femmes. J'étais simplement jaloux. Pour la première fois de ma vie.

— Jaloux ? répéta Fabia. Vous étiez jaloux ? De Lubor ?

Ven quitta son fauteuil, vint s'asseoir tout près d'elle, sur le canapé. Ensuite, il la tint par les bras, l'obligea à le regarder dans les yeux et, d'une voix solennelle, réitéra son aveu :

— Oui, jaloux de Lubor Ondrus. Jaloux sans vouloir le reconnaître, cependant, sur le moment. Fabia, comprenez-vous, maintenant, ce que j'éprouve à votre égard ?

De toutes ses forces, elle lutta pour conserver les pieds sur terre, pour ne pas commencer à fantasmer sur ce qui lui paraissait trop beau, trop merveilleux, trop impossible…

D'une toute petite voix, elle chuchota :

— Je… je ne suis pas sûre.

— Oh ! *milacku!* murmura-t-il. Vous n'êtes pas sûre ! Ne voyez-vous pas, ne sentez-vous pas à quel point je… *miluji te.*

Fabia voulut parler, mais aucun son ne sortit de sa bouche. Elle s'aperçut qu'elle tremblait et que Ven tremblait aussi. De le voir en proie à une émotion aussi violente que la sienne lui donna l'énergie de réagir. Elle toussa pour dénouer sa gorge puis osa poser la question qui lui brûlait les lèvres :

— Que signifie *milacku* ?

— Chérie, répondit-il sans hésiter.

Le cœur de la jeune femme entama un staccato soudain.

— Et *miluji te* ? demanda-t-elle encore. Ça veut dire quoi ?

Ven lui encadra le visage de ses deux paumes, avant de traduire avec un accent de sincérité :

— Je t'aime.

— Oh ! Ven !

Des larmes affluèrent aux yeux de Fabia.

— Ma chérie, tu pleures ! s'exclama-t-il en lui baisant les paupières.

— Ce sont des larmes de joie. Je vous… je t'aime aussi.

Ces paroles, il les attendait, à l'évidence, parce qu'il serra la jeune femme dans ses bras avec un rugissement de bonheur et enchaîna une suite de mots mêlant tchèque et anglais :

— *Moje mila*, ma douce *milacku*. Je t'aime tant !

Il l'embrassa sur la joue, sur le sourcil gauche, sur la tempe, la repoussa légèrement afin de pouvoir la regarder dans les yeux. Puis, d'une voix qui trahissait son euphorie, il dit :

— Je n'ose encore le croire. Quand est-ce arrivé ? Quand as-tu su… ?

— Hier, répondit-elle. Hier, devant la statue du poète.

— Ma précieuse, ma jolie Fabia, mon cœur…

Les lèvres de Ven effleurèrent tendrement celles de la jeune femme.

— Oh ! Ven… Et toi, quand as-tu… ?

— Je l'ai su hier, moi aussi. Pourtant, cet amour était là depuis le premier jour, il grandissait d'heure en heure, se fortifiait, mais je ne voulais pas le voir.

— Tu ne voulais pas tomber… amoureux, c'est cela ?

— Il s'agissait d'un sentiment nouveau pour moi, je refusais de le reconnaître pour ce qu'il était. Mais il existait déjà quand je t'ai vue sourire à ma gouvernante, lui parler avec tant d'amabilité, quand je t'ai demandé de dîner avec moi alors que je ne savais pas ce qui motivait cette invitation. Il était présent quand, le même soir, à mon grand étonnement — parce que j'ai toujours voué un culte à la vérité — je me suis surpris à te mentir.

— Tu m'as menti ? s'exclama Fabia.

La stupéfaction lui faisait oublier qu'elle-même avait quelque peu malmené la réalité.

— Pardonne-moi, ma chérie. Tu m'as demandé quand ta voiture serait prête et je t'ai répondu qu'il faudrait attendre une semaine ou plus…

— Et c'était… faux ?

— On l'avait ramenée ici le matin même, avoua Ven. Je l'avais enfermée dans l'une de mes dépendances. Elle y est toujours.

— M… mais… pourquoi ? Pourquoi n'as-tu pas… ?

— Pourquoi je ne l'ai pas dit ?

Ven paraissait avoir recouvré un peu de son ancienne arrogance.

— Pourquoi aurais-je dû le faire ? J'étais furieux contre toi parce que non seulement tu avais déjeuné avec mon secrétaire, mais que tu as parlé de cet homme pendant presque toute la soirée !

Un sourire éclaira son visage quand il ajouta :

— Quoi qu'il en soit, je pense que, inconsciemment, je ne voulais pas que tu partes. Et je savais que, sans voiture, tu n'irais pas très loin.

— Espèce de sauvage ! s'exclama Fabia, les yeux pleins de tendresse.

— Tu m'aimes quand même ?

— Bien plus que tu ne le penses.

Leurs lèvres se rencontrèrent. Lorsqu'elles se séparèrent, une éternité plus tard, Ven contempla longuement le visage de la jeune femme avant de murmurer :

— Mon ange, tu es si belle ! Comment aurais-je pu ne pas tomber amoureux de toi ?

— Oh ! mon chéri !

Fabia leva la tête, déposa un baiser sur le menton de Ven. Puis, d'un ton faussement sévère, elle s'enquit :

— Avez-vous d'autres mensonges à m'avouer, monsieur Gajdusek ?

— Voyons que je réfléchisse…, commença-t-il. Ah oui ! Quand je t'ai appelée à ton hôtel… c'était jeudi dernier, je crois…

Elle l'interrompit :

— Tu devais aller à Karlovy Vary et tu m'as invitée à t'accompagner.

— C'était un faux prétexte. Je voulais te voir, te parler. Quand j'ai aperçu Ivo avec un colis qu'il s'apprêtait à expédier par la poste au cousin de sa femme, à Karlovy Vary, je lui ai dit que, justement, je me rendais là-bas et que je pourrais déposer le paquet dans la boutique où le cousin d'Edita travaille.

— Mais tu n'avais vraiment rien à y faire? demanda Fabia, ébahie.

— Rien du tout! Je savais que tu mourais d'envie de visiter cette ville et moi je mourais d'envie d'être près de toi.

— Sais-tu que tu es diablement malin?

— Sais-tu que tu es diablement irrésistible? rétorqua Ven du tac au tac.

Elle lui offrit ses lèvres.

Cette fois encore, leur baiser les projeta hors du temps. La tête de Fabia tournait lorsque Ven libéra sa bouche. A l'évidence, il n'avait pas les idées très claires lui non plus, car il regarda autour de lui, l'air désorienté, comme s'il venait de tomber d'une autre planète et s'informa :

— Où en étions-nous? De quoi parlions-nous?

— Euh... je me souviens vaguement qu'il était question de Karlovy Vary.

— Ah... oui. Ce matin-là, nous avions pris notre petit déjeuner ensemble et tu m'as fait l'affront, une fois de plus, de mentionner un autre homme. Je me suis alors félicité d'avoir envoyé mon secrétaire en mission, ailleurs. Toujours cette maudite jalousie...

— Tu ne l'as tout de même pas éloigné de Marienbad à cause de moi?

— Bien sûr que si! Je n'en éprouve d'ailleurs ni honte ni remords.

Avec un sourire radieux, Ven poursuivit :

— C'est à partir de ce moment que mes relations avec toi sont devenues plus détendues, n'est-ce pas?

— Oui, acquiesça Fabia. Nous avons partagé des instants merveilleux. Je me souviens, entre autres, du déjeuner à Becov et...

— Ce jour-là, je planais sur un nuage rose. En rentrant chez moi, l'évidence m'a sauté aux yeux : l'adorable jeune Anglaise qui était venue à Marienbad pour m'interviewer commençait à occuper une place importante dans ma vie.

J'ai passé le reste de la journée à essayer de te chasser de mes pensées. En vain. La nuit, je n'ai pas fermé l'œil, tant ton image me hantait.

— Je suis désolée ! s'excusa la jeune femme.

Sa voix joyeuse démentait ses paroles.

Ven rit.

— Tu as l'air vraiment désolée, en effet. En tout cas, au petit matin, j'ai pris la décision de partir pour Prague.

— A cause de moi ? demanda-t-elle, sincèrement surprise.

— Bien sûr !

— Pourquoi ?

— Eh bien, parce que… dans d'autres circonstances, je me serais peut-être laissé guider par mes sentiments. Mais là, pour une raison que je ne voyais pas alors, je savais que les choses ne pouvaient pas être aussi faciles avec toi.

— A cause de l'interview ?

— Pour être honnête, *moje mila*, je me moquais bien de ce que tu aurais pu écrire dans ton interview. Il me semblait beaucoup plus important de mettre une certaine distance entre nous deux. Après m'être assuré que mon secrétaire avait suffisamment de travail pour l'occuper le samedi et le dimanche, je lui ai donné l'ordre de t'aider si tu avais le moindre problème.

— En précisant que cette aide se limiterait aux problèmes impersonnels…

— Ah ! il te l'a dit ? C'était encore un effet de ma jalousie.

— Mon Dieu ! Ven ! Et moi qui croyais que tu me soupçonnais de vouloir questionner Lubor sur ta vie privée !

— Ma petite chérie ! murmura-t-il.

Il embrassa Fabia sur le bout du nez comme s'il avait voulu, par ce baiser léger, effacer tous les mauvais moments qu'elle avait traversés. Puis, d'un ton d'autodérision, il poursuivit :

— Et moi, je croyais que ce voyage à Prague me libérerait l'esprit de toi !

— A l'évidence, cela n'a pas marché. Le soir qui a suivi ton départ, tu m'as téléphoné. Je pensais que tu m'appelais à cause de cette maudite interview, mais tu étais d'une humeur tellement massacrante…

Elle s'interrompit, se souvenant tout à coup qu'elle ne s'était pas montrée particulièrement aimable non plus pendant cette conversation.

— J'avais toutes les raisons de l'être, rétorqua Ven. J'avais composé ton numéro parce que j'avais absolument besoin d'entendre ta voix. Et quand je l'ai entendue, quelle douche froide ! Tu n'as trouvé rien de plus urgent à me dire que tu avais dîné avec Lubor Ondrus, la veille.

Avec douceur, Fabia demanda :

— Toujours la jalousie ?

— Oui, la jalousie. Et, pour m'achever, tu m'annonces que tu avais promené Azor ! Ainsi, prendre le pouvoir sur mon secrétaire ne te suffisait pas ; il te fallait aussi séduire mon chien ! J'ai décidé qu'il était temps de rentrer.

— Tu étais revenu chercher des papiers. C'est ce que tu as dit.

— J'ai menti.

— Oh ! Et en plus, tu as osé me demander si j'avais récupéré ma voiture, alors qu'elle était sous clé chez toi…

— Tu souhaitais aller à Prague. J'ai vu là une occasion inespérée de t'éloigner de mon secrétaire. C'est pourquoi je t'ai tout de suite proposé de venir avec moi, dans *ma* voiture.

— Et dire que je ne me doutais de rien !

— Une fois dans la capitale, j'ai vécu auprès de toi des moments d'enchantement. Au restaurant, au cours de nos promenades… Le plaisir que tu prenais à découvrir les monuments, le pont Saint-Charles, l'horloge astronomique… me ravissait le cœur. Et, à chaque minute, je me sentais de plus en plus sous l'emprise de ton charme. Quand je t'ai embrassée, le premier soir, et que j'ai su à quel point je te désirais, j'ai compris le danger. Les circonstances ne me laissaient espérer entre nous qu'une relation éphémère. Alors, j'ai fait en sorte de garder mes distances.

— C'est pour cette raison que, le lendemain, tu as prétexté un rendez-vous à l'heure du dîner, je suppose.

— Tu te souviens de tout ?

En guise de réponse, Fabia affirma :

— Je t'aime.

Ven l'embrassa et la tint un long moment serrée contre lui.

— Si cela peut te consoler, j'étais verte de jalousie, ce soir-là, avoua-t-elle. Mais je ne voulais pas le reconnaître, naturellement.

— Je m'en doute et, évidemment, je n'avais aucun rendez-vous.

— C'est vrai ?

— Tout ce qu'il y a de plus vrai ! Je ne souhaitais qu'une chose : rester avec toi. Mais parce que je commençais à admettre que je t'aimais, il fallait que je m'en aille.

— Le dernier soir, je t'ai trouvé un peu préoccupé, sans doute pour les mêmes raisons.

Ven tapota le bout du nez de Fabia.

— Et moi, je t'ai trouvée un peu distante et plutôt froide.

— Je suis désolée. Cependant, j'ai une excuse : je venais d'accepter le fait que j'étais amoureuse de toi. Si encore il n'y avait pas eu cette interview que tu avais promise à Cara… Mais la pensée que j'étais en train de duper l'homme que j'aimais mettait ma conscience à rude épreuve.

— Oh ! mon pauvre amour ! murmura Ven.

Le ton plein de tendresse avec lequel il prononça ces paroles indiquait clairement qu'il avait pardonné son mensonge.

— Je… je ne sais comment te dire cela, reprit-il, l'air embarrassé.

Après une hésitation, il poursuivit :

— En fait, ma chérie, je n'ai jamais — vraiment jamais ! — promis d'interview, ni à ta sœur ni à aucun autre journaliste.

— Tu… tu n'as pas… ?

Sous le choc de la surprise, Fabia ne put terminer sa phrase.

— Si j'avais pris cet engagement, je serais resté chez moi pour l'honorer, ce vendredi-là.

— M… mais… Cara avait une lettre de toi ! Elle…

— Elle avait reçu une lettre de Milada Pankrakova, signée par Milada Pankrakova, mais…

— Tu ne lui as pas dicté cette lettre, c'est cela ?

— Elle a dû l'écrire juste avant de quitter son emploi.

— Tu l'avais licenciée, je me souviens.

— Je n'ai jamais été vraiment satisfait de son travail, mais je me disais qu'il finirait peut-être par s'améliorer. Lorsque je l'ai entendue parler d'une manière désagréable à ma gouvernante et se montrer grossière à l'égard d'Ivo, j'ai décidé de me passer de ses services.

— Tu l'as renvoyée sur-le-champ ?

— Je lui ai donné une heure pour prendre ses affaires. Et elle a profité de cette heure pour écrire à ta sœur et lui fixer ce rendez-vous, en sachant pertinemment que je n'accorde jamais d'interview.

— Seigneur ! s'exclama Fabia. Elle a fait une chose pareille !

— Oui. Pour se venger de moi, elle n'a pas hésité à mettre ta sœur en difficulté.

— Elle savait que tu allais à Prague et…

— Il n'était pas question que je me rende à Prague à cette date. J'avais le dernier chapitre de mon livre à terminer et Milada Pankracova savait que, dans ces moments de concentration intense, je ne permettais à personne de me déranger. Ta sœur était donc censée entreprendre le voyage pour rien. Mais j'ai terminé mon travail quelques jours plus tôt que je ne l'avais pensé. Et cela, ma secrétaire l'ignorait, naturellement.

Les yeux de la jeune femme s'écarquillèrent de surprise.

— Est-ce que cela veut dire que… avant que je ne te montre la lettre qu'elle avait envoyée à Cara, tu n'avais jamais entendu parler de cette interview ?

— Eh oui, en effet.

Rétrospectivement, Fabia rougit de confusion. Alors, Ven ajouta :

— Mais tu étais là et ta venue a bouleversé ma vie.

— Oh ! Ven…

Après quelques secondes, elle recouvra totalement ses esprits.

— Ainsi, lorsque j'ai parlé de l'interview à Lubor et qu'il a manifesté de la surprise, il ne me taquinait pas ! reprit-elle. Il savait que tu n'avais pas donné ton accord.

Ven hocha la tête.

— Quand je suis rentré, après t'avoir raccompagnée à l'hôtel, ce lundi, je lui ai demandé de m'apporter toute la correspondance échangée avec le magazine *Verity.* Il n'y avait trace d'aucune lettre.

— Milada Pankracova l'avait détruite ?

— A l'évidence, oui.

Quelle horrible femme ! songea Fabia. Soudain, un détail lui revint à la mémoire.

— Lubor m'a affirmé que l'interview figurait sur ton agenda. Il m'a même dit qu'on avait dû l'oublier, je me rappelle. C'est ce qu'il a dit.

— Cela confirme ses qualités de loyauté. Tu vois que j'ai raison de lui accorder toute ma confiance.

— Et j'étais là, à Prague, m'imaginant que tu refusais de discuter de cette interview parce que tu étais épuisé par le travail que tu venais de terminer.

— J'ai une faculté de récupération étonnante, tu sais, ma chérie. A propos de Prague, je dois t'expliquer pourquoi, après notre dernier dîner, j'ai prétexté avoir un rendez-vous avec quelqu'un…

— Prétexté ? Tu as inventé… ?

— Il fallait que je trouve une excuse pour m'éloigner de toi. Tu commençais à me chambouler l'esprit dangereusement.

— Je suis contente de te l'entendre dire, rétorqua la jeune femme, l'air malicieux.

Recouvrant son sérieux, elle poursuivit :

— Je suis donc allée me coucher, malheureuse comme les pierres. D'autant plus que je me sentais coupable de te mentir. Et j'ai fait des cauchemars atroces. Je te voyais en danger. Je me suis réveillée en sursaut, je me suis levée et j'ai couru comme une folle pour te secourir. Et je t'ai trouvé sain et sauf dans le salon…

— Tu voulais me porter secours ! s'exclama Ven, ravi.

Il embrassa Fabia puis, d'une voix vibrante d'émotion, continua :

— C'est au petit matin que j'aurais eu besoin de l'aide de quelqu'un, au moment où je suis revenu à l'hôtel et où j'ai appris que tu étais retournée à Marienbad par le train. J'ai immédiatement sauté dans ma voiture et pris la route pour te rejoindre. Je suis arrivé environ une heure avant ton train parce qu'il avait du retard. J'ai béni ce retard.

— Tu savais qu'il avait du retard ? Tu avais téléphoné à la gare ?

— A la gare, à ton hôtel, en Angleterre, partout… J'avais tellement peur…

— Peur ? répéta la jeune femme, les yeux ronds de surprise.

— Peur que tu ne sois repartie chez toi sans passer à ton hôtel. Evidemment, j'aurais dû penser que si tu avais vraiment voulu quitter le pays, tu aurais pris un avion à Prague. Mais, je te l'ai déjà dit, pour la première fois de ma vie, mon cerveau ne s'embarrassait pas de logique. Preuve que l'amour et le bon sens ne font pas bon ménage.

— Mon pauvre chéri !

— Oh oui ! plains-moi, je mérite ta compassion ! Imagine ma panique quand j'ai pris conscience que je n'avais pas ton adresse personnelle…

— Tu m'aurais contactée en Angleterre ?

— Tu en doutes ? Heureusement, grâce à Dieu, je n'ai pas eu à le faire. Toutefois, je ne le savais pas, à ce moment-là. Alors, j'ai appelé ton hôtel, j'ai insisté pour qu'ils me préviennent — sans que tu le saches — dès que tu arriverais…

— Tu leur as demandé de te téléphoner ?

Une petite musique joyeuse faisait vibrer le cœur de Fabia.

— Bien sûr ! Et j'en ai profité pour leur demander où je pouvais te joindre en Angleterre. Ces idiots — du moins les considérais-je ainsi — m'ont donné une adresse quelque part dans le Gloucestershire, alors que je voulais savoir où tu habitais à Londres.

— Ainsi, tu n'étais pas loin de me démasquer.

— Attends la suite ! J'ai pour habitude — manie d'écrivain, sans doute — de toujours vérifier, auprès d'une autre source, les renseignements que j'obtiens quand je mène une enquête. Et je me suis souvenu que Lubor m'avait dit avoir ta carte professionnelle sur son bureau.

— Mon Dieu ! Il l'avait toujours ?

— Eh oui.

— J'ai donc téléphoné à *Verity*. Je leur ai raconté que Cara Kingsdale avait oublié son stylo chez moi quand elle était venue m'interviewer, que ce stylo avait peut-être pour elle une valeur sentimentale, et que je souhaitais le lui renvoyer.

— Ils t'ont donné ses coordonnées à Londres ?

— Mieux encore : trop heureuse de rendre service, l'employée que j'ai eue au bout du fil m'a suggéré d'expédier le paquet à Cara — pour être sûr qu'il arrive à bon port — non pas à son nom professionnel, mais à son nom de femme mariée.

— Oh ! la la ! je rougis de honte, murmura Fabia.

Ven la gronda avec douceur :

— Tu peux, oui ! A cause de toi, j'ai connu l'enfer. Je suis d'abord resté sans voix. Ensuite, j'ai répété : « Mariée ? » et tout de suite après, je me suis entendu dire : « Mais non, elle est trop jeune pour être mariée ». Ce à quoi mon aimable correspondante a rétorqué : « Ne dites pas à Cara que je vous l'ai dit, sinon elle me tuerait, mais elle aura vingt-neuf ans en août. Je le sais parce que mon anniversaire tombe à la même date. »

— Je t'avais dit que j'ai vingt-deux ans, rappela Fabia posément.

— Tu ne pouvais pas approcher de vingt-neuf ans. De cela, j'étais certain. Mais le choc m'avait tellement secoué que j'étais incapable d'aligner deux pensées cohérentes.

J'étais loin d'être remis de mes émotions lorsqu'on m'a transmis le message de ton hôtel annonçant que tu venais d'arriver et que tu avais pris une chambre.

— C'est à ce moment-là que tu as chargé Lubor de me téléphoner pour dire que ma voiture avait été livrée chez toi.

— Crois-tu que je me trouvais en état de te parler moi-même ? As-tu seulement idée de ce j'ai pu ressentir en guettant ton arrivée par la fenêtre ?

— Tu savais déjà que tu m'aimais ?

— Dès l'instant où j'ai reposé le récepteur après avoir téléphoné en Angleterre, j'ai su deux choses : la première c'était que je t'aimais de tout mon être.

Ven marqua une pause et regarda la jeune femme avec adoration.

— Et la seconde ? ne put-elle s'empêcher de demander, tant elle brûlait de connaître la suite.

— Je ne pouvais pas admettre que tu sois mariée à quelqu'un d'autre que moi. Ma seconde certitude était celle-là.

Une exclamation de surprise s'échappa des lèvres de Fabia. Alors, ce fut au tour de Ven de la questionner d'une voix anxieuse :

— Tu m'aimes, n'est-ce pas ?

— Bien sûr ! De toutes mes forces.

Il sourit avec tendresse.

— C'est pourquoi tu as décidé de repartir quand je t'ai accusée de provocation. Tu sais, je m'en doutais un peu. J'ai osé penser que tu m'aimais parce qu'aucun autre motif ne t'aurait fait renoncer à l'interview que tu avais promis de rapporter à ta sœur.

— Tu es beaucoup trop intelligent, murmura la jeune femme.

— Raison de plus pour ne pas me laisser sur le gril plus longtemps, ma chérie. Acceptes-tu de devenir Mme Vendelin Gajdusek ?

— Tu es sûr… ?

— Je n'ai jamais été plus déterminé de toute ma vie. Epouse-moi, Fabia. Laisse-moi t'accompagner en Angleterre, voir tes parents, donner à ta sœur cette interview qui t'a conduite jusqu'à moi et…

— Tu veux bien laisser Cara t'interviewer ?

— Il n'y a rien que je ne ferais pour toi. Mais, par pitié, réponds-moi : veux-tu devenir ma femme ?

— Oh ! Ven, mon amour, oui, je le veux, de toute mon âme !

— Enfin ! Merci, ma chérie.

Ven inclina la tête lentement. Sa bouche rencontra celle de Fabia.

— Nous nous marierons le plus tôt possible, *milacku*, décréta-t-il. Je suis impatient de te tenir, chaude, *provocante* dans mes bras — et tout entière à moi.

Ne manquez pas, dès le 1er octobre

LA MARIÉE D'UNE SEULE NUIT, *Carol Marinelli* • *N°3396*

Alors qu'elle s'avance vers l'autel où l'attend Niklas dos Santos, Meg sent un bonheur intense et un envoutant parfum de liberté l'envahir. Oui, c'est bien elle, la si sage Meg, qui s'apprête à épouser ce bel inconnu ! Certes, ils n'ont partagé qu'une journée, faite de passion brûlante et de confidences murmurées... Mais ces instants ont été si merveilleux qu'elle est sûre qu'un lien puissant et indestructible l'unit à Niklas. Hélas, au petit matin, celui-ci la rejette violemment. Et Meg doit, dès lors, se rendre à l'évidence : l'homme dont elle vient de tomber éperdument amoureuse ne compte rien lui offrir d'autre que ce mariage d'une seule nuit...

UN SI SÉDUISANT PLAY-BOY, *Susan Stephens* • *N°3397*

Nacho Accosta ? Grace n'en revient pas. Par quel cruel coup du destin se retrouve-t-elle dans cette hacienda éloignée de toute civilisation, en compagnie du seul homme dont la présence suffit à la bouleverser ? Sa voix chaude, son charme ravageur, tout chez Nacho la fait vibrer. Comme autrefois. Seulement voilà, si elle a autrefois connu la passion entre ses bras, elle sait qu'aujourd'hui plus rien n'es possible entre eux. Comment pourrait-elle encore, trois ans après leur dernière rencontre, éveiller l'intérêt – et le désir – de ce play-boy farouchement indépendant qui collectionne les conquêtes ?

L'ÉPOUSE D'UN SÉDUCTEUR, *Jane Porter* • *N°3398*

Depuis qu'elle a quitté le domicile conjugal, cinq ans plus tôt, Morgane a soigneusement évité de croiser la route de Drakon Xanthis, l'époux qu'elle a tant aimé, malgré la blessure qu'il lui a infligée par son indifférence et sa froideur constantes. Mais, aujourd'hui, elle n'a pas le choix : elle affrontera Drakon - puisque lui seul a le pouvoir de sauver son père - et tournera enfin la page de leur histoire. Hélas, quand elle le voit apparaître en haut de l'escalier de cette maison qu'ils ont un jour partagée, Morgane comprend que ces retrouvailles, loin de lui apporter la paix, sont une nouvelle épreuve pour son cœur. Car les émotions que Drakon éveille en elle sont toujours aussi puissantes, et aussi dangereuses...

UNE ORAGEUSE ATTIRANCE, *Natalie Anderson* • *N°3399*

Lorsque son patron lui demande de *tout* faire pour faciliter le travail de Carter Dodds au sein de l'entreprise, Penny est horrifiée. Non seulement Carter ne voit en elle qu'une femme vénale et ambitieuse, mais il ne cherche même pas à dissimuler son intention de la mettre dans son lit. Une intention dont Penny se serait volontiers moquée si, elle ne ressentait pas elle-même la force irrésistible du désir. Un désir qui la pousse inexorablement vers Carter...

POUR L'HONNEUR DES VOLAKIS, *Lynne Graham* • *N°3400*

Lorsqu'elle accepte d'accompagner sa demi-sœur à la campagne, le temps d'un week-end, Tally n'imagine pas que ces quelques jours vont bouleverser sa vie à jamais. Et pourtant… A peine l'irrésistible milliardaire Sander Volakis pose-t-il les yeux sur elle que déjà, elle se sent gagnée par une intuition folle : il s'agit de l'homme de sa vie. Une intuition qui se confirme à la seconde même où il lui donne un baiser ardent, passionné...

Volume Exceptionnel
2 romans inédits

Hélas, le conte de fées tourne vite au cauchemar. Car, quelques semaines plus tard, lorsque Tally découvre qu'elle est enceinte, Sander entre dans une colère noire, avant d'exiger, quelques jours plus tard, qu'elle l'épouse. Bouleversée, Tally comprend alors qu'elle va devoir, pour le bien de son enfant à naître, se lier à un homme qui ne partage en rien ses sentiments. Un homme qui semble, en outre, lui cacher un terrible secret...

UN BOULEVERSANT DÉSIR, *Lucy King* • *N°3401*

Si quelqu'un lui avait un jour prédit qu'elle vivrait l'expérience la plus bouleversante – et la plus érotique – de sa vie à l'arrière d'une voiture, dans les bras d'un séducteur, Bella aurait éclaté de rire. N'a-t-elle pas toujours été raisonnable ? Et ne sait-elle pas exactement ce qu'elle attend d'un homme : de l'engagement, de la stabilité ? Tout ce que Will Cameron, aussi beau et troublant soit-il, ne pourra jamais lui offrir ! Mais alors que Bella a pris la ferme résolution d'éviter désormais tout contact avec Will, ce dernier lui propose un contrat qu'elle ne peut refuser. Un contrat qui l'obligera à travailler à ses côtés pendant un long mois...

UN PRINCE À SÉDUIRE, *Maisey Yates* • *N°3402*

Depuis l'échec de son mariage, Jessica s'est fait une spécialité de déceler les infimes détails du quotidien qui font les couples solides et unis. Elle en a même fait un art : son agence matrimoniale est réputée dans le monde entier. Aussi, quand le prince Stavros fait appel à ses services, se fait-elle un devoir d'ignorer l'attirance qu'il lui inspire et de se mettre à la recherche de l'épouse idéale. Celle qui saura régner à ses côtés, lui donner des héritiers et ne rien exiger de lui – surtout pas de l'amour. Mais lorsqu'après une troublante soirée, Jessica se réveille dans les bras de Stravros, elle n'a plus qu'une peur : celle de trouver la femme qui l'éloignera à jamais de cet homme qui lui a fait perdre la raison...

L'ORGUEIL DE JACOB WILDE, *Sandra Marton* • *N°3403*

- Indomptables séducteurs - 1ère partie

« Vous n'êtes qu'un mufle égocentrique et arrogant, Jacob Wilde ! » A ces mots, Jacob reste un moment interdit. Le moins qu'on puisse dire, c'est qu'Addison McDowell, ne semble pas impressionnée par lui. Et s'il ne se souvient même plus de la dernière fois où quelqu'un a osé le défier de la sorte, il doit avouer que le tempérament de feu d'Addison a un pouvoir étrange sur lui, celui d'éveiller son intérêt – et son désir. Serait-il temps pour lui de sortir de l'isolement dans lequel il s'est muré ? En tout cas, reprendre goût à la vie entre les bras d'une femme comme Addison lui apparaît soudain comme le plus excitant des projets. Et comme le plus savoureux des défis…

PASSION POUR UNE HÉRITIÈRE, *Lynne Raye Harris* • *N°3404*

- La couronne de Santina - 7ème partie

Enceinte ? A cette nouvelle, Anna sent son estomac se nouer. Certes, elle a toujours souhaité devenir mère, mais lorsqu'elle a cédé au désir que lui inspirait le séduisant Léo Jackson, jamais elle n'a imaginé qu'elle se retrouverait liée à ce séducteur impénitent par le plus puissant des liens. Bouleversée, mais résolue à protéger l'enfant qui grandit en elle, elle n'a pas d'autre choix que de proposer à Léo un arrangement insensé : un mariage de façade. Mais lorsqu'elle comprend que Léo entend faire d'elle sa femme dans tous les sens du terme, elle sent ses résolutions vaciller. Saura-t-elle protéger son cœur de cet homme qu'elle n'a pu oublier ? Qu'adviendra-t-il lorsqu'il se lassera d'elle ?

Attention, numérotation des livres différente
pour le Canada : numéros 1833 à 1841.